명강

현대시

명강 현대시

교재 개발에 도움을 주신 모든 선생님들께 깊이 감사드립니다.

검토진

강수진 전남 목포   강영애 경기 일산   고경은 일산   국찬영 광주   김건용 서울 종로
김경주 순천. 여수   김광철 광주   김미란 경남 김해   김민석 창원   김선황 창원
김예사 제주   김옥경 세종   김용호 울산   김유석 대구 달서   김은영 경북 칠곡
김은옥 서울 강남   김은지 서울 강북   김정옥 전남 남악   김정욱 용인 수지   김종덕 광주
김 현 분당   김현철 경기 수원   김형섭 경기 용인   김혜리 경기 안산   마 미 경기 화성
명가은 서울 강서   문경희 대구   문소영 경남 김해   박경미 인천   박석희 전북 군산
박수영 서울 은평   박윤선 광주   박지연 용인   박하섬 경남 양산   박현정 경기 오산
박혜선 경북 안동   백덕현 대전   백승재 경남 김해   성부경 울산   성태진 강원 태백
송화진 김해 장유   신영수 서울 광진   신혜영 부산   신혜원 경기 군포   안보람 서울
안재현 인천   안정광 순천. 광양   안혜지 부산   우제성 경기 오산   유진아 대구 달서
유현주 부산   윤성은 서울   윤인희 서울   윤장원 충북 청주   이경원 충북 청주
이근배 대전   이기연 강원 원주   이성우 경기 일산   이성훈 마석   이애리 경남 거제
이영지 경기 안양   이윤지 경기 의정부   이정선 서울   이지영 속초   이지은 부산
이지훈 전북 전주   이지희 서울   이흥중 부산 사하   임지혜 경남 거제   장기윤 경북 구미
장수진 충북 청주   장연희 대구   장지연 강원 원주   전정훈 울산   정미정 경기 고양
정미정 대구   정서은 부산 동래   정세영 베트남 호찌민   정지윤 전북 전주   정필모 서울 서대문
정해연 전남 순천   정희숙 서울   조동윤 경북   조은예 전남 순천   조혜정 대치. 구성
조효준 충남 천안   지상훈 대구   채송화 제주   최보나 서울 은평   최보린 은평 구파발
최선희 대구   최인실 서울 강동   최 후 경기   표윤경 서울   하 랑 서울 송파
하영아 김해. 창원   한광희 세종   한정원 울산   함영훈 경북 구미   홍선희 부평 산곡
황동현 대전 서구   황미선 부산 해운대   황성원 경기 부천

명강

현대시

교과서 필수 작품, 기출 작품, 수능 출제 예상 작품 82지문 엄선,
최근 출제 경향을 반영한 우수한 실전 문제로
수능 1등급을 완성하는 **현대시 실전서!**

1 감상법 & 개념 학습

2 작품 학습

현대시 작품 감상법 훈련

- 수능이나 모의고사에서는 낯선 현대시 작품도 자주 출제되므로 처음 보는 작품을 이해하고 분석할 수 있는 능력이 필요하다.

- '현대시 작품 감상법'에 제시된 활동 문제를 통해 현대시 작품을 분석하는 순서와 방법을 익힌다.

현대시 핵심 개념 학습

- 현대시 개념은 올바른 작품 이해와 문제 해결의 토대이다.

- '현대시 핵심 개념'에 제시된 개념들을 꼼꼼하게 공부하고, 그 개념이 문제에 어떻게 적용되는지도 확인한다.

작품 감상과 내용 파악

- 시는 함축적인 언어로 이루어져 있어 의미 파악이 쉽지 않다. 시인이 독자에게 전달하려고 하는 바가 무엇인지를 생각하며 작품을 감상한다.

- 시의 상황과 분위기, 시적 화자의 정서와 태도, 반복되는 시어 등에 주목하여 시의 내용과 의미를 유추해 본다.

'시 감상 매뉴얼'에 따라 내용 정리

- 시 구성 요소에 따라 작품 분석 순서를 제시한 '시 감상 매뉴얼'의 형식에 맞추어 작품을 분석한다.

- '시적 화자와 시적 상황 → 화자의 정서와 태도 → 시어의 의미 → 표현상의 특징 → 주제' 등 제시된 순서에 따라 작품의 내용을 정리한다.

특징 1

핵심 개념과 작품 감상법, 시 감상 매뉴얼을 통해 **작품 감상 능력을 향상**시킬 수 있는 교재

특징 2

출제 가능성이 높은 작품들을 학습하여 수능 대비를 위한 실전 감각을 끌어올릴 수 있는 교재

특징 3

현대시 실전 & 갈래 복합 실전 문제를 통해 **최신 출제 경향과 그 해법**을 익힐 수 있는 교재

3 실전 문제 학습

시험을 보듯 문제를 풀고 채점하기

- 처음 문제를 풀 때는 시험을 보듯 시간을 정해 빠르게 문제를 풀고 채점한다.
- 채점 후 틀린 문제, 맞았지만 헷갈렸던 문제는 다시 풀어 보고 '정답과 해설'을 통해 정답인 이유와 오답인 이유를 확인한다.

문제 해결 방법 익히기

- 문제에 딸려 있는 〈보기〉나 선택지가 다른 문제 해결의 실마리가 되기도 한다.
- 문제를 해결하는 과정에서 자기만의 문제 해결 방법을 정립한다.

4 '정답과 해설' 활용 및 복습

'정답과 해설'의 활용

- 문제를 틀렸다면 '정답과 해설'을 보면서 왜 그 문제를 틀렸는지 파악한다.
- 맞은 문제라 하더라도 '정답과 해설'을 참조하여 자신의 풀이 방법이 적절했는지 점검한다.

복습 계획 수립

- 한 번이라도 틀렸던 문제, 다시 봐도 헷갈리는 문제는 작품의 내용을 다시 학습한 뒤 문제를 또 한 번 풀어 본다.
- 자신이 자주 틀리는 유형을 정리해 둔 다음, 같은 실수를 반복하지 않도록 집중적으로 학습한다.

이 책의 **차례**

1부 현대시 실전 학습

2부 갈래 복합 실전 학습

● 다음의 현대시 작품 감상법을 참고하여, 모든 작품을 5단계 순서에 따라 감상하고 분석하는 훈련을 해 보세요.

※ 다음 작품을 감상하고, 주어진 순서에 따라 분석해 보자.

파란 녹이 낀 구리거울 속에
내 얼굴이 남아 있는 것은
어느 왕조(王朝)의 유물(遺物)이기에
이다지도 욕될까.

나는 나의 참회(懺悔)의 글을 한 줄에 줄이자.
— 만 이십사 년 일 개월을
무슨 기쁨을 바라 살아왔던가.

내일이나 모레나 그 어느 즐거운 날에
나는 또 한 줄의 참회록(懺悔錄)을 써야 한다.

— 그때 그 젊은 나이에
왜 그런 부끄런 고백(告白)을 했던가.

밤이면 밤마다 나의 거울을
손바닥으로 발바닥으로 닦아 보자.

그러면 어느 운석(隕石) 밑으로 홀로 걸어가는
슬픈 사람의 뒷모양이
거울 속에 나타나 온다.

– 윤동주, 〈참회록〉

01 시적 상황

> 시적 화자인 '나'는 (   )에 자신을 비추어 보며 스스로의 삶을 성찰하고 있음

02 시적 화자의 정서와 태도

> 반성, (   ), 자기 성찰적

03 시어의 의미

> • (   ): 자기 성찰의 매개체
> • 즐거운 날: 조국 광복의 날, 밝은 미래
> • (   ): 자기 성찰의 시간, 암담한 시대 상황

04 표현상의 특징

> • 시간의 흐름에 따라 시상을 전개함
> • '거울'을 매개로 한 치열한 (   )의 과정이 드러나 있음

05 시의 주제

> (   )을/를 통한 현실 극복 의지

작품 분석 순서

제목과 시인을 확인하고 작품을 전체적으로 감상한다.

↓

01. 시의 화자를 찾고, 화자가 어떤 상황에 처해 있는지 이해한다.

↓

02. 시적 화자의 정서와 태도가 어떠한지 파악한다.

↓

03. 시어의 함축적 의미를 파악한다.

↓

04. 시에 사용된 다양한 표현상의 특징을 이해한다.

↓

05. 시인이 작품을 통해 말하고자 하는 바를 파악한다.

답 01 구리거울 02 부끄러움 03 구리거울, 밤 04 자기 성찰 05 자기 성찰

※ 다음 작품을 감상하고, 주어진 순서에 따라 분석해 보자.

까마득한 날에
하늘이 처음 열리고
어데 닭 우는 소리 들렸으랴

모든 산맥들이
바다를 연모해 휘달릴 때도
차마 이곳을 범하던 못하였으리라

끝임없는 광음을
부지런한 계절이 피어선 지고
큰 강물이 비로소 길을 열었다

지금 눈 내리고
매화 향기 홀로 아득하니
내 여기 가난한 노래의 씨를 뿌려라

다시 천고의 뒤에
백마 타고 오는 초인이 있어
이 광야에서 목 놓아 부르게 하리라

– 이육사, 〈광야〉

01 시적 상황

시적 화자인 '나'는 부정적이고 암담한 현실을 극복하기 위해 광야에 (   )의 씨를 뿌리고자 함

02 시적 화자의 정서와 태도

현실에 대한 (   ), 밝은 미래에 대한 확신

03 시어의 의미

- (   ): 시련과 고통. 일제 강점하의 암울한 현실
- 매화 향기: 조국 광복의 기운. 현실 극복의 의지
- 가난한 노래의 씨: 조국 광복을 위한 (   )의 의지

04 표현상의 특징

- '과거 → 현재 → 미래'의 (   )의 흐름에 따라 시상을 전개함
- 상징적 시어와 속죄양 모티프를 통해 주제를 형상화함

05 시의 주제

조국 광복에 대한 (   )와/과 의지

작품 분석 방법

01. 시적 화자와 시적 상황 이해
시인은 시적 화자를 내세워 자신의 사상과 정서를 전달한다. 화자를 중심으로 언제, 어디에서, 무슨 일이 일어나고 있는지를 확인한다.

02. 시적 화자의 정서와 태도 파악
시적 화자는 시적 상황에 대해 어떤 감정이나 자세를 보이기 마련이다. 화자의 감정이 드러나는 시어를 찾아 화자가 보이는 정서와 태도를 파악한다.

03. 시어의 함축적 의미 파악
일상 언어와 달리 시어는 지시적 의미 외에 함축적 의미도 지니므로, 시적 상황과 시상 전개의 흐름을 고려하여 그 의미를 유추해야 한다.

04. 표현상의 특징 이해
시인이 자신의 의도를 효과적으로 강조하기 위해 사용한 표현 방법을 찾아본다. 시 문학과 관련된 필수 국어 개념을 미리 학습해 둘 필요가 있다.

05. 시의 주제 파악
시적 화자의 정서와 태도, 시어의 의미, 표현상의 특징 등을 종합하여 시의 주제를 파악한다. 시인의 창작 의도 및 작품에 반영된 시대상도 고려하는 것이 좋다.

답 **01** 가난한 노래 **02** 극복 의지 **03** 눈. 자기희생 **04** 시간 **05** 신념

핵심 개념 ① 시적 화자

❶ 시적 화자: 시에서 이야기하는 사람으로, 시인이 자신의 사상이나 감정을 효과적으로 드러내기 위해 설정한 인물. '서정적 자아'라고도 함. 이때 화자는 시인 자신일 수도 있고, 시인이 창조한 대리인일 수도 있음

> 예 죽는 날까지 하늘을 우러러 / 한 점 부끄럼이 없기를,
> 잎새에 이는 바람에도 / 나는 괴로워했다. – 윤동주, 〈서시〉
> → 이 시의 화자는 부끄러움 없는 삶을 추구하는 '나'로, 화자가 겉으로 드러나 있음

❷ 시적 대상과 시적 상황

(1) **시적 대상**: 시에서 다루어지는 인물이나 사물, 관념 등을 말함. 때로는 화자가 말을 건네는 대상인 청자를 지칭하기도 함

(2) **시적 상황**: 시적 화자 혹은 시적 대상이 처해 있는 형편이나 처지, 환경, 심리적 상태 등을 의미함

❸ 정서와 태도

(1) **시적 화자의 정서**: 시적 화자가 시적 대상이나 상황에 대해 가지는 다양한 감정 상태, 기분 등을 말함

> 예 기쁨, 슬픔, 그리움, 안타까움, 사랑, 동경, 체념 등

(2) **시적 화자의 태도**: 시적 화자가 시적 대상이나 상황에 대해 보이는 자세, 대응 방식 등을 말함

긍정적 태도	현실이나 미래의 상황이 잘 풀릴 것이라고 전망하는 태도
부정적 태도	부정적인 상황에 슬퍼하거나 절망하거나 체념하는 태도
관조적 태도	고요한 마음으로 대상에 거리를 두고 대상을 바라보거나 묘사하는 태도
예찬적 태도	대상이 훌륭하거나 아름답다고 찬양하는 태도
반성적 태도	자신의 잘못을 되돌아보며 뉘우치는 태도
의지적 태도	부정적인 상황에 적극적으로 대응하여 자신의 뜻이나 목표를 이루려는 태도
냉소적 태도	차갑고 쌀쌀한 태도로 업신여기거나 비웃는 태도

❹ 시적 화자의 어조: 시적 화자가 시적 대상이나 청자, 독자에게 취하는 언어적 태도(말투). 시의 분위기를 조성하면서 화자의 정서를 간접적으로 드러냄

> 예 여성적, 독백적, 냉소적, 애상적, 예찬적, 자조적, 풍자적 어조 등

개념 확인 문제

1 시적 화자에 대한 설명으로 적절하지 않은 것은?

① 서정적 자아라고 한다.
② 시에서 이야기하는 사람이다.
③ 시인과 동일한 인물이어야 한다.
④ 시인의 감정을 효과적으로 드러낸다.
⑤ 시의 표면에 드러나 있기도 하지만, 숨어 있는 경우도 있다.

2 다음 시에 나타난 시적 화자의 정서를 3음절로 쓰시오.

> 서로 떠난 몸이길래 몸이 그리워
> 님을 둔 곳이길래 곳이 그리워
> 못 보았소 새들도 집이 그리워
> 남북으로 오며가며 아니합디까
> – 김소월, 〈삭주구성〉

3 다음 시에 나타난 시적 화자의 태도로 적절한 것은?

> 님이여, 당신은 백 번이나 단련한 금(金)결입니다.
> 뽕나무 뿌리가 산호(珊瑚)가 되도록 천국(天國)의 사랑을 받읍소서.
> 님이여, 사랑이여, 아침 볕의 첫걸음이여. – 한용운, 〈찬송〉

① 관조적　　② 냉소적
③ 반성적　　④ 예찬적
⑤ 의지적

4 다음 설명에 해당하는 용어를 2음절로 쓰시오.

> 시적 화자가 시적 대상이나 독자에게 취하는 말투로, 사용된 시어와 종결 어미를 통해 그 성격을 확인할 수 있다.

핵심 개념 ② 시어

❶ 시어의 함축적 의미 : 다양한 정서적 효과를 불러일으키는 시어의 내포적 의미를 말함. 비유, 상징, 역설 등의 표현 방법으로 실현됨. 한 편의 시에서 같은 시어가 사용되었더라도 문맥과 상황에 따라 그 의미가 달라질 수 있음

❷ 시의 운율

(1) 운율 : 일반적으로 소리의 반복을 통해 형성되는 말의 가락

(2) 운율의 형성 방법

동일 음운의 반복	⑩ 갈래갈래 갈린 길 → 'ㄱ, ㄹ'의 반복
시어와 시구의 반복	⑩ 별 하나에 추억과 / 별 하나에 사랑과 / 별 하나에 쓸쓸함과 / 별 하나에 동경과 → '별 하나에'의 반복
음절 수와 음보의 반복	⑩ 나 보기가 역겨워 / 가실 때에는 / 말없이 고이 보내 드리우리다. → 7 · 5조, 3음보
통사 구조의 반복	⑩ 꽃가루와 같이 부드러운 고양이의 털에 / 고운 봄의 향기가 어리우도다. // 금방울과 같이 호동그란 고양이의 눈에 / 미친 봄의 불길이 흐르도다. → '고양이의 ~에 ~이/가 ~도다'의 반복

❸ 시의 이미지(심상)

(1) 이미지(심상) : 마음속에 떠오르는 감각적이고 구체적인 사물의 모습이나 추상적인 관념들을 언어적으로 표현한 것, 또는 그로부터 느껴지는 인상

(2) 감각적 이미지 : 인간의 감각 기관과 관련된 구체적 이미지

시각적 이미지	눈으로 색깔, 모양, 동작 등을 보는 것처럼 표현한 이미지 ⑩ 하늘 밑 푸른 바다가 가슴을 열고 / 흰 돛단배가 곱게 밀려서 오면
청각적 이미지	귀로 소리를 듣는 것처럼 표현한 이미지 ⑩ 철썩, 처얼썩, 철썩, 처얼썩, 철썩
후각적 이미지	코로 냄새를 맡는 것처럼 표현한 이미지 ⑩ 지금 눈 내리고 / 매화 향기 홀로 아득하니
미각적 이미지	혀로 맛을 보는 것처럼 표현한 이미지 ⑩ 어린 시절에 불던 풀피리 소리 아니 나고 / 메마른 입술에 쓰디쓰다.
촉각적 이미지	피부로 느낄 수 있는 것처럼 표현한 이미지 ⑩ 달은 강을 따르고 나는 차디찬 강 맘에 드리느라
공감각적 이미지	하나의 감각을 다른 감각으로 옮겨 표현하여 둘 이상의 감각이 동시에 떠오르게 하는 이미지 ⑩ 나비 허리에 새파란 초생달이 시리다. → 시각의 촉각화

(3) 상징적 이미지 : 원관념은 숨기고 보조 관념만으로 추상적 내용을 구체적 대상으로 나타내어 이루어지는 이미지
  ⑩ 밤이 어두웠는데 / 눈 감고 가거라. → 어둡다는 속성과 연결되어 '밤'은 부정적, 절망적 이미지를 형성함

개념 확인 문제

5 시어의 특징에 대한 설명으로 적절하지 않은 것은?

① 주제를 직접적으로 전달한다.
② 산문과 달리 운율을 형성한다.
③ 사전적 의미 외에 함축적 의미를 갖는다.
④ 시의 의미를 풍부하게 하면서 선명한 인상을 준다.
⑤ 시적 효과를 위해 어법에 어긋나는 표현이 허용되기도 한다.

6 다음 시에서 운율이 느껴지는 이유로 적절하지 않은 것은? (정답 2개)

> 산산이 부서진 이름이여!
> 허공중에 헤어진 이름이여!
> 불러도 주인 없는 이름이여!
> 부르다가 내가 죽을 이름이여!
> – 김소월, 〈초혼〉

① 음성 상징어의 사용
② 동일한 시어의 반복
③ 일정한 음보의 반복
④ 비슷한 문장 구조의 반복
⑤ 거센소리와 된소리의 반복

7 다음 시구에 나타나는 주된 심상을 각각 쓰시오.

> ㉠ 포근한 봄의 졸음
> ㉡ 흙이 풀리는 내음새

8 다음 시에서 공감각적 심상이 드러난 시구를 찾아 3어절로 쓰시오.

> 넓은 벌 동쪽 끝으로
> 옛이야기 지줄대는 실개천이 휘돌아 나가고,
> 얼룩백이 황소가
> 해설피 금빛 게으른 울음을 우는 곳.
> – 정지용, 〈향수〉

❶ 비유 : 표현하려는 대상(원관념)을 다른 대상(보조 관념)에 빗대어 표현하는 방법

직유법	보조 관념에 연결어(~처럼, ~같이, ~인 양 등)를 붙여 표현하는 방법 예 돌담에 속삭이는 햇발같이 / 풀 아래 웃음 짓는 샘물같이
은유법	원관념을 보조 관념에 연결어 없이 빗대어 표현하는 방법 예 마음은 제 고향 지니지 않고 / 머언 항구로 떠도는 구름
의인법	사람이 아닌 대상에 인격을 부여하여 사람처럼 표현하는 방법 예 붉은 해는 서산마루에 걸리었다. / 사슴의 무리도 슬피 운다.

❷ 상징 : 추상적인 사물이나 관념을 감각할 수 있는 구체적인 대상으로 대신하여 나타내는 방법. 원관념을 드러내지 않은 채 보조 관념만으로 나타냄

개인적 상징	시인이 자신의 작품에서 독창적인 의미로 사용하는 상징 예 님은 갔지마는 나는 님을 보내지 아니하였습니다. 　→ '님'은 조국, 민족, 연인, 부처, 진리 등을 상징함
관습적 상징	한 사회에서 오랜 시간 쓰여 그 의미가 관습적으로 보편화된 상징 예 비둘기 → '평화'를 상징함
원형적 상징	인류나 민족의 잠재의식에 공통적 의미로 인식되어 보편성을 띠게 된 상징 예 물 → '생명력, 탄생, 정화' 등을 상징함

❸ 변화 : 표현의 단조로움을 피하기 위해 어구나 서술에 변화를 주어 표현하는 방법

반어법	실제로 말하고자 하는 의도와 반대로 진술하는 방법 예 나 보기가 역겨워 / 가실 때에는 / 죽어도 아니 눈물 흘리우리다.
역설법	표면상으로 모순되고 이치에 맞지 않지만 그 이면에는 진리를 담고 있는 표현 방법 예 나는 아직 기다리고 있을 테요, 찬란한 슬픔의 봄을.
설의법	당연한 사실이나 결론이 분명한 내용을 의문문 형식으로 표현하는 방법 예 흔들리지 않고 피는 꽃이 어디 있으랴.
대구법	같거나 비슷한 문장 구조를 나란히 배열하는 방법 예 바둑이가 앞발로 다지고 / 괭이가 꼬리로 다진다.

❹ 강조 : 선명한 인상을 주기 위해 강하고 두드러지게 표현하는 방법

반복법	같거나 비슷한 단어, 구절, 문장 등을 되풀이하는 방법 예 접동 / 접동 / 아우래비 접동
영탄법	감탄하는 말을 사용하여 슬픔, 놀라움, 공포 등의 감정을 표현하는 방법 예 님은 갔습니다. 아아, 사랑하는 나의 님은 갔습니다.
과장법	대상을 실제보다 지나치게 크거나 작게 표현하는 방법 예 그리워해도 못 보니 하루가 삼 년 같다.
점층법	문장의 뜻을 점점 강하게, 크게, 고조되게 표현하는 방법 예 천세(千歲)를 누리소서 만세(萬歲)를 누리소서.

개념 확인 문제

9 '비유'에 대한 설명으로 적절하지 않은 것은?
① 다른 대상에 빗대어 표현한다.
② 신선하고 참신한 느낌을 준다.
③ 사람이 아닌 것을 사람처럼 표현하기도 한다.
④ 단조로움을 피하기 위해 변화를 주는 표현 방법이다.
⑤ 이미지를 형성해 내어 표현 대상을 생생하게 전달한다.

10 다음 빈칸에 들어갈 알맞은 말을 각각 쓰시오.

> 시에서 상징은 (　　　)은 감추고 (　　　)만을 사용하여 의미를 암시적으로 표현하는 방법이다.

11 다음 밑줄 친 시구에 사용된 표현 방법으로 알맞은 것은?

> 밤에 홀로 유리를 닦는 것은
> 외로운 황홀한 심사이어니,
> 　　　　　　　– 정지용, 〈유리창 1〉

① 대구법　　　② 반복법
③ 반어법　　　④ 설의법
⑤ 역설법

12 다음 중, 시구와 표현 방법이 바르게 연결되지 않은 것은?
① 나는 나룻배, / 당신은 행인. – 은유법
② 나의 이 젊은 나이를 눈물로야 보낼 거냐. – 설의법
③ 괴로웠던 사나이, / 행복한 예수 그리스도에게 – 역설법
④ 먼 훗날 당신이 찾으시면 / 그때에 내 말이 "잊었노라." – 반어법
⑤ 얇은 단장하고 아양 가득 차 있는 / 산봉우리야 오늘 밤 너 어디로 가 버리련? – 과장법

① 시상 전개의 개념

(1) **시상**: 시를 짓기 위한 실마리가 되는 생각. 시인이 표현하려는 생각이나 감정

(2) **시상 전개**: 시인이 시를 통해 자신의 생각이나 느낌을 효과적으로 전달하기 위해 선택하는 시의 조직 방법

② 시상 전개 방식

(1) **시간의 흐름**: 하루의 시간 또는 계절, 과거 · 현재 · 미래 등 시간의 흐름에 따라 시상을 전개함

　　예 이육사의 〈광야〉: '과거 → 현재 → 미래'의 시간의 흐름에 따라 시상이 전개됨

(2) **공간의 이동**: 공간이나 장면의 이동에 따라 시상을 전개함

　　예 신경림의 〈농무〉: '운동장 → 소줏집 → 장거리 → 쇠전 → 도수장'의 공간의 이동에 따라 시상이 전개됨

(3) **시선의 이동**: '원경 → 근경', '아래 → 위' 등 대상을 바라보는 시선의 움직임에 따라 시상을 전개함

　　예 박목월의 〈청노루〉: '원경 → 근경'의 시선의 이동에 따라 시상이 전개됨

(4) **선경후정**: 경치나 시적 상황을 먼저 제시하고, 화자의 정서를 나중에 제시함

　　예 김광균의 〈추일서정〉: 쓸쓸한 가을날의 풍경을 먼저 보여 주고, 뒷부분에서 고독한 화자의 정서를 드러냄

(5) **수미상관**: 시의 처음과 끝에 같거나 유사한 시구를 배치함

　　예 한용운의 〈나룻배와 행인〉: 1연의 내용을 마지막 연에 다시 배치함

핵심 개념 ⑤ **작품 감상의 관점**

① 내재적 접근 방법(절대론적 관점): 작품 자체에서 얻을 수 있는 정보만으로 시를 이해하고 감상하는 관점. 시적 화자, 시어, 운율, 이미지, 표현 방법 등을 중심으로 감상함

② 외재적 접근 방법

표현론적 관점	작품과 작가와의 관련성을 중시하는 관점. 작가의 개인적인 체험 및 창작 의도에 주목하거나 작가의 또 다른 작품과 관련지어 감상함
반영론적 관점	작품과 현실 세계와의 관련성을 중시하는 관점. 시대상, 역사적 상황 등 현실 세계의 모습이 어떻게 작품에 반영되었는가를 파악함
효용론적 관점	작품과 독자와의 관련성을 중시하는 관점. 작품이 독자에게 교훈, 감동, 미적 쾌감 등 어떤 효과를 주었는가에 주목함

---

13 다음 설명에 해당하는 시상 전개 방식을 쓰시오.

> 시의 처음과 끝에 형태적, 의미적으로 유사한 시구를 배열하여 형태적으로 안정감을 주는 방식

14 다음 시에 사용된 시상 전개 방식을 쓰시오.

> 해ㅅ살 피어 / 이윽한 후, //
> 머흘머흘 / 골을 옮기는 구름. //
> 길경(桔梗) 꽃봉오리
> 흔들려 씻기우고. //
> 차돌부리 / 촉 촉 죽순 돋듯
> 　　　　　　　 – 정지용, 〈조찬〉

15 다음 설명에 해당하는 작품 감상의 관점을 쓰시오.

> 작품을 독자에게 미적 쾌감이나 교훈, 감동을 제공하는 매개물로 보기 때문에 작품이 독자에게 어떠한 영향을 미쳤는가를 중요시한다.

16 다음 시를 읽고, 〈보기〉의 빈칸에 들어갈 알맞은 말을 각각 쓰시오.

> 지금 눈 내리고
> 매화 향기 홀로 아득하니
> 내 여기 가난한 노래의 씨를 뿌리려라.
>
> 다시 천고(千古)의 뒤에
> 백마 타고 오는 초인이 있어
> 이 광야에서 목 놓아 부르게 하리라.
> 　　　　　　 – 이육사, 〈광야〉

보기
> ㉠ '지금'과 '천고의 뒤'라는 시어를 고려했을 때, 이 시는 (　　　)에 따라 시상이 전개되고 있다.
> ㉡ 이 시를 일제 강점기의 시대 상황과 관련지어 감상한다면, 이는 (　　　)적 관점에 해당한다.

작품 찾아보기

1부

현대시 실전 학습

겨울 일기 / 나와 나타샤와 흰 당나귀

[1~4] 다음 글을 읽고 물음에 답하시오.

가 나는 이 겨울을 누워 지냈다. / 사랑하는 사람을 잃어버려
염주처럼 윤나게 굴리던
독백도 끝이 나고
바람도 불지 않아
이 겨울 누워서 편히 지냈다.

저 들에선 벌거벗은 나무들이
추워 울어도 / 서로서로 기대어 숲이 되어도
나는 무관해서

문 한 번 열지 않고
반추 동물처럼 죽음만 꺼내 씹었다.
나는 누워서 편히 지냈다.
사랑하는 사람을 잃어버린 / 이 겨울.

— 문정희, 〈겨울 일기〉

가
1 시적 상황 시적 화자인 '나'는 (   )
  의 상처로 고통받고 겨울을 누워 지냄
2 시적 화자의 정서와 태도 (   ), 절
  망, 체념적
3 시어의 의미
  • (   ): 사랑의 상실로 인한 고통의
    시간
  • 죽음: 사랑의 상실에서 오는 (   )
4 표현상의 특징
  • '누워서 편히 지냈다'와 같이 (   )
    적 표현을 사용함
  • 자연물과의 (   )을/를 통해 화자
    의 정서를 강조함
5 시의 주제 사랑의 상실로 인한 아픔

나 가난한 내가 / 아름다운 나타샤를 사랑해서
오늘 밤은 푹푹 눈이 나린다

나타샤를 사랑은 하고 / 눈은 푹푹 날리고
나는 혼자 쓸쓸히 앉아 소주를 마신다
소주를 마시며 생각한다
나타샤와 나는
눈이 푹푹 쌓이는 밤 흰 당나귀 타고
산골로 가자 출출이* 우는 깊은 산골로 가 마가리*에 살자

눈은 푹푹 나리고
나는 나타샤를 생각하고
나타샤가 아니 올 리 없다
언제 벌써 내 속에 고조곤히* 와 이야기한다
산골로 가는 것은 세상한테 지는 것이 아니다
세상 같은 건 더러워 버리는 것이다

눈은 푹푹 나리고
아름다운 나타샤는 나를 사랑하고
어데서 흰 당나귀도 오늘 밤이 좋아서 응앙응앙 울 것이다

— 백석, 〈나와 나타샤와 흰 당나귀〉

나
1 시적 상황 시적 화자인 '나'는 사랑하는
  (   )와/과 흰 당나귀를 타고 산골로
  가 살고 싶어 함
2 시적 화자의 정서와 태도 그리움, 소망
3 시어의 의미
  • (   ): 그리움의 대상
  • 흰 당나귀: 산골로 인도할 매개체
  • (   ): 사랑과 꿈을 이룰 수 있는
    순수의 세계, 탈속의 공간
  • (   ): 암담한 현실 세계, 화자가
    꿈꾸는 사랑을 이룰 수 없는 공간
4 표현상의 특징
  • (   )의 시각적 이미지를 사용하여
    순수하고 낭만적인 정서를 환기함
  • (   )적 이미지의 시어(산골 ↔ 세
    상)를 통해 주제를 형상화함
  • 유사한 문장을 변형 · (   )하여 화
    자의 정서적 깊이를 심화함
5 시의 주제 사랑하는 사람에 대한 그리움
  과 순수 세계에 대한 열망

＊**출출이**: 뱁새   ＊**마가리**: 오막살이   ＊**고조곤히**: 고요하게, 조용하게

작품 간의 공통점 파악

1 (가)와 (나)의 공통점으로 가장 적절한 것은?

① 명사로 시상을 마무리하여 시적 여운을 주고 있다.

② 계절적 이미지를 활용하여 주제를 형상화하고 있다.

③ 색채 이미지를 활용하여 공간의 성격을 형상화하고 있다.

④ 회상의 방식을 통해 삶에 대한 반성적 태도를 드러내고 있다.

⑤ 처음과 끝에 동일한 시행을 배치하여 형태적 안정감을 주고 있다.

표현상의 특징 파악

3 (나)에 대한 이해로 적절하지 <u>않은</u> 것은?

① 시각적 이미지를 중심으로 시상을 전개하고 있다.

② 동일한 시구의 반복으로 화자의 정서적 깊이를 심화하고 있다.

③ 독백적 어조를 통해 순수한 사랑에 대한 소망을 드러내고 있다.

④ 대립적 이미지의 시어를 통해 화자의 현실 인식을 드러내고 있다.

⑤ 서사적 형식의 전개로 공동체적 삶에 대한 염원을 드러내고 있다.

시어 및 시구의 의미 파악

2 (가)에 대한 감상으로 적절하지 <u>않은</u> 것은?

① '독백도 끝이 나고 바람도 불지 않'는 것으로 보아, 화자가 이별의 상황에 놓여 있음을 알 수 있어.

② '이 겨울 누워서 편히 지'낸 것으로 보아, '겨울'은 화자가 실연의 아픔을 치유하는 시간이군.

③ '벌거벗은 나무들'이 '숲'이 되어도 자신과 '무관'하다고 여기는 것으로 보아, 화자는 사랑을 잃은 상실감 때문에 다른 어디에도 관심을 두지 않고 있어.

④ '문 한 번 열지 않'는 것으로 보아, 화자는 다른 사람과 소통하려는 의지조차 없군.

⑤ '반추 동물처럼 죽음만 꺼내 씹'는 것으로 보아, 화자의 상실감이 죽음을 생각할 정도로 큰 것 같아.

시어 및 시구의 의미 파악

4 (나)에 대한 감상으로 적절하지 <u>않은</u> 것은?

① '산골로 가자', '마가리에 살자'라는 표현에서 '나'의 소망을 느낄 수 있다.

② '눈'과 '흰 당나귀'의 흰색 이미지를 중첩시켜 순결함에 대한 '나'의 지향을 드러내고 있다.

③ '푹푹' 내리는 '눈'과 '깊은 산골'은 '마가리'의 내밀함과 고립적 이미지를 강조하고 있다.

④ '혼자 쓸쓸히' 소주를 마시는 행위에서 '나'의 고독한 처지와 '나타샤'에 대한 그리움을 느낄 수 있다.

⑤ '나'가 '나타샤'를 사랑하는 상황이 '나타샤'가 '나'를 사랑하는 상황으로 바뀌면서 '나타샤'의 아름다운 이미지가 반전되고 있다.

02 겨울밤의 꿈 / 목계 장터

[1~4] 다음 글을 읽고 물음에 답하시오.

가 저녁 한동안 가난한 시민들의
살과 피를 데워 주고
밥상머리에 / 된장찌개도 데워 주고
아버지가 식후에 석간을 읽는 동안
아들이 식후에 / 이웃집 라디오를 엿듣는 동안
연탄가스는 가만가만히
쥐라기*의 지층으로 내려간다.
그날 밤 / 가난한 서울의 시민들은
꿈에 볼 것이다.
날개에 산호빛 발톱을 달고
앞다리에 세 개나 새끼 공룡의 / 순금의 손을 달고
서양 어느 학자가 / Archaeopteryx*라 불렀다는
쥐라기의 새와 같은 새가 한 마리
연탄가스에 그을린 서울의 겨울의
제일 낮은 지붕 위에 / 내려와 앉는 것을,

– 김춘수, 〈겨울밤의 꿈〉

***쥐라기**: 시조새가 나타났던 중생대의 중간 시기   ***Archaeopteryx**: 아르케옵테릭스, 시조새

나 하늘은 날더러 구름이 되라 하고
땅은 날더러 바람이 되라 하네.
청룡 흑룡 흩어져 비 개인 나루
잡초나 일깨우는 잔바람이 되라네.
뱃길이라 서울 사흘 목계 나루에
아흐레 나흘 찾아 박가분 파는
가을볕도 서러운 방물장수 되라네.
산은 날더러 들꽃이 되라 하고
강은 날더러 잔돌이 되라 하네.
산 서리 맵차거든 풀 속에 얼굴 묻고
물여울 모질거든 바위 뒤에 붙으라네.
민물 새우 끓어 넘는 토방 툇마루
석삼 년에 한 이레쯤 천치로 변해
짐 부리고 앉아 쉬는 떠돌이가 되라네.
하늘은 날더러 바람이 되라 하고
산은 날더러 잔돌이 되라 하네.

– 신경림, 〈목계 장터〉

가

1 **시적 상황** 시적 화자는 서민들의 일상을 도와주는 ( )이/가 만들어졌던 과거를 떠올리며, 쥐라기의 새가 서민들의 지붕에 내려앉는 상상을 함

2 **시적 화자의 정서와 태도** 연민, 애정

3 **시어의 의미**
  • 연탄: 서민들의 삶에 온기를 주는 긍정적 대상
  • ( ): 화자의 상상을 시각적으로 보여 주는 장치

4 **표현상의 특징**
  • 전반부에서는 서민들의 일상적인 삶의 모습을 제시하고, 후반부에서는 꿈속의 환상적인 장면을 형상화함
  • ( )의 방식을 활용하여 시적 상황을 부각함

5 **시의 주제** ( )들의 삶이 따뜻해지기를 바라는 마음

나

1 **시적 상황** 하늘과 땅은 시적 화자인 '나'에게 ( )이/가 되어 살라고 하고, 산과 강은 '나'에게 정착하여 살라고 함

2 **시적 화자의 정서와 태도** 애환, 갈등

3 **시어의 의미**
  • 구름, 바람: ( )의 이미지, 떠돌이의 삶
  • ( ), 잔돌: 정착의 이미지, 보잘 것없는 민초의 삶
  • 산 서리, ( ): 시련, 고난, 가혹한 현실

4 **표현상의 특징**
  • 방랑과 정착의 ( )적 이미지의 시어를 통해 시상을 전개함
  • 4음보의 전통적 가락과 '-하고', '-하네', '-라네'의 반복을 통해 ( )을/를 형성함

5 **시의 주제** 떠돌이 민중의 삶의 ( )와/과 갈등

작품 간의 공통점 파악

1 (가)와 (나)의 공통점으로 가장 적절한 것은?

① 도치의 방식으로 마무리하여 여운을 자아내고 있다.

② 가상의 상황을 설정하여 시적 대상을 예찬하고 있다.

③ 유사한 구조의 문장을 반복하여 시적 의미를 강조하고 있다.

④ 들은 말을 옮기는 어투를 사용하여 화자의 태도를 드러내고 있다.

⑤ 하강적 이미지의 표현을 사용하여 애상적 분위기를 조성하고 있다.

외적 준거에 의한 작품 감상

2 〈보기〉를 참고하여 (가)를 감상한 내용으로 적절하지 않은 것은?

┌─ 보기 ─┐

　(가)는 우리나라가 본격적으로 경제 개발을 시작한 1960년대를 배경으로 하고 있다. 이 시기에는 도시에 사는 많은 사람들이 경제적으로 넉넉하지 못했으며, 서민들이 사용했던 주된 에너지원은 석탄이었다. 화자는 '연탄가스'에서 촉발된 상상력을 바탕으로, 연탄과 관련된 오래전 과거와 가난한 도시 사람들의 현재가 만나는 순간을 감각적으로 그려 내어 연민의 정서를 드러내고 있다.

└────────┘

① 연탄이 '가난한 시민들의 / 살과 피를 데워' 준다는 것은 연탄이 가난한 사람들에게 온기를 주는 수단이었음을 나타내는 것이겠군.

② '아들이 식후에 / 이웃집 라디오를 엿듣는' 것은 도시 사람들의 가난한 삶의 모습을 구체적으로 보여 주는 것이겠군.

③ '연탄가스'가 '쥐라기의 지층으로 내려간다'는 것은 화자가 연탄과 관련된 오래전 과거의 시간을 떠올리고 있음을 나타내는 것이겠군.

④ '가난한 서울의 시민들'이 '쥐라기의 새와 같은 새'를 만나는 '꿈'은 현실에서의 좌절감을 극복하기 위한 수단이라고 할 수 있겠군.

⑤ '쥐라기의 새와 같은 새'가 '제일 낮은 지붕 위에 / 내려와 앉는 것'은 가난한 사람들이 따뜻해지길 바라는 화자의 바람을 감각적으로 드러낸 것이겠군.

표현상의 특징 파악

3 (나)의 표현상의 특징으로 적절하지 않은 것은?

① 4음보의 전통적인 율격을 형성하고 있다.

② 동일한 종결 어미의 반복을 통해 운율을 형성하고 있다.

③ 대립적 이미지의 시어를 사용하여 주제 의식을 형상화하고 있다.

④ 계절의 변화와 화자의 정서 변화를 대응시켜 시상을 전개하고 있다.

⑤ 독백적 어조를 통해 내적 갈등을 겪는 화자의 심리를 드러내고 있다.

외적 준거에 의한 작품 감상

4 〈보기〉를 참고하여 (나)를 감상한 것으로 적절하지 않은 것은?

┌─ 보기 ─┐

　(나)는 떠돌아야 하는 숙명과 머물고 싶은 마음 사이에서 갈등하는 시적 화자의 심리를 통해 떠돌이 삶의 비애와 정착에의 소망을 그리고 있다. 평화롭고 안정적인 삶을 살 수가 없어 유랑의 삶을 살아가야 하는 민중들의 고달픈 처지가 잘 드러나 있는 작품이다.

└────────┘

① '구름'과 '바람'은 여기저기 떠돌아다니는 떠돌이 삶을 나타내는군.

② '가을볕도 서러운'에는 유랑하는 민중들의 삶의 비애가 드러나 있군.

③ '들꽃'과 '잔돌'은 보잘것없는 민중들의 처지를 상징적으로 보여 주는군.

④ '산 서리', '물여울'은 유랑의 삶 속에서 겪게 되는 시련과 고난을 나타내는군.

⑤ '짐 부리고 앉아 쉬는'에는 현실을 극복하려는 민중들의 의지가 드러나 있군.

음지의 꽃 / 달걀 속의 생 2

[1~5] 다음 글을 읽고 물음에 답하시오.

감상 매뉴얼

가

[A]
┌ 우리는 썩어 가는 참나무 떼,
└ 벌목의 슬픔으로 서 있는 이 땅

패역*의 골짜기에서

서로에게 기댄 채 겨울을 난다

[B]
┌ 함께 썩어 갈수록
└ 바람은 더 높은 곳에서 우리를 흔들고

[C]
┌ 이윽고 잠자던 홀씨들 일어나
└ 우리 몸에 뚫렸던 상처마다 버섯이 피어난다

황홀한 ㉠음지의 꽃이여

[D]
┌ 우리는 서서히 썩어 가지만
│ 너는 소나기처럼 후드득 피어나
└ 그 고통을 순간에 멈추게 하는구나

오, 버섯이여

[E]
┌ 산비탈에 구르는 낙엽으로도
└ 골짜기를 떠도는 바람으로도

[F]
┌ 덮을 길 없는 우리의 몸을
└ 뿌리 없는 너의 독기로 채우는구나

– 나희덕, <음지의 꽃>

*패역(悖逆): 사람으로서 마땅히 하여야 할 도리에 어긋나고 순리를 거슬러 불순함

가

1 시적 상황 시적 화자인 '우리'는 벌목으로 생명력을 잃어 가고 있지만 상처마다 피어나는 (　　　)을/를 보며 강인한 생명력을 느끼고 있음

2 시적 화자의 정서와 태도 예찬

3 시어의 의미
- 벌목의 슬픔, 패역의 골짜기: 인간에 의한 생명 파괴를 비판적으로 드러내는 시어
- (　　　　): 버섯. 자연의 강인한 생명력을 상징하는 소재

4 표현상의 특징
- 생명력을 잃어 가는 참나무 떼와 그 상처에서 피어나는 버섯을 대조적으로 제시함
- (　　　)적 표현을 사용하여 대상에 대한 예찬적 태도를 드러냄

5 시의 주제 인간에 의한 자연의 황폐화와 자연의 강인한 (　　　)

나

냉장고 문을 열면 달걀 한 줄이

온순히 꽂혀 있지,

차고 희고 순결한 것들

아무리 배가 고파도

난 그것들을 쉽게 먹을 순 없을 것 같애

교외선을 타고 갈 곳 없이 방황하던 무렵,

어느 시골 국민학교 앞에서

초라한 행상 아줌마가 팔고 있던

수십 마리의 그 노란 병아리들,

마분지곽 속에서 바글바글 끓다가

마분지곽 위로 보글보글 기어오르던

㉡그런 노란 것들이

(생명의 중심은 그렇게 따스한 것)

나

1 시적 상황 시적 화자인 '나'는 생명력 넘치는 병아리로 부화하지 못하고 냉장고 속에 갇힌 달걀 한 줄을 자신과 동일시하며 (　　　)을/를 느끼고 있음

2 시적 화자의 정서와 태도 연민

3 시어의 의미
- 냉장고, 냉장칸: 생명력이 느껴지지 않는 공간
- (　　　): 생명력이 넘치는 병아리와 대조적인 존재. 화자가 연민과 동질감을 느끼는 대상
- 여권이 분실된 사람: 절망적인 현실에서 벗어날 수 없는 화자 자신

4 표현상의 특징
- (　　　)되는 대상을 제시하여 주제 의식을 부각함
- (　　　)적 심상의 대비를 통해 시적 의미를 드러냄

5 시의 주제 절망적 현실에 대한 연민과 (　　　)한 삶의 태도

살아서 즐겁다고 꼬물거리던 모습이
살아서 불행하다고 늘상 암송하고 있던
나의 눈에 문득 눈물처럼 다가와 고이고

그렇다면 나는 여태 부화를 기다리고 있던
중이었을까,
아아, 얼마나 슬픈가.
차가운 냉장칸 맨 윗줄에서
달걀 껍질 속의 흰자위와 노른자위는
무슨 꿈들을 꾸고 있을까.
중풍으로 쓰러진 아버지의 병실에서
입원비 걱정을 하고 있는 우리 가난한 형제들처럼
흰자위와 노른자위도
무슨 그런 절망의 의논들을 하고 있을 것인가

사계절 전천후 냉장고
하얀 문을 조용히 열면
추운 달걀들의 속삭임소리가 들리는 것 같다,
엄마 엄마 안아줘요 따스한 품속에
어미닭에 안기지 못하고 만 달걀들처럼
희망소비자 가격보다 더 싸게 팔려온
너희들처럼
나도 역시 여권이 분실된 사람
희망의 온도가 차츰 내려갈 때
오히려 절망은 조용하고 초연해지는 것 같지,

– 김승희, 〈달걀 속의 생(生) 2〉

작품 간의 공통점과 차이점 파악

1 (가)와 (나)에 대한 설명으로 가장 적절한 것은?

① (가)는 (나)와 달리 음성 상징어를 통해 대상을 생동감 있게 제시하고 있다.

② (가)는 (나)와 달리 시간 순서를 역전시켜 현재 상황의 원인을 밝히고 있다.

③ (나)는 (가)와 달리 의문형 문장을 활용하여 대상에 대한 화자의 정서를 드러내고 있다.

④ (나)는 (가)와 달리 의인화한 대상을 제시하여 화자가 지향하는 삶의 모습을 드러내고 있다.

⑤ (가)와 (나)는 모두 색채의 대비를 통해 특정 대상의 속성을 부각하고 있다.

소재의 의미 파악

2 ㉠과 ㉡에 대한 설명으로 가장 적절한 것은?

① ㉠은 조화를 중시하는 삶을, ㉡은 개체의 의지를 중시하는 삶을 강조하고 있다.

② ㉠은 현대인이 당면한 비정한 현실을, ㉡은 현대인이 맞게 될 암울한 미래를 상징한다.

③ ㉠은 현재의 상황을 극복할 수 있는 의지를, ㉡은 현재의 상황에 순응하는 태도를 내포하고 있다.

④ ㉠과 ㉡은 모두 세속적인 가치에 초연한 삶의 자세를 드러내고 있다.

⑤ ㉠과 ㉡은 모두 부정적 상황과 대비되는 삶의 가치를 부각하고 있다.

시상 전개 과정과 시구의 의미 파악

3 [A]~[F]에 대한 이해로 가장 적절한 것은?

① [A]에서 참나무가 벌목으로 썩어 가는 모습은, [B]에서 바람에 흔들리는 나무의 모습과 순환적 관계를 형성한다.

② [B]에서 참나무의 상태에 변화를 가져온 움직임은, [C]에서 버섯이 피어나는 상황과 순차적 관계를 형성한다.

③ [C]에서 참나무의 상처에 생명이 생성되는 순간은, [D]에서 나무의 고통이 멈추는 과정과 대립적 관계를 형성한다.

④ [D]에서 참나무의 모습에 일어난 변화는, [E]에서 낙엽이나 바람이 처한 상황과 인과적 관계를 형성한다.

⑤ [E]에서 참나무의 주변에 존재하는 사물들은, [F]에서 나무를 채워 주는 존재로 제시된 대상과 동질적 관계를 형성한다.

외적 준거에 의한 작품 감상

5 〈보기〉를 바탕으로 (가)와 (나)를 감상한 내용으로 적절하지 <u>않은</u> 것은?

> ━━ 보기 ━━
>
> (가)와 (나)는 특정 공간의 성격에 주목하여 시상을 전개하고 있다. (가)와 (나)에는 모두 부정적 의미의 시적 공간이 설정되어 있는데, 이를 바탕으로 화자나 시적 대상이 처한 상황을 형상화하고 있다. 이 과정에서 대립되는 의미의 소재나 공간의 의미를 강화하는 소재가 제시되기도 한다. 이러한 공간 속에서 화자나 시적 대상이 상황에 대응하는 태도를 통해 주제 의식을 짐작할 수 있다.

① (가)에서는 '패역의 골짜기'가, (나)에서는 '냉장고'가 부정적인 의미를 지닌 공간으로 설정되어 있군.

② (가)에서는 '낙엽', '바람'과 '독기'를 지닌 '버섯'이, (나)에서는 '달걀 한 줄'과 '살아서 즐겁다고 꼬물거리던' '병아리'가 대조되어 나타나는군.

③ (가)에서는 계절적 배경인 '겨울'의 속성이, (나)에서는 '달걀'의 부화를 가로막는 '냉장칸'의 차가운 속성이 공간의 의미를 강화하고 있군.

④ (가)에서는 '서로에게 기댄 채' 겨울을 나는 모습을 통해, (나)에서는 '달걀들의 속삭임소리'를 통해 부정적 현실에 맞서고자 하는 태도를 드러내고 있군.

⑤ (가)에서는 '상처마다' 피어나는 '버섯'에 대한 예찬적 태도를 통해, (나)에서는 '냉장고'에 꽂혀 있는 '달걀'에 대한 연민의 태도를 통해 주제 의식을 짐작할 수 있군.

표현상의 특징 파악

4 (나)에 대한 이해로 적절하지 <u>않은</u> 것은?

① 어조의 변화를 통해 화자의 심리 변화를 드러내고 있다.

② 화자의 체험이 대상에 대한 인식에 영향을 미치고 있다.

③ 겉으로 드러난 화자가 대상을 바라보며 느끼는 인식이 나타나 있다.

④ 화자가 제시한 진술의 이유를 밝히는 방식으로 시상을 전개하고 있다.

⑤ 화자는 시적 대상과의 동일시를 통해 자신의 처지를 드러내고 있다.

벽 / 상행

[1~4] 다음 글을 읽고 물음에 답하시오.

가

옆구리에서 아까부터
무언가 꼼지락거리고 있었다.
내려다보니 작은 할머니였다.
만원 전동차에서 내리려고
혼자 ㉠헛되이 허우적거리고 있었다.
승객들은 빈틈없이 할머니를 에워싸고
높고 ㉡튼튼한 벽이 되어 있었다.
할머니가 아무리 중얼거리며 떠밀어도
벽은 꿈쩍도 하지 않았다.
할머니는 있는 힘을 다하였으나
태아의 발가락처럼 꿈틀거릴 뿐이었다.
전동차가 멈추고 문이 열리고 닫혔지만
벽은 ㉢조금도 흔들림이 없었다.
할머니가 필사적으로 꿈틀거리는 동안
꿈틀거릴수록 점점 작아지는 동안
승객들은 빈틈을 ㉣더 세게 조이며
더욱 ㉤견고한 벽이 되고 있었다.

— 김기택, 〈벽〉

가

1 **시적 상황** 시적 화자는 만원 전동차에서 내리기 위해 허우적거리는 할머니와 견고한 (   )이/가 되어 할머니를 둘러싸고 있는 승객들의 모습을 보고 있음
2 **시적 화자의 정서와 태도** 비판적
3 **시어의 의미**
  • (   ): 개별화, 파편화된 현대 사회의 모습을 상징하는 공간
  • 승객들: 비정한 현대인들
  • (   ): 사회적 약자를 소외시키는 비정한 현실
4 **표현상의 특징**
  • 사회적 약자인 '작은 할머니'와 비정한 현대인인 '승객들'을 (   )하여 세태를 비판함
  • 할머니의 행동과 승객들의 태도가 반복적·점층적으로 제시됨
5 **시의 주제** 타인에 대한 관심과 배려가 없는 현실에 대한 (   )

나

가을 연기 자욱한 저녁 들판으로
상행 열차를 타고 평택을 지나갈 때
흔들리는 차창에서 너는
문득 낯선 얼굴을 발견할지도 모른다.
그것이 너의 모습이라고 생각지 말아 다오.
오징어를 씹으며 화투판을 벌이는
낯익은 얼굴들이 네 곁에 있지 않느냐.
황혼 속에 고함치는 원색의 지붕들과
잠자리처럼 파들거리는 TV 안테나들
흥미 있는 주간지를 보며
고개를 끄덕여 다오.
농약으로 질식한 풀벌레의 울음 같은
심야 방송이 잠든 뒤의 전파 소리 같은
듣기 힘든 소리에 귀 기울이지 말아 다오.
확성기마다 울려 나오는 힘찬 노래와
고속도로를 달려가는 자동차 소리는 얼마나 경쾌하냐.

나

1 **시적 상황** 시적 화자인 '나'는 서울로 올라오는 열차 안에서 차창 밖으로 보이는 풍경을 통해 현실을 (   )하고 있음
2 **시적 화자의 정서와 태도** 비판적, 풍자적
3 **시어의 의미**
  • (   ): 현실을 비판하려는 모습
  • (   ): 현실에 순응하며 살아가는 사람들의 모습
4 **표현상의 특징**
  • (   )적 표현을 통해 현실을 풍자함
  • 동일한 종결 어미를 반복하여 운율을 형성함
  • 근대화를 상징하는 다양한 소재를 사용하여 비판 의식을 드러냄
5 **시의 주제** 왜곡된 근대화의 현실과 (   )적 삶에 대한 비판

예부터 인생은 여행에 비유되었으니

맥주나 콜라를 마시며

즐거운 여행을 해 다오.

되도록 생각을 하지 말아 다오.

놀라울 때는 다만

'아!' 라고 말해 다오.

보다 긴 말을 하고 싶으면 침묵해 다오.

침묵이 어색할 때는

오랫동안 가문 날씨에 관하여

아르헨티나의 축구 경기에 관하여

성장하는 GNP와 증권 시세에 관하여

이야기해 다오.

너를 위하여

그리고 나를 위하여.

– 김광규, 〈상행〉

시상 전개 과정의 이해

1 (가)와 (나)의 시상 전개에 대한 이해로 가장 적절한 것은?

① (가)와 (나)는 모두 시상 전개에 따라 시적 대상을 확대하고 있다.

② (가)와 (나)는 모두 시간적, 공간적 배경의 제시를 통해 시상을 구체화하고 있다.

③ (가)는 시선의 이동을 중심으로, (나)는 공간의 이동을 중심으로 시상을 전개하고 있다.

④ (가)는 관찰한 상황을 묘사하면서, (나)는 상대에게 말을 건네면서 시상을 전개하고 있다.

⑤ (가)는 정적인 이미지를 중심으로, (나)는 동적인 이미지를 중심으로 시상을 전개하고 있다.

시어의 의미 파악

2 ⊙~⊕의 의미를 고려하여 (가)를 이해한 내용으로 적절하지 <u>않은</u> 것은?

① ⊙을 활용하여 혼자의 힘으로는 문제를 해결할 수 없는 할머니의 상황을 부각하고 있군.

② ⓒ을 활용하여 할머니의 어려움을 심화시키는 대상을 강조하고 있군.

③ ⓒ을 활용하여 할머니의 고통에 반응하지 않는 승객들의 모습을 강조하고 있군.

④ ⓔ을 활용하여 속박된 상황을 벗어나려는 할머니의 모습을 부각하고 있군.

⑤ ⑩을 활용하여 할머니의 처지에 관계없이 자신의 상황을 고수하고 있는 승객들의 모습을 부각하고 있군.

표현상의 특징 파악

3 (나)에 대한 설명으로 가장 적절한 것은?

① 회상의 방식을 통해 바람직한 미래상을 제시하고 있다.

② 수미상응의 구조를 활용하여 화자의 정서를 강조하고 있다.

③ 반어적 어조를 사용하여 현실에 대한 비판적 태도를 드러내고 있다.

④ 근경에서 원경으로 시선을 이동하여 대상을 상세하게 묘사하고 있다.

⑤ 화자의 정서를 특정 사물에 투영하여 그리움의 정서를 환기하고 있다.

작품의 종합적 이해

4 〈보기〉를 바탕으로 (나)의 시적 화자와 대상과의 관계를 분석했을 때, 적절하지 <u>않은</u> 것은?

> 보기

　〈상행〉은, 급속하게 진행되는 산업화의 과정에서 파생된 현실의 부정적 상황을 도외시한 채 쾌락과 이익만을 추구하는 인간 군상에 대한 비판 의식을 드러내고 있다. 시인은 삶에 대한 진지한 고뇌와 자각이 인간의 삶을 좀 더 바람직한 방향으로 전환하게 하는 계기가 됨을 시적 화자의 목소리를 통해 말하고 있다. 이 작품에서의 '너'를 시적 대상이자 청자라고 할 때, 아래와 같이 나타낼 수 있다.

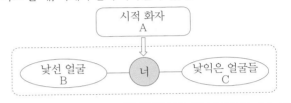

① A는 개인주의적 태도에 대한 자기 성찰의 필요성을 '너'에게 일깨워 주고 있다.

② B는 사회 이면에 존재하는 근본 문제에 대해 고민하는 인물의 모습을 형상화하고 있다.

③ C는 사회 현실을 외면한 채 자신의 욕망에만 집착하는 현대인의 모습을 나타내고 있다.

④ A는 B의 인식 변화를 통해 '너'가 직면하고 있는 현실이 개선될 것으로 기대하고 있다.

⑤ A는 '너'가, C로 대표되는 삶의 유형으로부터 벗어나 냉철한 인식을 지니도록 요청하고 있다.

봄비 / 산에 언덕에

[1~5] 다음 글을 읽고 물음에 답하시오.

감상 매뉴얼

㉮ 이 비 그치면
　　내 마음 강나루 긴 언덕에
　　서러운 풀빛이 짙어 오것다.

　　푸르른 보리밭 길
　　맑은 하늘에
　　종달새만 무어라고 지껄이것다.

　　이 비 그치면
　　시새워 벙글어질 고운 꽃밭 속
　　처녀애들 짝하여 새로이 서고

　　임 앞에 타오르는
　　향연(香煙)과 같이
　　땅에선 또 아지랑이 타오르것다.

　　　　　　　　　　　　　　　　　　– 이수복, 〈봄비〉

㉯ 그리운 그의 얼굴 다시 찾을 수 없어도
　　화사한 그의 꽃
　　산에 언덕에 피어날지어이.

　　그리운 그의 노래 다시 들을 수 없어도
　　맑은 그 숨결
　　들에 숲속에 살아갈지어이.

　　쓸쓸한 마음으로 들길 더듬는 행인(行人)아.

　　눈길 비었거든 바람 담을지네.
　　바람 비었거든 인정(人情) 담을지네.

　　그리운 그의 모습 다시 찾을 수 없어도
　　울고 간 그의 영혼
　　들에 언덕에 피어날지어이.

　　　　　　　　　　　　　　　　　　– 신동엽, 〈산에 언덕에〉

㉮

1 시적 상황　시적 화자인 '나'는 (　　　)
　내리는 풍경을 보며 사랑하는 (　　　)
　을/를 잃은 자신의 처지를 슬퍼하고 있음
2 시적 화자의 정서와 태도　(　　　), 그
　리움, 애상감
3 시어의 의미
　• (　　　): 시상(애상적 정서) 유발의
　　매개물
　• 향연: 임의 (　　　) 암시
4 표현상의 특징
　• 대립적 이미지(생동감 넘치는 봄의 풍
　　경 ↔ 임을 잃은 화자의 처지)를 통해
　　주제를 효과적으로 전달함
　• (　　　)의 민요적 율격과 종결 어미
　　의 반복으로 운율을 형성함
5 시의 주제　봄비 내리는 날의 (　　　)적
　정서

㉯

1 시적 상황　시적 화자는 부재하는 '그'를
　그리워하며 '그'가 추구하던 소망과 신념
　이 실현될 것이라고 확신하고 있음
2 시적 화자의 정서와 태도　그리움, 추모
3 시어의 의미
　• (　　　): 부활한 '그'의 화신, '그'의
　　소망(민주주의)의 실현
　• (　　　): '그'에 대한 그리움을 지닌
　　존재(화자의 객관적 대리인)
4 표현상의 특징
　• 유사한 통사 구조의 반복과 대구적 표
　　현을 통해 (　　　)을/를 형성함
　• '(　　　)'의 종결 어미의 반복으로
　　화자의 소망과 믿음을 강조함
5 시의 주제　그리운 이가 추구하던 소망의
　(　　　)에 대한 염원

시상 전개 과정의 이해

1 (가)에 대한 감상으로 적절하지 않은 것은?

① 1연에서는 화자의 정서와 시의 전반적인 분위기를 짐작할 수 있게 한다.

② 2연에는 화자의 정서와 상반되는 분위기가 나타나 있다.

③ 3연을 계기로 하여 화자의 정서가 급박하게 변하고 있다.

④ 4연에는 1연에서 화자가 느끼는 서러움의 원인이 제시되어 있다.

⑤ 1~4연에서 계절적 배경이 주제 의식을 드러내는 데 중요한 역할을 하고 있다.

표현상의 특징 파악

3 (나)에 대한 설명으로 가장 적절한 것은?

① 색채의 대비를 통해 시적 정황을 드러내고 있다.

② 시간의 흐름에 따른 공간의 변화가 나타나고 있다.

③ 유사한 통사 구조를 반복하여 운율감을 형성하고 있다.

④ 명사로 시상을 마무리하여 시적 여운을 자아내고 있다.

⑤ 화자 자신의 경험을 서사적으로 구성하여 제시하고 있다.

시상 전개에 따른 작품 감상

4 (나)에 대한 설명으로 적절하지 않은 것은?

① 1연은 '~ㄹ지어이'를 통해 화자의 기대와 소망을 드러내면서 시상을 열고 있다.

② 2연은 '그'의 이미지를 변주하여 1연의 내용을 반복함으로써 의미를 강조하고 있다.

③ 3연은 '행인'에게 말을 건네는 형식으로 상황에서 비롯된 정서를 자연스럽게 드러내고 있다.

④ 4연은 '비었거든'과 '담을지네'를 호응시켜 화자가 처한 상황을 이겨 내고자 하는 태도를 드러내고 있다.

⑤ 5연은 수미 상관을 통해 자연과 하나가 된 화자의 모습을 부각하며 시상을 마무리하고 있다.

외적 준거에 의한 작품 감상

2 〈보기〉를 참고하여 (가)를 이해한다고 할 때, 적절하지 않은 것은?

─ 보기 ─

시를 읽을 때 머릿속에 떠오르는 구체적인 모습과 움직임, 상태 등을 이미지라고 한다. 이미지는 그것과 연관된 화자의 정서에 따라 상승 이미지와 하강 이미지로 나눌 수 있다. 상승 이미지는 시적 화자의 정서를 끌어올리는 이미지로, 밝고 긍정적인 느낌들과 연결되는 경우가 많다. 또 하강 이미지는 시적 화자의 정서를 가라앉게 만드는 이미지로, 어둡고 부정적인 느낌들과 연결되는 경우가 많다.

① 봄의 생명력을 나타내는 자연물이 시의 상승 이미지를 형성하고 있다.

② 화자의 애상감과 관련된 자연물이 시의 하강 이미지를 형성하고 있다.

③ 시 전체적으로 상승 이미지와 하강 이미지가 대비되어 주제를 형상화하는 데 기여하고 있다.

④ 상승 이미지의 시어인 '아지랑이'는 '향연'이라는 시어와 대비되어 화자의 슬픔을 더욱 부각하고 있다.

⑤ 하강 이미지의 시어인 '비'는 시 전체의 분위기와는 상반되는 분위기를 조성하고 있다.

외적 준거에 의한 작품 감상

5 〈보기〉를 참고하여 (나)를 감상한 내용으로 적절하지 않은 것은?

─ 보기 ─

창작 시기와 시인의 창작 경향을 고려할 때, 〈산에 언덕에〉는 4·19 혁명 과정에서 독재 권력의 억압에 맞서 자유와 민주를 외치다 희생된 사람들을 추모하는 노래로 볼 수 있다.

① '그리운 그의 얼굴'은 4·19 혁명 과정에서 희생된 사람들이라고 할 수 있겠군.

② '피어날지어이'는 4·19 혁명 희생자들이 소망했던 정신이 부활하기를 바라는 것이겠군.

③ '그의 노래'는 4·19 혁명 과정에서 외쳤던 자유와 정의를 향한 목소리로 볼 수 있겠군.

④ '행인'은 4·19 혁명 희생자들의 염원이 외면당하고 있는 현실을 개탄하고 있군.

⑤ '울고 간 그의 영혼'은 억압적인 현실을 살다 간 희생자들의 고통스러운 삶과 관련이 있겠군.

거울 / 새 1

[1~4] 다음 글을 읽고 물음에 답하시오.

감상 매뉴얼

가 거울속에는소리가없소
　저렇게까지조용한세상은참없을것이오

　거울속에도내게귀가있소
　내말을못알아듣는딱한귀가두개나있소

　거울속의나는왼손잡이오
　내악수(握手)를받을줄모르는 ─ 악수를모르는왼손잡이오

　거울때문에나는거울속의나를만져보지를못하는구료마는
　거울이아니었던들내가어찌거울속의나를만나보기만이라도했겠소

　나는지금(至今)거울을안가졌소마는거울속에는늘거울속의내가있소
　잘은모르지만외로된사업(事業)에골몰할게요

　거울속의나는참나와는반대(反對)요마는
　또꽤닮았소
　나는거울속의나를근심하고진찰(診察)할수없으니퍽섭섭하오

― 이상, 〈거울〉

나　　　　　1
　하늘에 깔아 논 / 바람의 여울터에서나
　속삭이듯 서걱이는 / 나무의 그늘에서나, 새는
　노래한다. 그것이 노래인 줄도 모르면서
　새는 그것이 사랑인 줄도 모르면서
　두 놈이 부리를 / 서로의 죽지에 파묻고
　따스한 체온을 나누어 가진다.

　　　　　2
　새는 울어 / 뜻을 만들지 않고
　지어서 교태로
　사랑을 가식하지 않는다.

　　　　　3
　─포수는 한 덩이 납으로
[A]　그 순수를 겨냥하지만
　매양 쏘는 것은
　─피에 젖은 한 마리 상한 새에 지나지 않는다.

― 박남수, 〈새 1〉

가

1 시적 상황　시적 화자인 '나'는 거울을 바라보며, 자아의 (　　　)을/를 겪고 있음
2 시적 화자의 정서와 태도　안타까움
3 시어의 의미
　•(　　　): 두 자아의 단절의 장치이자 만남의 매개체
　•(　　　): 두 자아의 화해의 시도
　•외로된사업: 현실적 자아의 의도에서 벗어난 내면적 자아의 행동
4 표현상의 특징
　•(　　　　　)을/를 사용하여 의식의 흐름에 따라 서술함
　•(　　　　)을/를 하지 않음으로써 화자의 분열된 자의식을 효과적으로 표현함
5 시의 주제　현대인의 (　　　)와/과 불안한 심리

나

1 시적 상황　시적 화자는 (　　　)을/를 지닌 '새'를 쏘는 '포수'를 비판함
2 시적 화자의 정서와 태도　비판적
3 시어의 의미
　•(　　　): 자연, 생명, 순수의 표상
　•한 덩이 (　　　): 인간 문명의 파괴성, 비정함
　•상한 새: (　　　)에 의해 파괴된 자연의 순수성
4 표현상의 특징
　•(　　　)적 이미지의 시어를 통해 주제를 형상화함
　•관념적인 주제를 감각적으로 형상화함
5 시의 주제　순수의 가치에 대한 옹호와 인간 문명의 (　　　) 비판

표현상의 특징 파악

1 (가)에 대한 설명으로 가장 적절한 것은?

① 비현실적 공간을 제시하며 환상적인 분위기를 조성하고 있다.

② 소재의 특성을 활용하여 화자의 정서적 상태를 표현하고 있다.

③ 외부 세계와 내면세계를 대비하며 일상적인 삶을 반성하고 있다.

④ 성찰과 회상의 어조를 교차 사용하여 화자의 처지를 부각하고 있다.

⑤ 처음과 끝이 상응하는 방식으로 구조화하여 시적 안정감을 조성하고 있다.

외적 준거에 의한 작품 감상

2 〈보기〉를 참고하여 (가)를 감상한 내용으로 적절하지 <u>않은</u> 것은?

─ 보기 ─

이 시에서 '거울'은 단순히 물체의 모양을 비추어 보는 물건이라는 의미를 넘어서 자의식의 세계를 보여 주는 상징물이라고 할 수 있다. 이는 화자가 '거울'을 바라보며 거울 속의 '나'와 거울 밖의 '나'를 의식하는 모습에서 확인된다. 화자의 이러한 모습은 현대인의 비극적 자아 분열로도 이해할 수 있다.

① '저렇게까지조용한세상'에서 거울 밖의 세계와 거울 속의 세계가 단절되어 있음을 알 수 있군.

② '거울속에도내게귀가있소'에서 '거울'이 화자에게 또 다른 자신의 모습을 바라보게 하고 있음을 알 수 있군.

③ '내악수를받을줄모르는'에서 화자가 거울 속의 자아와 화해를 시도했지만 실패했음을 알 수 있군.

④ '외로된사업에골몰할게요'에서 화자의 자아 분열이 심각한 상태에 이르렀음을 알 수 있군.

⑤ '거울속의나를근심하고진찰할수없으니'에서 화자가 현실의 자신과 마찬가지로 거울 속 자아 또한 진찰이 필요한 존재로 인식하고 있음을 알 수 있군.

표현상의 특징 파악

3 (나)에 대한 설명으로 가장 적절한 것은?

① 시간의 경과에 따라 시상을 전개하고 있다.

② 역설적 표현을 통해 시적 의미를 강조하고 있다.

③ 영탄적 어조를 통해 고조된 감정을 표현하고 있다.

④ 시적 대상의 의미를 대비하여 주제를 드러내고 있다.

⑤ 공감각적 표현을 통해 시적 분위기를 묘사하고 있다.

작품의 창의적 감상

4 〈보기〉의 '새로운 관점'에서 [A]를 이해한 내용으로 적절한 것은?

─ 보기 ─

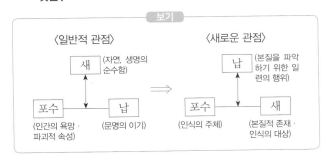

① [A]의 '새'는 쉽게 파괴되고 마는 순수를 표현하고 있다.

② [A]의 '납'은 인간의 이기적인 욕망을 극명하게 드러내고 있다.

③ [A]의 '포수'는 비정하고 폭력적인 인간의 모습을 드러내고 있다.

④ [A]는 문명에 의해 파괴되는 자연의 모습을 표현하고 있다.

⑤ [A]는 인간의 인식 능력이 갖는 본질적 한계를 표현하고 있다.

[1~4] 다음 글을 읽고 물음에 답하시오.

감상 매뉴얼

가

이 길을 만든 이들이 누구인지를 나는 안다
이렇게 길을 따라 나를 걷게 하는 그이들이
지금 조릿대밭 눕히며 소리치는 바람이거나
이름 모를 풀꽃들 문득 나를 쳐다보는 수줍음으로 와서
내 가슴 벅차게 하는 까닭을 나는 안다
그러기에 짐승처럼 그이들 ㉠옛 내음이라도 맡고 싶어
나는 자꾸 집을 떠나고
그때마다 서울을 버리는 일에 신명나지 않았더냐
무엇에 쫓기듯 살아가는 이들도
힘이 다하여 비칠거리는 발걸음들도
무엇 하나씩 저마다 다져 놓고 사라진다는 것을
뒤늦게나마 나는 배웠다
그것이 부질없는 되풀이라 하더라도
그 부질없음 쌓이고 쌓여져서 마침내 길을 만들고
길 따라 그이들 따라 오르는 일
이리 힘들고 어려워도
왜 내가 지금 주저앉아서는 안 되는지를 나는 안다

– 이성부, 〈산길에서〉

가

1 시적 상황 시적 화자인 '나'는 (   )
을/를 걸으며, 평범한 사람들의 힘들이지만
최선을 다해 살아가는 삶이 민중의 역사
를 만들었음을 깨닫고 있음

2 시적 화자의 정서와 태도 (   ), 의
지적

3 시어의 의미
• (   ): 화자가 걷고 있는 산길, 민
중의 역사
• 바람, (   ): 화자의 애정과 믿음이
깃든 대상, 민중

4 표현상의 특징
• (   )와/과 상징적 표현을 통해 주
제를 형상화함
• 신념에 찬 단정적 어조를 통해 화자의
믿음을 강조함

5 시의 주제 산길에서 깨닫는 (   )의
가치와 의미

나

창(窓)밖에 밤비가 속살거려
육첩방(六疊房)은 남의 나라,

시인(詩人)이란 슬픈 천명(天命)인 줄 알면서도
한 줄 시(詩)를 적어 볼까,

땀내와 사랑내 포근히 품긴
보내 주신 ㉡학비 봉투(學費封套)를 받아

대학(大學) 노-트를 끼고
늙은 교수(敎授)의 강의 들으러 간다.

생각해 보면 어린 때 동무들
하나, 둘, 죄다 잃어버리고

나는 무얼 바라
나는 다만, 홀로 침전(沈澱)하는 것일까?

나

1 시적 상황 시적 화자인 '나'는 (   )
이/가 쉽게 씌어지는 것에 대한 자기 성
찰을 통해 부정적 현실에 대한 극복 의지
를 다지고 있음

2 시적 화자의 정서와 태도 (   ), 극
복, 의지적

3 시어의 의미
• (   ): 일제에 대한 저항 의지
• (   ): 암울한 시대 상황(일제 강점
기)
• (   ): 현실적 자아와 내면적 자아
의 화해

4 표현상의 특징
• (   )적 어조를 통해 화자의 자기
성찰과 극복 의지를 보여 줌
• (   )적 이미지의 시어를 통해 시
적 의미를 강화함

5 시의 주제 어두운 시대 현실 속에서의
고뇌와 자기 (   )

인생(人生)은 살기 어렵다는데
시(詩)가 이렇게 쉽게 씌어지는 것은
부끄러운 일이다.

육첩방(六疊房)은 남의 나라
창(窓)밖에 밤비가 속살거리는데,

등불을 밝혀 어둠을 조금 내몰고,
시대(時代)처럼 올 아침을 기다리는 최후(最後)의 나,

나는 나에게 작은 손을 내밀어
눈물과 위안(慰安)으로 잡는 최초(最初)의 악수(握手).

— 윤동주, 〈쉽게 씌어진 시〉

작품 간의 공통점 파악

1 (가)와 (나)의 공통점으로 가장 적절한 것은?

① 화자는 자연에서 삶의 이치를 깨닫고 있다.
② 화자는 시적 대상과의 관계 회복을 소망하고 있다.
③ 현재 상황에 대한 화자의 내면적 다짐이 드러나 있다.
④ 시적 대상에 대한 화자의 비판적인 인식이 나타나 있다.
⑤ 현실에 대한 긍정적 인식을 자연물을 통해 표현하고 있다.

외적 준거에 의한 작품 감상

2 〈보기〉를 고려하여 (가)를 감상한 내용으로 적절하지 않은 것은?

보기

　〈산길에서〉에는 사람들의 발길이 모이면 길이 만들어지듯이, 민중의 삶이 쌓이면 민중의 역사도 이루어진다는 화자의 인식이 드러나 있다. 화자는 현실에서 고통받는 그들의 삶을 외면하지 않고, 힘없는 자들에 대한 애정과 믿음을 바탕으로 한 역사의식을 보여 주고 있다.

① '이 길'은 화자보다 앞선 사람들의 발길로 인해 만들어진 길로 민중의 역사로 볼 수 있겠군.
② '바람'과 '풀꽃'은 화자의 애정이 깃든 대상으로, 화자를 '가슴 벅차게 하는' 존재라 할 수 있겠군.
③ '무엇에 쫓기듯 살아가는 이들'은 현실에서 힘겹게 살아가는 사람들로 화자는 그들의 삶에서 깨달음을 얻고 있군.
④ '부질없는 되풀이'는 힘없는 자들에 대한 화자의 믿음이 현실의 고통으로 인해 꺾일 수 있다는 염려가 담겨 있군.
⑤ '지금 주저앉아서는 안 되는지를 나는 안다'는 '길'을 걷는 화자도 민중의 역사에 참여하고 있다는 역사의식과 관련이 있군.

3 〈보기〉를 바탕으로 (나)를 감상한 내용으로 적절하지 <u>않은</u> 것은?

> 보기

〈쉽게 씌어진 시〉는 윤동주가 일제 강점기 때 일본에서 유학하며 쓴 시이다. 이 시에서 화자는 자아 성찰을 통해 무기력한 삶을 반성하고 현실을 극복하려는 의지와 희망적인 미래에 대한 확신을 드러낸다. 이 과정에서 현실에 안주하고 있는 현실적 자아와 현실 극복 의지를 지닌 이상적 자아 사이의 갈등은 해소되고 두 자아는 화해를 이루게 된다.

① '육첩방은 남의 나라'는 화자가 처해 있는 부정적인 현실을 의미하는군.
② '홀로 침전하는 것'은 일제 강점기 현실 속에서 고결함을 유지하고자 하는 화자의 의지를 나타내는군.
③ '등불을 밝혀 어둠을 조금 내몰고'는 현실 상황을 극복하려는 화자의 의지를 드러내는군.
④ '시대처럼 올 아침'은 긍정적인 미래에 대한 화자의 확고한 인식을 드러내는군.
⑤ '최초의 악수'는 현실적 자아와 이상적 자아가 화해에 이르렀음을 나타내는군.

4 ㉠과 ㉡에 대한 설명으로 적절한 것은?

① ㉠에는 대상으로 인한 화자의 심리적 갈등이 담겨 있다.
② ㉡에는 대상에 대한 화자의 동경과 좌절이 함축되어 있다.
③ ㉠은 화자의 연민을, ㉡은 화자의 체념을 환기하고 있다.
④ ㉠은 화자에게 신명을, ㉡은 화자에게 자책감을 불러일으킨다.
⑤ ㉠과 ㉡에는 모두 대상으로 인한 화자의 비극성이 드러나 있다.

08 접동새 / 전라도 가시내

[1~5] 다음 글을 읽고 물음에 답하시오.

가

접동
접동
아우래비 접동

진두강(津頭江) 가람 가에 살던 누나는
진두강 앞마을에
와서 웁니다.

옛날, 우리나라
먼 뒤쪽의
진두강 가람 가에 살던 누나는
의붓어미 시샘에 죽었습니다.

누나라고 불러 보랴
오오 불설워
시새움에 몸이 죽은 우리 누나는
죽어서 접동새가 되었습니다.

아홉이나 남아 되던 오랩동생을
죽어서도 못 잊어 차마 못 잊어
야삼경(夜三更) 남 다 자는 밤이 깊으면
이 산 저 산 옮아 가며 슬피 웁니다.

– 김소월, 〈접동새〉

나

알룩조개에 입 맞추며 자랐나
눈이 바다처럼 푸를 뿐더러 까무스레한 네 얼굴
가시내야
나는 발을 얼구며
무쇠 다리를 건너온 함경도 사내

바람 소리도 호개도 인전 무섭지 않다만
어두운 등불 밑 안개처럼 자욱한 시름을 달게 마시련다만
어디서 흥참한 기별이 뛰어들 것만 같애
두터운 벽도 이웃도 못 미더운 북간도 술막

온갖 방자의 말을 품고 왔다

가

1 시적 상황 시적 화자는 의붓어미의 시샘으로 죽은 (   )이/가 동생들을 잊지 못해 접동새가 되어 슬피 운다고 여기고 있음

2 시적 화자의 정서와 태도 한(恨), 슬픔, 그리움

3 시어의 의미
　• (   ): 죽은 누이의 화신, 한(恨)의 상징

4 표현상의 특징
　• 서북 지방의 (   )을/를 제재로 하여 시상을 전개함
　• 의성어를 활용하여 (   )적 분위기를 형성함

5 시의 주제 죽어서도 잊지 못하는 혈육의 정한(情恨)

나

1 시적 상황 시적 화자인 '나'는 함경도 사내로, (   )에서 만난 전라도 가시내의 이야기를 듣고 연민을 느낌

2 시적 화자의 정서와 태도 위로, (   ), 비장함

3 시어의 의미
　• 전라도 가시내, (   ): 고향을 잃고 유랑하는 우리 민족 구성원
　• 눈포래 휘감아치는 벌판: 암담하고 절망적인 현실

4 표현상의 특징
　• (   )적 요소를 통해 우리 민족의 비극적 삶을 구체적으로 형상화함
　• 토속적인 시어와 (   )의 사용으로 향토적 정서를 조성함

5 시의 주제 북간도로 떠밀려 간 우리 민족의 비극적 삶

눈포래를 뚫고 왔다
가시내야
너의 가슴 그늘진 숲속을 기어간 오솔길을 나는 헤매이자
술을 부어 남실남실 술을 따라
가난한 이야기에 고이 잠거 다오

네 두만강을 건너왔다는 석 달 전이면
단풍이 물들어 천 리 천 리 또 천 리 산마다 불탔을 겐데
그래도 외로워서 슬퍼서 치마폭으로 얼굴을 가렸더냐
두 낮 두 밤을 두루미처럼 울어 울어
불술기 구름 속을 달리는 양 유리창이 흐리더냐

차알싹 부서지는 파도 소리에 취한 듯
때로 싸늘한 웃음이 소리 없이 새기는 보조개
가시내야
울 듯 울 듯 울지 않는 전라도 가시내야
두어 마디 너의 사투리로 때 아닌 봄을 불러 줄게
손때 수줍은 분홍 댕기 휘휘 날리며
잠깐 너의 나라로 돌아가거라

이윽고 얼음길이 밝으면
나는 눈포래 휘감아치는 벌판에 우줄우줄 나설 게다
노래도 없이 사라질 게다
자욱도 없이 사라질 게다

— 이용악, 〈전라도 가시내〉

작품 간의 공통점과 차이점 파악

1 (가)와 (나)에 대한 설명으로 가장 적절한 것은?

① (가)와 (나)는 모두 명시적인 청자에게 말을 건네는 어투를 사용하여 시상을 전개하고 있다.

② (가)는 (나)와 달리 영탄적 표현을 사용하여 화자의 고조된 감정을 드러내고 있다.

③ (나)는 (가)와 달리 음성 상징어를 통해 시적 분위기를 생동감 있게 전달하고 있다.

④ (가)는 공간의 이동에 따라, (나)는 시간의 흐름에 따라 변화하는 화자의 정서를 드러내고 있다.

⑤ (가)는 동일한 시어의 반복을 통해, (나)는 유사한 구절의 반복을 통해 현실에 맞서려는 화자의 태도를 부각하고 있다.

표현상의 특징 파악

2 (가)에 나타난 표현상의 특징으로 적절하지 않은 것은?

① 애상적 어조를 통해 비극적 상황을 드러내고 있다.

② 행의 길이에 변화를 주어 리듬의 완급을 조절하고 있다.

③ 청각적 이미지를 활용하여 주제 의식을 부각하고 있다.

④ 구체적 지명을 제시하여 향토적 정서를 환기하고 있다.

⑤ 청유형의 문장을 사용하여 화자의 생각을 직접적으로 나타내고 있다.

외적 준거에 의한 작품 감상

3 〈보기〉를 참고하여 (가)를 감상한 내용으로 가장 적절한 것은?

━━ 보기 ━━

　김소월의 시에서 한(恨)은 서로 모순을 이루는 두 감정이 갈등을 일으키고, 그 갈등이 끝내 풀리지 않을 때 생긴다. 예컨대 한은 체념해야 할 상황에서도 미련을 버리지 못하거나, 자책과 상대에 대한 원망(怨望)이 충돌하여 이렇게도 저렇게도 할 수 없을 때 맺힌다.

① '차마' 못 잊는다는 것으로 보아, '누나'의 한은 죽어서도 동생들에 대한 미련을 끊어 내지 못하여 생긴 것 같아.

② '시샘'이 '시새움'으로 변주되고 있는 것으로 보아, '누나'의 한은 의붓어미와의 갈등이 깊어지고 있을 때 맺힌 것 같아.

③ '이 산 저 산' 떠도는 새의 모습으로 보아, '누나'의 한은 모든 희망을 버리고 방황하며 체념하고 있을 때 맺힌 것 같아.

④ '야삼경'에도 잠들지 못하는 것으로 보아, '누나'의 한은 자신의 심정이 어떤 상태인지 파악하지 못하여 생긴 것 같아.

⑤ '오랩동생'과 이별하는 심경이 표현된 것으로 보아, '누나'의 한은 홀로 가족을 떠나는 행위를 자책하고 있을 때 맺힌 것 같아.

외적 준거에 의한 시구의 의미 파악

5 〈보기〉를 참고하여 (나)를 이해한 내용으로 적절하지 **않은** 것은?

━━ 보기 ━━

　〈전라도 가시내〉에는 일제 강점기 유이민들의 상황이 형상화되어 있다. 이런 시적 상황이 시 속의 인물인 '나'와 '가시내'의 행위를 통해 한 편의 이야기처럼 펼쳐지고 있다. 즉, 과거와 현재, 미래의 시간 속에서 인물들의 이야기가 입체적으로 전개되고 있다.

① '알룩조개에 입 맞추며 자랐나'는 '가시내'가 과거에 바닷가에서 살았음을 '나'가 추측한 것이다.

② '어디서 흉참한 기별이 뛰어들 것만 같애'를 통해 현재 '나'가 마음 편히 지낼 수 없는 상황에 놓여 있음을 알 수 있다.

③ '단풍이 물들어 천 리 천 리 또 천 리 산마다 불탔을 겐데'에는 '가시내'의 삶이 미래에는 나아질 것이라는 '나'의 확신이 담겨 있다.

④ '때로 싸늘한 웃음이 소리 없이 새기는 보조개'는 '가시내'의 한스러운 현재 심리 상태가 표출된 것이다.

⑤ '나는 눈포래 휘감아치는 벌판에 우줄우줄 나설 게다'에서는 고난에 맞서려는 '나'의 의지와 미래의 행동을 짐작할 수 있다.

시적 상황에 대한 이해

4 (나)의 화자 및 시적 대상과 관련된 공간을 〈보기〉와 같이 도식화하여 이해한다고 할 때, 적절하지 **않은** 것은?

━━ 보기 ━━

① 화자인 '나'는 온갖 고난을 겪으며 ㉠에서 ㉢으로 왔다.

② 시적 대상인 '너'는 석 달 전 두만강을 건너 ㉢으로 왔다.

③ 화자인 '나'는 '너'의 가난했던 ㉡에서의 생활을 듣고 유대감을 느낀다.

④ 화자인 '나'는 '너'가 ㉡을 떠나 ㉢으로 올 때, 두루미처럼 슬피 울었을 것이라 짐작한다.

⑤ 화자인 '나'는 '너'와 함께, 불안하고 삭막한 ㉢을 떠나 '너의 나라'인 ㉡으로 돌아가려 한다.

교목 / 누군가 나에게 물었다

[1~4] 다음 글을 읽고 물음에 답하시오.

가 푸른 하늘에 닿을 듯이
세월에 불타고 우뚝 남아 서서
차라리 봄도 꽃 피진 말아라.

낡은 거미집 휘두르고
끝없는 꿈길에 혼자 설레이는
마음은 아예 뉘우침 아니라.

검은 그림자 쓸쓸하면
마침내 호수 속 깊이 거꾸러져
차마 바람도 흔들진 못해라.

– 이육사, 〈교목〉

가

1 **시적 상황** 시적 화자는 우뚝 서서 흔들림이 없는 (   )을/를 바라보며 굳은 의지를 다지고 있음

2 **시적 화자의 정서와 태도** 단호함, 의지적, 신념

3 **시어의 의미**
· (   ): 교목이 지향하는 세계, 이상과 염원의 세계
· 낡은 거미집, (   ): 암울한 시대 상황
· (   ): 유혹이나 외부의 힘

4 **표현상의 특징**
· 각 연을 (   )(으)로 종결하여 저항 의지를 강조함
· 강인하고 의지적인 (   )적 어조를 사용함

5 **시의 주제** 암담한 현실에도 굴하지 않는 강인한 (   )

나 누군가 나에게 물었다. 시가 뭐냐고
나는 시인이 못 됨으로 잘 모른다고 대답하였다.
무교동과 종로와 명동과 남산과
서울역 앞을 걸었다.
저녁녘 남대문 시장 안에서
빈대떡을 먹을 때 생각나고 있었다.
그런 사람들이
엄청난 고생 되어도
순하고 명랑하고 맘 좋고 인정이
있으므로 슬기롭게 사는 사람들이
그런 사람들이
이 세상에서 알파이고
고귀한 인류이고
영원한 광명이고
다름 아닌 시인이라고.

– 김종삼, 〈누군가 나에게 물었다〉

나

1 **시적 상황** 시적 화자인 '나'는 (   )이/가 무엇인지 답을 찾기 위해 거리를 걷다가 가난해도 인간답게 살아가는 사람들의 모습에서 그 답을 찾음

2 **시적 화자의 정서와 태도** 성찰, (   ), 긍정적

3 **시어의 의미**
· 알파, (   ), 영원한 광명, (   ): 서민들의 삶에 높은 가치를 부여한 표현

4 **표현상의 특징**
· 일상의 (   )을/를 소재로 시상을 전개함
· (   )의 이동에 따른 화자의 깨달음이 나타남

5 **시의 주제** 시인의 사회적 책무와 서민들의 (   )하고 건강한 삶에 대한 긍정

작품 간의 공통점과 차이점 파악

1 (가)와 (나)에 대한 설명으로 가장 적절한 것은?

① (가)와 (나)는 모두 화자가 체험을 통해 느낀 점을 형상화하고 있다.

② (가)와 (나)는 모두 자연물에 인격을 부여하여 시적 의미를 강조하고 있다.

③ (가)와 (나)는 모두 선명한 색채 대비를 통해 시적 분위기를 조성하고 있다.

④ (가)는 (나)와 달리 화자의 시선이 원경에서 근경으로 이동하며 시상이 전개되고 있다.

⑤ (나)는 (가)와 달리 시간의 흐름에 따라 깨달음을 얻는 과정을 드러내고 있다.

외적 준거에 의한 작품 감상

2 〈보기〉를 참고하여 (가)를 이해할 때, 적절하지 않은 것은?

> **보기**
>
> 이육사는 일제 강점기의 대표적인 저항 시인으로, 민족 운동과 관련된 혐의로 체포되어 베이징 감옥에서 옥사하였다. 그는 신념과 의지를 가지고 끊임없이 부정적 현실에 저항했으며, 자신의 혁명적 열정과 의욕을 시로 표출하곤 했다. 그래서 그의 시에는 그가 생각하는 이상적 세계로 가기 위해서라면 죽음마저 불사하겠다는 강한 의지가 묻어난다.

① 1연의 '우뚝'은 화자의 신념과 의지를 더욱 강조하는 효과를 주고 있다.

② 1연의 '봄'은 화자가 혁명적 열정과 의욕으로 이루고자 하는 이상적 세계를 의미한다.

③ 2연의 '낡은 거미집'은 화자가 끊임없이 저항하고자 하는 부정적 현실을 의미한다.

④ 3연의 '호수 속 깊이 거꾸러져'에서는 죽음마저 불사하는 화자의 의지를 엿볼 수 있다.

⑤ 3연의 '바람'은 이상적 세계로 가고자 하는 화자의 의지를 꺾으려고 하는 존재이다.

표현상의 특징 파악

3 (가)에 대한 설명으로 적절하지 않은 것은?

① 의지적이고 남성적인 어조가 느껴진다.

② 설의적 표현으로 시적 의미를 강화하고 있다.

③ 부사어를 활용하여 화자의 의지를 강조하고 있다.

④ 상징적인 시어들을 사용하여 주제를 형상화하고 있다.

⑤ 각 연을 부정어로 종결하여 화자의 단호한 태도를 드러내고 있다.

시적 상황의 이해

4 (나)의 시적 상황을 〈보기〉와 같이 도식화해 보았다. 〈보기〉의 각 요소와 관련지어 (나)를 이해한 내용으로 적절하지 않은 것은?

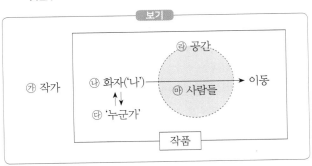

① ㉠와 ㉯를 동일하게 본다면 시 내용이 작가 자신의 생각을 드러낸 것이라고 할 수 있다.

② ㉰와의 대화는 ㉯에게 삶의 의미를 생각하게 하는 계기가 되었다고 볼 수 있다.

③ ㉯는 ㉣를 돌아다니는 동안 ㉰의 물음에 대한 반감을 갖게 되었다고 볼 수 있다.

④ ㉯는 ㉤가 어려운 생활을 하고 있지만 착하고 인정 많은 사람들이라고 생각하고 있다.

⑤ ㉯는 ㉤의 모습에서 고귀한 삶의 가치를 발견하고 있다.

10 조찬 / 농무

[1~4] 다음 글을 읽고 물음에 답하시오.

가 햇살 피어 / 이윽한 후,

　머흘머흘 / 골을 옮기는 구름.

　길경(桔梗)* 꽃봉오리 / 흔들려 씻기우고.

　차돌부리 / 촉 촉 죽순(竹筍) 돋듯.

　물소리에 / 이가 시리다.

　앉음새 갈히여 / 양지 쪽에 쪼그리고,

　㉠서러운 새 되어
　㉡흰 밥알을 쫏다.

　　　　　　　　　　　　　　　　　　　　　　　－ 정지용, 〈조찬(朝餐)〉

＊길경(桔梗): 도라지. 7~8월에 꽃이 핌

나 징이 울린다 막이 내렸다.
　오동나무에 전등이 매어 달린 가설 무대
　구경꾼이 돌아가고 난 ⓐ텅 빈 운동장
　우리는 분이 얼룩진 얼굴로
　학교 앞 소줏집에 몰려 ⓑ술을 마신다.
　답답하고 고달프게 사는 것이 원통하다.
　ⓒ꽹과리를 앞장세워 장거리로 나서면
　따라붙어 악을 쓰는 건 조무래기들뿐
　처녀 애들은 기름집 담벽에 붙어 서서
　철없이 킬킬대는구나.
　보름달은 밝아 어떤 녀석은
　꺽정이처럼 울부짖고 또 어떤 녀석은
　서림이처럼 해해대지만 이까짓
　산 구석에 처박혀 발버둥친들 무엇하랴.
　ⓓ비료 값도 안 나오는 농사 따위야
　아예 여편네에게나 맡겨 두고
　ⓔ쇠전을 거쳐 도수장 앞에 와 돌 때
　우리는 점점 신명이 난다.
　한 다리를 들고 날라리를 불꺼나.
　고갯짓을 하고 어깨를 흔들꺼나.

　　　　　　　　　　　　　　　　　　　　　　　－ 신경림, 〈농무〉

가
1 **시적 상황** 시적 화자는 비 온 뒤의 풍경을 바라보며 아침 식사를 하다 현실에 (　　　)하지 못하고 소극적으로 살아가는 자신의 처지를 인식함
2 **시적 화자의 정서와 태도** 서러움
3 **시어의 의미**
　•(　　　　): 감정 이입의 대상으로 화자(민족)의 모습과 정서를 대변함
4 **표현상의 특징**
　• 시선의 이동과 (　　　)의 방식으로 시상을 전개함
　• 간결한 시행과 연 구성으로 동양적인 여백의 미를 조성함
　• 자연물에 화자의 감정을 (　　　)하여 정서를 드러냄
5 **시의 주제** 비 온 뒤의 아침 풍경에서 느끼는 (　　　)

나
1 **시적 상황** 시적 화자는 (　　　)을/를 추면서 피폐한 농촌의 현실에 대한 울분을 표출하고 있음
2 **시적 화자의 정서와 태도** (　　　), 한(恨), 비판적
3 **시어의 의미**
　• 텅 빈 (　　　): 농촌의 현실에서 느끼는 쓸쓸함, 소외감, 공허함
　•(　　　): 농민들의 분노가 최고조에 이르는 공간
　•(　　　): 농민들의 절망과 울분
4 **표현상의 특징**
　• 공간의 (　　　)에 따라 시상 전개가 이루어짐
　• 직설적 표현으로 비판적 현실 인식을 드러냄
　•(　　　)적 상황의 설정으로 심리를 표출함
5 **시의 주제** 피폐한 농촌 현실에서 느끼는 농민들의 (　　　)와/과 한(恨)

작품 간의 공통점 파악

1 (가)와 (나)의 공통점에 대한 설명으로 가장 적절한 것은?

① 서사적 구성을 통해 주제 의식을 드러내고 있다.

② 시간적 배경이 드러나 시적 분위기를 형성하고 있다.

③ 대상에 감정을 이입하여 화자의 정서를 드러내고 있다.

④ 감각의 전이를 통해 시적 상황을 생동감 있게 표현하고 있다.

⑤ 시상의 반전을 통해 화자의 심리 변화를 효과적으로 드러내고 있다.

시어와 시구의 의미 파악

2 〈보기〉를 고려하여 (가)의 ㉠과 ㉡을 이해한 내용으로 가장 적절한 것은?

▷보기◁

〈조찬〉은 1941년에 창작된 작품으로, 제목은 손님을 초대하여 함께 먹는 아침 식사를 의미한다. 제목에서 말하고 있는 먹는 행위는 마지막 연에 잘 드러나고 있는데, '쪼그리고 먹는 밥'은 시대적 상황을 고려해 볼 때 일제 강점기의 현실을 대하는 민중의 모습을 상징적으로 드러내고 있는 것이라 하겠다.

① ㉠은 화자가 비판하려는 대상을, ㉡은 화자가 지향해야 할 모습을 나타내고 있다.

② ㉠은 화자가 그리워하는 대상을, ㉡은 화자가 소망하는 미래의 모습을 나타내고 있다.

③ ㉠은 화자가 극복해야 할 대상을, ㉡은 현실 상황을 극복하려는 화자의 의지를 나타내고 있다.

④ ㉠은 화자와 대조적 상황에 놓여 있는 대상을, ㉡은 현실을 도피하려는 화자의 심리를 나타내고 있다.

⑤ ㉠은 현실에 대한 화자의 정서가 담긴 대상을, ㉡은 현실에 저항하지 못하는 화자의 태도를 나타내고 있다.

작품의 종합적 이해

3 인터넷 웹사이트 토론방에서 (나)와 관련된 질문에 대답한 것으로 적절하지 <u>않은</u> 것은?

▶ 질문: 화자를 '나'가 아닌 '우리'로 설정한 이유가 있나요?	
① 답	그것은 해체되어 가는 농촌 공동체의 삶이 개인의 아픔이 아니라 우리 모두의 현실이라고 여긴 까닭이겠지요.
▶ 질문: 화자의 삶이 구체적으로 제시된 구절이 있나요?	
② 답	'답답하고 고달프게', '산 구석에 처박혀 발버둥친들', '비료 값도 안 나오는 농사' 등으로 보아 알 수 있지요.
▶ 질문: 처음에 '막이 내렸다'로 시작되는 것은 전체적인 맥락에서 어떤 의미가 있는지요?	
③ 답	이는 농민들의 흥겨운 감정을 나타내기 위한 예고의 의미가 있지요.
▶ 질문: 이 시의 공간상의 이동에 대해서 알고 싶어요.	
④ 답	운동장 → 소줏집 → 장거리 → 쇠전 → 도수장 등으로 이동하지요.
▶ 질문: 이 시에서 '신명'은 어떤 의미로 볼 수 있나요?	
⑤ 답	농민들의 뿌리 깊은 한을 역설적으로 표현한 것으로 볼 수 있지요.

외적 준거에 의한 시구의 의미 파악

4 〈보기〉를 바탕으로 ⓐ~ⓔ를 이해한 내용으로 적절하지 <u>않은</u> 것은?

▷보기◁

1960년대부터 시작된 근대화, 산업화는 농민들의 희생을 전제로 시작되었다. 신경림의 〈농무〉는 산업화의 거센 물결로 인해 소외되고 급속도로 와해되어 가던 1970년대 초반의 농촌을 배경으로 하고 있다. 또한 농촌의 암담한 현실에서 우러난 농민의 고뇌, 울분을 고발하고 토로하였다.

① ⓐ: 산업화 시대에 허탈해진 농민의 심정을 상징적으로 드러낸 공간이라 할 수 있다.

② ⓑ: 농민들이 현실에서 느끼는 고뇌를 술로 해소하고자 하는 것이라 볼 수 있다.

③ ⓒ: 근대화 과정에서 사라져 가는 농촌의 전통적인 풍속을 되살리려는 의지로 볼 수 있다.

④ ⓓ: 산업화로 인해 어려워진 농촌의 현실을 보여 준다고 할 수 있다.

⑤ ⓔ: 농민의 울분과 고통을 농무를 통해 극복하려는 승화의 과정이라 볼 수 있다.

고향 앞에서 / 저문 강에 삽을 씻고

[1~4] 다음 글을 읽고 물음에 답하시오.

가 흙이 풀리는 내음새
강바람은 / 산짐승의 우는 소릴 불러
다 녹지 않은 얼음장 울멍울멍 떠내려간다.

진종일 / 나룻가에 서성거리다
행인의 손을 쥐면 따듯하리라.

고향 가차운 주막에 들러
누구와 함께 지난날의 꿈을 이야기하랴.
양귀비 끓여다 놓고
주인집 늙은이는 공연히 눈물 지운다.

간간이 잔나비 우는 산기슭에는
아직도 무덤 속에 조상이 잠자고
설레는 바람이 가랑잎을 휩쓸어 간다.

예제로 떠도는 장꾼들이여!
상고(商賈)*하며 오가는 길에 / 혹여나 보셨나이까.

전나무 우거진 ㉠마을
집집마다 누룩을 디디는 소리, 누룩이 뜨는 내음새……

– 오장환, 〈고향 앞에서〉

*상고(商賈): 장사

나 흐르는 것이 물뿐이랴.
우리가 저와 같아서 / 강변에 나가 삽을 씻으며
거기 슬픔도 퍼다 버린다.
일이 끝나 저물어 / 스스로 깊어 가는 강을 보며
쭈그려 앉아 담배나 피우고
나는 돌아갈 뿐이다.
삽자루에 맡긴 한 생애가
이렇게 저물고, 저물어서
샛강 바닥 썩은 물에
달이 뜨는구나.
우리가 저와 같아서 / 흐르는 물에 삽을 씻고
먹을 것 없는 사람들의 ㉡마을로
다시 어두워 돌아가야 한다.

– 정희성, 〈저문 강에 삽을 씻고〉

가

1 **시적 상황** 시적 화자는 고향을 가까이 두고도 갈 수 없는 상황에서 고향을 그리워하고 있음

2 **시적 화자의 정서와 태도** (   ), 비애

3 **시어의 의미**
 • (   ): 귀향의 통로
 • (   ): 고향 소식을 접하기 위한 일시적 위안의 공간

4 **표현상의 특징**
 • 다양한 감각적 표현을 통해 고향에 대한 그리움을 형상화함
 • 현재 시제를 사용하여 그리움의 절박함을 강조함

5 **시의 주제** 잃어버린 (   )에 대한 향수

나

1 **시적 상황** 시적 화자인 '나'는 흐르는 강물에 (   )을/를 씻으며 고단한 노동자로서의 삶을 되돌아보고 있음

2 **시적 화자의 정서와 태도** 체념, (   )

3 **시어의 의미**
 • (   ): 노동자의 표상(생계 수단)
 • 강물, (   ): 희망 없이 지속되는 노동자의 힘겨운 삶을 보여 주는 자연물

4 **표현상의 특징**
 • 구체적인 삶의 모습을 (   )에 빗대어 형상화함
 • 차분하고 절제된 어조로 노동자의 비애와 한(恨)을 표현함

5 **시의 주제** 가난한 (   )의 삶의 비애

작품 간의 공통점 파악

1 (가)와 (나)의 공통점으로 가장 적절한 것은?

① 자연물을 통해 화자의 정서를 보여 주고 있다.
② 수미상관의 구조를 통해 시상 전개에 통일성을 부여하고 있다.
③ 과거와 현재를 교차시켜 화자의 태도 변화를 나타내고 있다.
④ 말을 건네는 방식을 활용하여 화자의 의지를 드러내고 있다.
⑤ 시적 공간을 대비하여 화자가 지향하는 세계를 드러내고 있다.

이미지의 효과 파악

2 〈보기〉는 (가)에 대한 수업 장면이다. [A]~[E]에 대해 학생이 발표한 내용으로 적절하지 <u>않은</u> 것은?

---보기---

선생님: 시에서는 감각적 심상이 많이 활용됩니다. 〈고향 앞에서〉에 사용된 다양한 심상들이 작품 속에서 어떤 효과를 나타내는지 발표해 보도록 합시다.

흙이 풀리는 내음새 ·························· [A]
다 녹지 않은 얼음장 울멍울멍 떠내려간다. ········ [B]
행인의 손을 쥐면 따듯하리라. ·············· [C]
간간이 잔나비 우는 산기슭에는 ············· [D]
집집마다 누룩을 디디는 소리, 누룩이 뜨는 내음새 ·· [E]

① [A]에서는 후각적 심상을 활용하여 봄이라는 계절적 배경을 드러내고 있습니다.
② [B]에서는 시각적 심상을 활용하여 현실과 대비된 과거의 삶을 회상하는 화자의 태도를 나타내고 있습니다.
③ [C]에서는 촉각적 심상을 활용하여 고향의 정취를 느끼고 싶어 하는 화자의 심리를 표출하고 있습니다.
④ [D]에서는 청각적 심상을 활용하여 고향의 처량하고 쓸쓸한 분위기를 표현하고 있습니다.
⑤ [E]에서는 청각과 후각적 심상을 활용하여 화자의 의식에 잠재되어 있는 근원적 고향의 모습을 묘사하고 있습니다.

외적 준거에 의한 작품 감상

3 〈보기〉를 바탕으로 (나)를 감상한 내용으로 적절하지 <u>않은</u> 것은?

---보기---

〈저문 강에 삽을 씻고〉에서 시인은 비판적 성찰을 통해 산업화 과정에서의 모순과 부조리를 드러낸다. 화자는 하루의 노동을 마감하고, 삶의 괴로움과 슬픔을 덜어 내는 일종의 정화 의식을 치르고 다시 일상으로 복귀하게 된다. 이 과정에서 그는 희망 없이 반복되는 삶에 무력감을 느끼며 산업화된 현실을 부정적으로 인식하고 있다.

① '강변에 나가 삽을 씻으며', '슬픔'을 '퍼다 버리'는 것은 삶의 슬픔을 덜어 내려는 정화 의식이라고 할 수 있겠군.
② '스스로 깊어 가는 강'을 바라보는 것은 화자가 산업화 과정에서 소외된 삶을 자책하는 것으로 볼 수 있군.
③ '쭈그려 앉아 담배나 피우고' 있는 것은 부정적인 현실에 대한 무력감을 드러낸 것으로 볼 수 있군.
④ '돌아갈 뿐이다'와 '돌아가야 한다'에는 희망 없는 삶이 반복될 수밖에 없다는 화자의 인식이 내재되어 있군.
⑤ '샛강 바닥 썩은 물'은 산업화된 현실에 대해 부정적 인식을 보여 주는 것이군.

시어의 의미와 기능 파악

4 ㉠과 ㉡을 중심으로 (가)와 (나)를 이해한 것으로 적절하지 <u>않은</u> 것은?

① (가)의 '나룻가에 서성거리다'는 화자가 ㉠으로 가지 못하고 망설이는 모습을 나타낸다.
② (가)의 '고향 가차운 주막에 들러'에서는 ㉠의 소식을 듣고 위안을 얻고자 하는 화자의 마음을 엿볼 수 있다.
③ (가)의 '아직도 무덤 속에 조상이 잠자고'는 화자에게 ㉠이 존재의 근원적인 공간임을 나타낸다.
④ (나)의 '삽자루에 맡긴 한 생애'는 화자가 ㉡을 변화시키기 위해 지속적으로 노력하고 있음을 나타낸다.
⑤ (나)의 '다시 어두워 돌아가야 한다'는 ㉡의 현실을 수용하는 화자의 체념적 태도를 나타낸다.

12 별 헤는 밤 / 알 수 없어요

[1~5] 다음 글을 읽고 물음에 답하시오.

가

[A]
계절이 지나가는 하늘에는
가을로 가득 차 있습니다.

나는 아무 걱정도 없이
가을 속의 별들을 다 헤일 듯합니다.

가슴속에 하나 둘 새겨지는 별을
이제 다 못 헤는 것은
쉬이 아침이 오는 까닭이요, / 내일 밤이 남은 까닭이요,
아직 나의 청춘이 다하지 않은 까닭입니다.

[B]
별 하나에 추억과 / 별 하나에 사랑과
별 하나에 쓸쓸함과 / 별 하나에 동경과
별 하나에 시와 / 별 하나에 어머니, 어머니,

　어머님, 나는 별 하나에 아름다운 말 한마디씩 불러 봅니다. 소학교 때 책상을 같이했던 아이들의 이름과, 패(佩), 경(鏡), 옥(玉) 이런 이국 소녀들의 이름과, 벌써 애기 어머니 된 계집애들의 이름과, 가난한 이웃 사람들의 이름과, 비둘기, 강아지, 토끼, 노새, 노루, '프랑시스 잠', '라이너 마리아 릴케', 이런 시인의 이름을 불러 봅니다.

이네들은 너무나 멀리 있습니다.
별이 아슬히 멀듯이,

어머님,
그리고 당신은 멀리 북간도에 계십니다.

[C]
나는 무엇인지 그리워
이 많은 별빛이 내린 언덕 위에
내 이름자를 써 보고,
흙으로 덮어 버리었습니다.

[D]
딴은, 밤을 새워 우는 벌레는
부끄러운 이름을 슬퍼하는 까닭입니다.

[E]
그러나 겨울이 지나고 나의 별에도 봄이 오면,
무덤 위에 파란 잔디가 피어나듯이
내 이름자 묻힌 언덕 위에도
자랑처럼 풀이 무성할 게외다.

　　　　　　　　　　　　　　　　　- 윤동주, 〈별 헤는 밤〉

ㄴ 바람도 없는 공중에 수직(垂直)의 파문을 내이며, 고요히 떨어지는 오동잎은 ㉠누구의 발자취입니까?

지리한 장마 끝에 서풍에 몰려가는 ㉡무서운 검은 구름의 터진 틈으로, 언뜻언뜻 보이는 푸른 하늘은 누구의 얼굴입니까?

꽃도 없는 깊은 나무에 푸른 이끼를 거쳐서, 옛 탑(塔) 위의 고요한 하늘을 스치는 ㉢알 수 없는 향기는 누구의 입김입니까?

근원은 알지도 못할 곳에서 나서, 돌부리를 울리고 가늘게 흐르는 작은 시내는 굽이굽이 누구의 노래입니까?

연꽃 같은 발꿈치로 가이없는 바다를 밟고, 옥 같은 손으로 ㉣끝없는 하늘을 만지면서, 떨어지는 날을 곱게 단장하는 저녁놀은 누구의 시(詩)입니까?

타고 남은 재가 다시 기름이 됩니다. 그칠 줄 모르고 타는 나의 가슴은 누구의 밤을 지키는 ㉤약한 등불입니까?

– 한용운, 〈알 수 없어요〉

ㄴ

1 시적 상황 시적 화자인 '나'는 임의 존재를 깨닫고 임이 부재하는 밤에 약한 (   )이/가 될 것이라 다짐하고 있음

2 시적 화자의 정서와 태도 명상적, (   )적, 의지적

3 시어의 의미
- (   ), 푸른 하늘, 향기, 작은 시내, 저녁놀: 임(절대적 존재)의 다양한 모습
- (   ): 임이 부재하는 암담한 현실
- 약한 등불: 화자의 의지와 (   )

4 표현상의 특징
- 자연 현상을 (   )하여 임의 존재를 형상화함
- (   )와/과 의문형 어구를 반복하여 구도의 자세를 나타냄

5 시의 주제 절대적 존재에 대한 동경과 그에 대한 (   )의 정신

작품 간의 공통점과 차이점 파악

1 (가)와 (나)에 대한 설명으로 가장 적절한 것은?

① (가)는 (나)와 달리 동일한 종결 어미를 반복하여 운율을 형성하고 있다.

② (나)는 (가)와 달리 계절의 흐름에 따라 시상을 전개하고 있다.

③ (나)는 (가)와 달리 감각의 전이를 통해 관념적 대상을 그리고 있다.

④ (가)와 (나)는 모두 대조의 방법을 통해 시적 의미를 강조하고 있다.

⑤ (가)와 (나)는 모두 대상에 감정을 이입하여 화자의 정서를 드러내고 있다.

외적 준거에 의한 작품 감상

2 〈보기〉를 참고하여 (가)를 감상한 것으로 적절하지 **않은** 것은?

> ───── 보기 ─────
>
> 【'예슬'의 문학 노트】
>
> 윤동주(1917~1945) 시 세계의 특징
> - 유년 시절에 대한 추억과 정서
> - 반성적인 매개체를 사용한 자아 성찰
> - 현실 극복 의지와 이상 세계에 대한 소망
> - 시대에 대한 인식과 시인의 소명 의식

① 화자는 별을 보며 유년 시절을 추억하고 있어.

② 화자는 별을 매개로 하여 자아를 성찰하고 있어.

③ 별에는 화자가 소망하는 이상 세계가 투영되어 있군.

④ 가슴에 새겨지는 별에는 화자의 현실 극복 의지가 담겨 있군.

⑤ 멀리 있는 대상을 생각하며 별을 헤는 행위에는 애틋함이 묻어나는군.

시적 화자의 정서 및 태도 파악

3 (가)에 나타난 화자의 정서를 〈보기〉와 같이 도식화했을 때, [A]~[E]에 대한 이해로 적절하지 **않은** 것은?

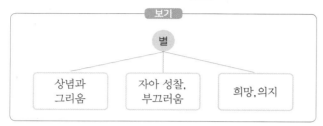

① [A]에는 '가을 속의 별들'을 보며 상념에 젖는 현재의 화자의 모습이 나타나 있다.

② [B]에는 '별 하나'를 헤아릴 때마다 과거의 그리운 존재들을 회상하는 화자의 모습이 나타나 있다.

③ [C]에서 '이름자'를 '흙으로 덮'는 행위에는 과거의 추억에서 벗어나지 못하는 화자의 부끄러움이 내포되어 있다.

④ [D]에서는 '밤을 새워 우는 벌레'에 감정을 이입하여 현재의 부끄러운 자아에 대한 성찰을 드러내고 있다.

⑤ [E]에서는 '그러나'를 통해 시상이 전환되면서 미래에 대한 화자의 희망과 소생의 의지를 드러내고 있다.

시구의 의미 파악

5 〈보기〉를 참고하여 ㉠~㉤을 이해한 내용으로 적절하지 **않은** 것은?

보기

　〈알 수 없어요〉를 비롯한 한용운의 시는 '절대자'라는 궁극적 존재를 탐구하는 시이다. 동시에 그것은 역설에 의한 구도자로서의 자기 정립 또는 자기 극복의 시이기도 하다. 〈알 수 없어요〉에서는 이런 점이 물음의 방식을 통해 강화되어 나타난다.

① ㉠: '바람도 없는 ~ 오동잎'의 이미지와 결합되어, '누구'로 표현된 절대자의 존재 방식을 알려 주는군.

② ㉡: '푸른 하늘'과 대조되는 것으로, 화자와 절대자 사이의 만남을 가로막는 번뇌와도 같은 것이군.

③ ㉢: '꽃도 없는 깊은 나무'에서 만들어진 것으로, 절대자의 존재에 대한 화자의 회의적 태도를 드러내는군.

④ ㉣: '가이없는 바다를 밟고'와 짝을 이루어, 무한 공간에 걸쳐 있는 절대자의 면모를 드러내는군.

⑤ ㉤: '타고 남은 ~ 됩니다'와 관련되면서, 구도자로서의 자기 정립에 대한 화자의 열망을 역설적으로 드러내는군.

시의 구조 파악

4 (나)의 1~5행은 〈보기〉와 같은 구조로 이루어져 있다. 이에 대한 이해로 적절하지 **않은** 것은?

보기

(　　㉮　　)는 (　　㉯　　)은/는 누구의 (　　㉰　　)입니까?

① ㉮는 '누구'를 인식하기까지 화자가 겪는 고뇌의 과정을 보여 준다.

② ㉯의 소재는 다양한 감각적 이미지로 형상화되어 있다.

③ ㉰의 뒤에서는 경어체를 사용하여 대상에 대한 경외감을 드러내고 있다.

④ ㉯와 ㉰는 '보조 관념'과 '원관념'의 관계로 비유적 표현이 나타나 있다.

⑤ ㉮, ㉯에서 ㉰를 발견하는 구조로, 화자는 '누구'라는 존재를 계속 탐구하는 모습을 보이고 있다.

모닥불 / 우라지오 가까운 항구에서

[1~4] 다음 글을 읽고 물음에 답하시오.

감상 매뉴얼

가 새끼오리*도 헌신짝도 소똥도 갓신창*도 개니빠디*도 너울쪽*도 짚검불*도 가랑잎도 머리카락도 헝겊 조각도 막대꼬치도 기왓장도 닭의 깃도 개 터럭도 타는 모닥불

　　재당*도 초시도 문장(門長)* 늙은이도 더부살이 아이도 새 사위도 갓사둔도 나그네도 주인도 할아버지도 손자도 붓장사도 땜쟁이도 큰 개도 강아지도 모두 모닥불을 쪼인다

　　모닥불은 어려서 우리 할아버지가 어미아비 없는 서러운 아이로 불상하니도 몽둥발이*가 된 슬픈 역사가 있다

　　　　　　　　　　　　　　　　　　　　　　　　　　　　 － 백석, 〈모닥불〉

*새끼오리: 새끼줄
*갓신창: 가죽신의 밑창
*개니빠디: 개의 이빨
*너울쪽: 널빤지 조각
*짚검불: 짚 지끄러기 뭉치
*재당: 재실(齋室)에서 제사를 지내거나 문중 회의를 할 때 일을 주관하던 학덕 높은 집안의 어른
*문장(門長): 한 문중(門中)에서 항렬과 나이가 제일 위인 사람
*몽둥발이: 딸려 붙었던 것이 다 떨어지고 몸뚱이만 남은 것

나
　　┌─ 삽살개 짖는 소리
　　│　눈보라에 얼어붙은 섣달그믐
　　│　㉠밤이
　　│　얄궂은 손을 하도 곱게 흔들길래
[A]│　술을 마시어 불타는 소원이 이 부두로 왔다.
　　│
　　│　걸어온 길가에 찔레 한 송이 없었대도
　　│　나의 아롱범*은
　　│　자옥 자옥을 뉘우칠 줄 모른다.
　　└─ 어깨에 쌓여도 하얀 눈이 무겁지 않고나.

　　┌─ 철없는 누이 고수머릴랑 어루만지며
　　│　우라지오*의 이야길 캐고 싶던 ㉡밤이면
　　│　울 어머닌
[B]│　서투른 마우재 말*도 들려주셨지.
　　│　졸음졸음 귀 밝히는 누이 잠들 때꺼정
　　└─ 등불이 깜빡 저절로 눈 감을 때꺼정

　　┌─ 다시 내게로 헤여드는
　　│　어머니의 입김이 무지개처럼 어질다.
　　└─ 나는 그 모두를 살뜰히 담았으니

감상 매뉴얼

가
1 **시적 상황** 시적 화자는 사람들과 동물들이 모여 (　　　)을/를 쬐고 있는 광경을 보다 할아버지를 떠올림
2 **시적 화자의 정서와 태도** 관찰, 정겨움, 슬픔
3 **시어의 의미**
　• (　　　): 합일과 조화의 이미지로, 우리 민족의 슬픈 역사를 내포한 대상
　• 어미아비 없는 서러운 아이: 일제 강점기에 주권을 상실한 (　　　)
4 **표현상의 특징**
　• 현재의 정황을 보여 준 후 과거를 회상하는 구조를 보임
　• 토속적 어휘를 나열하여 (　　　)적 정감을 불러일으킴
5 **시의 주제** 모닥불을 통해 본 (　　　)의 평등과 화합

나
1 **시적 상황** 시적 화자인 '나'는 이국땅의 부두에서 (　　　)을/를 생각하고 있음
2 **시적 화자의 정서와 태도** 그리움, 절망감
3 **시어의 의미**
　• 불타는 소원: (　　　)(으)로 돌아가고 싶은 간절한 마음
　• (　　　): 고향으로 돌아가고 싶은 소망을 담은 매개물
　• 얼음이 (　　　): 고향으로 돌아가기 힘든 현실, 고향과의 심리적 거리감
4 **표현상의 특징**
　• (　　　)적 구성으로 시상을 전개함
　• '우라지오'가 지니는 과거와 현재의 의미를 (　　　)하여 주제를 형상화함
5 **시의 주제** 고향으로 돌아갈 수 없는 현실에 대한 (　　　)

어린 기억의 새야 귀성스럽다*.
기다리지 말고 마음의 은줄에 작은 날개를 털라.

[C]
드나드는 배 하나 없는 지금
부두에 호젓 선 나는 멧비둘기 아니건만
날고 싶어 날고 싶어.
머리에 어슴푸레 그리어진 그곳
우라지오의 바다는 얼음이 두껍다.

등대와 나와
서로 속삭일 수 없는 생각에 잠기고
밤은 얄팍한 꿈을 끝없이 꾀인다.
가도오도 못할 우라지오.

– 이용악, 〈우라지오 가까운 항구에서〉

*아롱범: 표범
*우라지오: 러시아 블라디보스토크
*마우재 말: 러시아 말
*귀성스럽다: 수수하면서도 마음을 끄는 멋이 있다

작품 간의 공통점 파악

1 **(가)와 (나)의 공통점으로 가장 적절한 것은?**

① 과거 회상을 통해 의미나 정서를 심화하고 있다.
② 사물들을 나열하여 대상의 의미를 구체화하고 있다.
③ 의인화한 사물을 통해 화자의 처지를 강조하고 있다.
④ 말을 건네는 방식을 통해 대상과 거리를 좁히고 있다.
⑤ 구체적 지명을 제시하여 향토적 분위기를 환기하고 있다.

작품의 종합적 감상

2 **(가)에 대한 감상으로 적절하지 않은 것은?**

① 1연에 사용된 시어들은 소박한 시골 풍경을 떠오르게 하는군.
② 1연에 나열된 소재들은 하찮고 사소한 것들일지라도 다른 이들을 위해 소중하게 쓰일 수 있다는 인식을 바탕으로 하는군.
③ 2연에 등장하는 사람들과 동물들은 차별이나 구별 없이 모여 모닥불을 쬐고 있군.
④ 2연의 내용을 통해 화자가 생각하는 공동체의 모습을 짐작할 수 있군.
⑤ 3연에서 화자는 할아버지를 회상하며 유년 시절에 대한 그리움을 표출하고 있군.

외적 준거에 의한 작품 감상

3 〈보기〉는 (나)에 대한 수업의 일부이다. 학생들의 의견으로 적절하지 <u>않은</u> 것은?

보기

선생님: 이 작품은 이국땅을 떠도는 화자가 블라디보스토크가 가까운 항구를 찾는 것으로 시작됩니다. 항구에서 화자는 후회 없는 자신의 지난 삶을 돌아보고, 어린 시절에 어머니에게 들었던 이야기를 회상합니다. 그리고 화자가 자신의 소망이 실현되기 힘든 현실을 인식하며 시상은 마무리됩니다. 그럼 이 시의 짜임을 바탕으로 자신의 감상을 말해 볼까요?

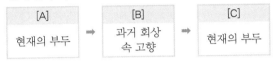

[A]	[B]	[C]
현재의 부두	과거 회상 속 고향	현재의 부두

① [A]의 '자옥 자옥을 뉘우칠 줄 모른다'를 통해 지나온 삶에 대한 화자의 태도를 짐작할 수 있어요.

② [B]의 '우라지오의 이야길 캐고 싶던'을 통해 어린 시절 화자에게 우라지오는 동경의 공간이었음을 짐작할 수 있어요.

③ [C]의 '얼음이 두껍다'와 '가도오도 못할'을 통해 화자가 자신의 처지를 비관적으로 인식함을 추측할 수 있어요.

④ [A]의 '하얀 눈이 무겁지 않고나', [C]의 '날고 싶어 날고 싶어'를 통해 고향에 대한 화자의 간절한 그리움을 느낄 수 있어요.

⑤ [C]의 '나는 그 모두를 살뜰히 담았으니'를 통해 [B]에 대한 기억을 소중하게 간직하려는 화자의 모습을 느낄 수 있어요.

시어의 의미 파악

4 ㉠과 ㉡에 대한 설명으로 가장 적절한 것은?

① ㉠은 자연물의 역동적인 움직임이 드러나는 시간, ㉡은 정적인 시간으로 볼 수 있다.

② ㉠은 과거를 성찰하게 하는 시간, ㉡은 가슴 아픈 과거를 잊게 하는 시간으로 볼 수 있다.

③ ㉠은 현재 화자의 행동을 유발하는 시간, ㉡은 과거 속 화자의 기대가 높았던 시간으로 볼 수 있다.

④ ㉠, ㉡은 모두 화자의 심적 갈등을 유발하는 시간으로 볼 수 있다.

⑤ ㉠, ㉡은 모두 현재의 상황이 지속되기를 바라는 시간으로 볼 수 있다.

묘비명 / 전문가

[1~4] 다음 글을 읽고 물음에 답하시오.

가 한 줄의 시는커녕
단 한 권의 소설도 읽은 바 없이
그는 한평생을 행복하게 살며
많은 돈을 벌었고 / 높은 자리에 올라
이처럼 훌륭한 비석을 남겼다.
그리고 어느 유명한 문인이
그를 기리는 묘비명을 여기에 썼다.
비록 이 세상이 잿더미가 된다 해도
불의 뜨거움 꿋꿋이 견디며 / 이 묘비는 살아남아
귀중한 사료(史料)가 될 것이니
역사는 도대체 무엇을 기록하며
시인은 어디에 무덤을 남길 것이냐.

– 김광규, 〈묘비명〉

가
1 **시적 상황** 시적 화자는 물질적 성공을 거둔 누군가의 (   )을/를 관찰하고 있음
2 **시적 화자의 정서와 태도** 비판적, 풍자적
3 **시어의 의미**
• (   ), 소설: 정신적 가치
• 많은 돈, 높은 자리: (   )적 가치
4 **표현상의 특징**
• 대비되는 시어를 통해 주제 의식을 드러냄
• (   )적 표현으로 대상을 풍자함
5 **시의 주제** 정신적 가치가 경시되는 현실에 대한 (   )

나 이사온 그는 이상한 사람이었다
그의 집 담장들은 모두 빛나는 유리들로 세워졌다

골목에서 놀고 있는 부주의한 아이들이
잠깐의 실수 때문에 / 풍성한 햇빛을 복사해내는
그 유리 담장을 박살내곤 했다

그러나 얘들아, 상관없다 / 유리는 또 갈아 끼우면 되지
마음껏 이 골목에서 놀렴

유리를 깬 아이는 얼굴이 새빨개졌지만
이상한 표정을 짓던 다른 아이들은 / 아이들답게 곧 즐거워했다
견고한 송판으로 담을 쌓으면 어떨까
주장하는 아이는, 그 아름다운 / 골목에서 즉시 추방되었다

유리 담장은 매일같이 깨어졌다
필요한 시일이 지난 후, 동네의 모든 아이들이
충실한 그의 부하가 되었다

어느 날 그가 유리 담장을 떼어냈을 때, ㉠그 골목은
가장 햇빛이 안 드는 곳임이 / 판명되었다, 일렬로 선 아이들은
묵묵히 벽돌을 날랐다

– 기형도, 〈전문가〉

나
1 **시적 상황** 시적 화자는 (   )에서 '그'와 '아이들' 사이에 벌어졌던 일을 관찰하여 전달하고 있음
2 **시적 화자의 정서와 태도** 비판적
3 **시어의 의미**
• 그: 기만적인 통치술로 대중을 길들이는 권력자
• (   ): 권력자에게 길들여지는 어리석은 대중들
• (   ): 어두운 골목의 실체를 은폐하는 수단. 대중을 길들이기 위해 사용된 권력자의 장치
4 **표현상의 특징**
• (   ) 소재와 사건 전개를 통해 주제를 우의적으로 드러냄
• 골목 안에서 벌어지는 사건을 객관적 태도로 전달하며 비판 의식을 드러냄
5 **시의 주제** (   )의 기만적 통치술에 이용당하는 어리석은 군중의 모습

표현상의 특징 파악

1 (가)와 (나)에 대한 설명으로 가장 적절한 것은?

① (가)는 과거에서 현재로 초점이 이동되며 시상이 전개되고 있다.

② (나)는 시적 대상의 말을 직접 제시하여 인물의 성격을 드러내고 있다.

③ (가)와 (나)는 모두 다양한 이미지를 사용하여 자연의 모습을 감각적으로 그리고 있다.

④ (가)와 (나)는 모두 시적 대상에 생명력을 부여하여 의지를 지닌 존재로 나타내고 있다.

⑤ (가)에는 명시적인 청자에게 말을 건네는 대화적 어조가, (나)에는 시적 화자의 독백적 어조가 드러나 있다.

소재의 의미와 기능 파악

3 (나)의 ㉠에 대한 이해로 가장 적절한 것은?

① '아이들'의 이탈이 허용된 자유로운 공간이다.

② '아이들'의 실수를 용납해 주는 해방의 공간이다.

③ '아이들'이 반성을 통해 깨달음을 얻는 공간이다.

④ '아이들'의 놀이가 사라지고 노동만 남은 공간이다.

⑤ '아이들'과 '그'의 상생 관계가 드러나는 화합의 공간이다.

외적 준거에 의한 작품 감상

4 〈보기〉를 참고하여 (가)와 (나)를 감상한 내용으로 적절하지 않은 것은?

─── 보기 ───

풍자는 부정적인 인물이나 상황에 대해 거리를 유지하면서 웃음을 섞어 비판하는 방식을 말한다. 이를 위해 풍자에서 자주 사용하는 기법이 반어(反語)와 우의(寓意)이다. (가)는 표면적 의미와 이면적 의미 사이의 불일치를 통해 감춰진 의미를 강조하는 반어의 방식을 사용하여 물질적 가치에 종속된 인물을 비판하고 있다. (나)는 동화 같은 상징적 이야기를 사용하여 환영(幻影)을 통해 대중의 이성을 마비시키고 대중을 획일적으로 길들이는 권력의 기만적 통치술을 우의적으로 비판하고 있다.

외적 준거에 의한 작품 감상

2 〈보기〉를 참고하여 (가)를 이해한 내용으로 적절하지 않은 것은?

─── 보기 ───

산업화 이후, 현대인의 삶에서 정신적 가치보다 물질적 가치가 우위를 점하는 양상이 나타나게 되었다. 이러한 물질 만능주의는 개인주의와 이기주의로 이어져 또 다른 사회 문제를 낳고 있다.

① 물질적 가치와 정신적 가치를 상징하는 시어들이 대비되고 있군.

② '비석'의 훌륭함이 꼭 주인의 인품과 동일한 것은 아니라고 할 수 있겠군.

③ '문인'이야말로 정신적 가치를 지키기 위해 노력하는 모습을 보이고 있군.

④ '그'는 정신적인 가치를 추구하기보다는 물질적 가치를 추구하는 삶을 살았군.

⑤ '시인은 어디에 무덤을 남길 것이냐'를 통해 정신적 가치를 도외시하는 세태에 대한 비판적 인식을 드러내고 있군.

① (가)에서 '한 줄의 시', '한 권의 소설'도 읽지 않고 돈과 명예만 추구하는 삶은, 주체가 거리를 두고 비판하는 대상이군.

② (가)에서 '귀중한 사료'는 그 이면에 부정적 의미를 내포한 표현으로, 대상의 문제점을 강조하는 효과를 주는군.

③ (나)에서 '주장하는 아이'의 추방은 권력의 기만적 통치술이 갖는 한계를 암시하는 사건이군.

④ (나)에서 골목이 '가장 햇빛 안 드는 곳'으로 판명되었다는 것은 '유리 담장'이 대중을 기만하는 환영의 장치였음을 드러내는군.

⑤ (나)에서 '일렬로', '묵묵히' 벽돌을 나르는 모습은 권력에 종속된 대중의 형상을 보여 주는군.

15 거문고 / 대설주의보

[1~4] 다음 글을 읽고 물음에 답하시오.

감상 매뉴얼

가 검은 벽에 기대선 채로 / 해가 스무 번 바뀌었는디
　내 기린(麒麟)*은 영영 울지를 못한다

　그 가슴을 퉁 흔들고 간 노인의 손
　지금 어느 끝없는 향연(饗宴)*에 높이 앉았으려니
　땅 우의 외론 기린이야 하마 잊어졌을라

　바깥은 거친 들 이리 떼만 몰려다니고
　사람인 양 꾸민 잔나비 떼들 쏘다니어
　내 기린은 맘 둘 곳 몸 둘 곳 없어지다

[A] ┌ 문 아주 굳이 닫고 벽에 기대선 채 / 해가 또 한 번 바뀌거늘
　　└ 이 밤도 내 기린은 맘 놓고 울들 못한다

– 김영랑, 〈거문고〉

*기린(麒麟): 성인이 이 세상에 나올 징조로 나타난다고 하는 상상 속의 짐승
*향연(饗宴): 특별히 융숭하게 손님을 대접하는 잔치

가
1 **시적 상황** 시적 화자인 '나'는 기린(거문고)이 마음 놓고 울지 못하는 암담한 현실에 안타까워하고 있음
2 **시적 화자의 정서와 태도** 답답함, 비애감, (　　　)
3 **시어의 의미**
　• (　　　): 거문고, 부정적 현실에서 자유를 빼앗긴 화자의 처지를 상징
　• (　　　): 주권 상실의 암담한 시대 상황(일제 강점기)
4 **표현상의 특징**
　• 상징적 시어를 사용하여 주제 의식을 드러냄
　• 시적 대상을 (　　　)하여 표현함
5 **시의 주제** 암담한 시대 상황에 대한 (　　　)적 인식

나 해일처럼 굽이치는 백색의 산들, / 제설차 한 대 올 리 없는
　깊은 백색의 골짜기를 메우며 / 굵은 눈발은 휘몰아치고,
　쪼그마한 숯덩이만 한 게 짧은 날개를 파닥이며……
　굴뚝새가 눈보라 속으로 날아간다.

　길 잃은 등산객들 있을 듯
　외딴 두메 마을 길 끊어 놓을 듯
　은하수가 펑펑 쏟아져 날아오듯 덤벼드는 눈,
　다투어 몰려오는 힘찬 눈보라의 군단,
　눈보라가 내리는 백색의 계엄령.

　쪼그마한 숯덩이만 한 게 짧은 날개를 파닥이며……
　날아온다 꺼칠한 굴뚝새가 / 서둘러 뒷간에 몸을 감춘다.
　그 어디에 부리부리한 솔개라도 도사리고 있다는 것일까.

[B] ┌ 길 잃고 굶주리는 산짐승들 있을 듯
　　│ 눈더미의 무게로 소나무 가지들이 부러질 듯
　　│ 다투어 몰려오는 힘찬 눈보라의 군단,
　　│ 때죽나무와 때 끓이는 외딴집 굴뚝에
　　│ 해일처럼 굽이치는 백색의 산과 골짜기에
　　└ 눈보라가 내리는 / 백색의 계엄령.

– 최승호, 〈대설주의보〉

나
1 **시적 상황** 시적 화자는 거세게 몰아치는 '눈보라'와 그 속에서 위태롭게 파닥이는 '굴뚝새'를 바라보고 있음
2 **시적 화자의 정서와 태도** 암담함, 비판적
3 **시어의 의미**
　• (　　　　　): 폭압적인 현실 상황
　• (　　　): 독재 권력의 억압을 받는 민중
　• (　　　): '굴뚝새(민중)'를 위협하는 존재
4 **표현상의 특징**
　• 추상적 관념을 (　　　)적으로 형상화함
　• (　　　)적 의미의 시어를 사용하여 부정적 시대상을 부각함
5 **시의 주제** 폭압적인 시대 현실에 대한 (　　　)

표현상의 특징 파악

1 (가)와 (나)에 대한 설명으로 가장 적절한 것은?

① (가)는 점층적 표현으로 시적 긴장감을 고조시키고 있다.
② (나)는 명사형 종결을 통해 현실 극복의 의지를 드러내고 있다.
③ (가)와 달리 (나)는 대상을 의인화하여 친근감이 느껴지게 하고 있다.
④ (나)와 달리 (가)는 시간의 흐름에 따른 대상의 변화를 강조하고 있다.
⑤ (가)와 (나)는 모두 현재형 어미를 사용하여 대상의 현재 상황을 부각하고 있다.

외적 준거에 의한 작품 감상

2 〈보기〉를 참고하여 (가)를 이해한 내용으로 적절하지 않은 것은?

―― 보기 ――

이 시는 암울한 시대 상황에서 자유를 잃은 채로 살아가는 화자의 답답함과 비애감을 소리를 마음껏 내지 못한 채 벽에 기대어 있는 '거문고'를 통해 드러내고 있다. 이 시에서 작가는 1930년대의 암울한 현실을 우의적 표현을 통해 비판하고 있다.

① '검은 벽에 기대선 채'는 암울한 시대 상황의 시각적 형상화이다.
② '기린'은 화자의 정서가 투영된 대상으로, 화자의 처지를 상징하는 중심 소재이다.
③ '영영 울지를 못한다'는 자유를 잃은 채로 살아가는 화자의 답답함과 비애감의 표현이다.
④ '노인'은 화자에게 상실과 단절의 삶을 강요하는 억압적 존재이다.
⑤ '이리 떼', '잔나비 떼'는 부정적인 시대 상황을 조장하는 부당한 권력을 의미한다.

외적 준거에 의한 작품 감상

3 〈보기〉를 바탕으로 (나)를 감상한 것으로 적절하지 않은 것은?

―― 보기 ――

시어가 환기하는 이미지는 시대 상황과 조응하여 시인이 전달하고자 하는 의미를 만들어 낸다. 일반적으로 '눈'은 흰색이 주는 이미지로 인해 순수함의 의미를 만들어 내지만, 부정적인 시대 상황과 연관 지어 시련과 고난의 현실이라는 의미를 생성하기도 한다. (나)에서 쓰인 '눈'은 생명체에 위협을 가하는 차가움의 이미지 때문에, 군부 독재 정권이 새롭게 등장하여 강압적으로 통치했던 암울한 시대 상황을 형상화하는 데 기여하고 있다.

① '제설차 한 대 올 리 없는' 상황은 폭압적인 현실로부터 구제받기 어려운 처지를 드러내고 있다.
② '굴뚝새가 눈보라 속으로 날아간다'는 권력에 맞서는 민중의 의지를 드러내고 있다.
③ '눈보라의 군단'은 새롭게 등장한 권력의 부정적 속성과 그 위력을 함께 드러내고 있다.
④ '서둘러 뒷간에 몸을 감춘다'에는 폭압적 존재로부터 피하고자 하는 심리가 반영되어 있다.
⑤ '눈더미의 무게'에는 독재 권력에 의해 짓눌리고 있는 민중의 압박감이 반영되어 있다.

시구의 의미 파악

4 [A]와 [B]에 대한 설명으로 가장 적절한 것은?

① [A]와 [B]는 자아 성찰을 위한 내면의 공간이 나타난다.
② [A]와 [B]는 화자의 심리적 갈등이 해소되는 계기를 보여 준다.
③ [A]와 [B]는 표면에 드러난 화자가 대상을 관찰하여 묘사한다.
④ [A]에는 화자와 대상의 거리감이, [B]에는 화자와 대상의 일체감이 나타난다.
⑤ [A]에는 화자가 선택한 은거의 공간이, [B]에는 생명이 위협받는 고립의 공간이 암시된다.

16 나무의 수사학 1 / 그 복숭아나무 곁으로

[1~4] 다음 글을 읽고 물음에 답하시오.

감상 매뉴얼

가 꽃이 피었다,

도시가 ㉠나무에게

반어법을 가르친 것이다

이 도시의 이주민이 된 뒤부터

속마음을 곧이곧대로 드러낸다는 것이

얼마나 어리석은가를 나도 곧 깨닫게 되었지만

살아 있자, 악착같이 들뜬 뿌리라도 내리자

속마음을 감추는 대신 / 비트는 법을 익히게 된 서른 몇 이후부터

나무는 나의 스승

그가 견딜 수 없는 건 / 꽃향기 따라 나비와 벌이

붕붕거린다는 것,

내성이 생긴 이파리를 / 벌레들이 변함없이 아삭아삭

뜯어 먹는다는 것

도로변 시끄러운 가로등 곁에서 허구한 날

신경증과 불면증에 시달리며 피어나는 ㉡꽃

참을 수 없다 나무는, 알고 보면

치욕으로 푸르다

            – 손택수, 〈나무의 수사학 1〉

가

1 **시적 상황** 시적 화자인 '나'는 도시의 가로수를 바라보며 도시에 (   )하지 못하고 힘겹게 살아가고 있는 현대인들을 떠올림

2 **시적 화자의 정서와 태도** 비판적, 동질감

3 **시어의 의미**
- (   ): 도구적 가치에 의해서 평가되는 대상이자 화자가 동질감을 느끼는 대상
- 도시의 이주민: 도시에 적응하지 못하는 화자
- 신경증, (   ): 나무가 도시에 적응하기 위해 견뎌 내야 하는 고통

4 **표현상의 특징**
- 나무의 삶을 (   )하여 화자의 정서를 대변함
- 단정적 어조를 통해 주제 의식을 드러냄

5 **시의 주제** (   )에 적응하지 못하고 힘겹게 살아가는 현대인의 모습

나
[A] ┌ 너무도 여러 겹의 마음을 가진, / 그 ㉢복숭아나무 곁으로
    └ 나는 왠지 가까이 가고 싶지 않았습니다

[B] ┌ 흰꽃과 분홍꽃을 나란히 피우고 서 있는 그 나무는 아마
    │ 사람이 앉지 못할 그늘을 가졌을 거라고
    └ 멀리로 멀리로만 지나쳤을 뿐입니다

[C] ┌ ㉣흰꽃과 분홍꽃 사이에 수천의 빛깔이 있다는 것을
    │ 나는 그 나무를 보고 멀리서 알았습니다
    └ 눈부셔 눈부셔 알았습니다

[D] ┌ 피우고 싶은 꽃빛이 너무 많은 그 나무는
    │ 그래서 외로웠을 것이지만 외로운 줄도 몰랐을 것입니다
    └ 그 여러 겹의 마음을 읽는 데 참 오래 걸렸습니다

[E] ┌ 흩어진 꽃잎들 어디 먼 데 닿았을 무렵
    │ 조금은 심심한 얼굴을 하고 있는 그 ㉤복숭아나무 그늘에서
    └ 가만히 들었습니다 저녁이 오는 소리를

            – 나희덕, 〈그 복숭아나무 곁으로〉

나

1 **시적 상황** 시적 화자인 '나'는 복숭아나무에 대한 (   )을/를 가지고 있다가 뒤늦게 복숭아나무를 이해하고 공감하게 됨

2 **시적 화자의 정서와 태도** (   ), 깨달음, 성찰적

3 **시어의 의미**
- (   ): 이해하기 어려운 타인, 선입견으로 인해 쉽게 다가가지 못했던 대상
- (   ): 대상의 본질적 모습(수많은 꿈, 가능성, 희망)
- 복숭아나무 (   ): 화자와 시적 대상이 조화를 이룬 공간

4 **표현상의 특징**
- '복숭아나무'를 (   )하여 주제 의식을 드러냄
- 지시어 '그'를 (   )하여 중심 소재로 초점을 모으고 있음
- '–습니다'의 종결 어미를 사용하여 고백적 분위기를 형성함

5 **시의 주제** 복숭아나무(타인)에 대한 이해와 (   )

작품 간의 공통점과 차이점 파악

1 (가)와 (나)에 대한 설명으로 가장 적절한 것은?

① (가)와 (나)는 인격화된 사물을 청자로 설정하여 화자의 소망을 전달하고 있다.

② (가)와 (나)는 말의 순서를 바꾸어 화자가 처한 부정적 현실에 대한 극복 의지를 강조하고 있다.

③ (가)는 공간의 이동에 따른 풍경 변화를, (나)는 시선의 이동에 따라 달라지는 주변 풍경을 묘사하고 있다.

④ (가)는 체념적 어조를 활용하여 주제 의식을, (나)는 단정적 진술을 활용하여 대상에 대한 태도를 드러내고 있다.

⑤ (가)는 청각적 이미지를 통해 대상이 처한 상황을, (나)는 시각적 이미지를 통해 대상이 지닌 본질에 대한 깨달음을 표현하고 있다.

시상 전개 과정의 이해

3 [A]~[E]에 대한 이해로 적절하지 <u>않은</u> 것은?

① [A]는 대상에 대한 태도가 드러나며 시상이 촉발되는 부분으로, 그중 '너무도 여러 겹의 마음'은 화자가 대상에 대해 거리감을 가지게 되는 이유를 나타낸다.

② [B]는 대상에 대한 감정이 행동으로 구체화되는 부분으로, 그중 '멀리로 멀리로만'은 화자가 대상을 피하고 있음을 강조한다.

③ [C]는 대상에 대한 인식이 전환되는 부분으로, 그중 '눈부셔 눈부셔'는 화자가 깨달음을 얻는 과정에서 '수천의 빛깔'을 발견하는 순간을 강조한다.

④ [D]는 대상에 대한 새로운 이해가 나타나는 부분으로, 그중 '피우고 싶은 꽃빛'은 화자가 외로움을 이겨 낸 상황을 나타낸다.

⑤ [E]는 대상에 대한 깨달음 이후의 상황이 나타나는 부분으로, 그중 '조금은 심심한 얼굴'은 화자가 가까이에서 발견한 대상의 또 다른 모습을 나타낸다.

외적 준거에 의한 작품 감상

2 〈보기〉를 바탕으로 (가)를 감상한 내용으로 적절하지 <u>않은</u> 것은?

─〈보기〉─

〈나무의 수사학 1〉의 화자는 도심 속 가로수를 관찰하며 도시를 비판적으로 조망한다. 도시의 가로수는 나무의 푸름이나 아름다운 꽃조차도 도구적 가치에 의해서 평가된다. 화자는 삭막한 도시 환경에도 불구하고 고통을 참아 내며 꽃을 피우는 모습을 나무의 반어법으로 인식한다. 도시에 제대로 뿌리박지 못하면서도 도시 환경에 적응하여 꽃을 피우는 나무에서 치욕을 읽어 낸 것이다. 그것은 도시의 이주민인 화자가 나무에 대해 동질감을 느끼는 이유이기도 하다.

① '들뜬 뿌리'는 나무가 처한 상황에 대한 화자의 동질감을 반영하고 있군.

② '내성이 생긴 이파리'는 나무가 도시에 적응하면서 지니게 된 성질을 보여 주는군.

③ '시끄러운 가로등 곁'은 나무가 꽃을 피우며 참아 내야 하는 삭막한 도시 환경을 드러내는군.

④ '신경증과 불면증'은 나무가 도시에 적응하기 위해 견뎌 내야 할 고통을 보여 주고 있군.

⑤ '치욕으로 푸르다'는 도구적 가치로 평가받아 그 환경에 적응하지 못하는 나무에 대한 비판적 표현이군.

외적 준거에 의한 시어의 의미 파악

4 〈보기〉를 참고하여 ㉠~㉤을 이해한 내용으로 가장 적절한 것은?

─〈보기〉─

자연의 일부인 나무는 시에서 주로 교감이나 동일시의 대상으로 형상화되지만, 때로는 편견의 대상으로 그려지기도 한다. 그리고 나무 고유의 특성이 드러날 수 있는 상황에서는 생명의 본질을 나타내는 소재로 쓰이지만, 인간의 목적에 의해 부여된 기능을 이행하는 공간에서는 생명체의 본질을 잃고 주어진 역할만 수행하는 존재로 활용된다.

① ㉠은 척박한 도시 환경을 극복하고 있어 도시의 이주민인 화자가 동일시하는 대상이겠군.

② ㉡은 나무가 생명체의 본질을 잃고 인간의 목적에 의해 부여된 기능을 수행한 결과물이겠군.

③ ㉢은 눈부신 빛깔을 가지고 있어 화자가 소통하고 교감하려는 대상이겠군.

④ ㉣은 나무가 고유의 특성을 드러낼 수 있는 상황에서 보이는 본질적 모습을 의미하겠군.

⑤ ㉤은 사람이 앉지 못할 그늘을 지녀 화자가 이질감을 느끼는 편견의 공간이겠군.

고향 / 동물원의 오후

[1~4] 다음 글을 읽고 물음에 답하시오.

가 ⓐ고향에 고향에 돌아와도
그리던 ⓑ고향은 아니러뇨.

산꿩이 알을 품고 / 뻐꾸기 제철에 울건만,

마음은 제 고향 지니지 않고
머언 항구(港口)로 떠도는 구름.

오늘도 뫼 끝에 홀로 오르니
흰 점 꽃이 인정스레 웃고,

어린 시절에 불던 풀피리 ㉠소리 아니 나고
메마른 입술에 쓰디쓰다.

고향에 고향에 돌아와도
그리던 하늘만이 높푸르구나.

– 정지용, 〈고향〉

나 마음 후줄근히 시름에 젖는 날은
동물원으로 간다.

사람으로 더불어 말할 수 없는 슬픔을
짐승에게라도 하소해야지.

난 너를 구경 오진 않았다 / 뺨을 부비며 울고 싶은 마음.
혼자서 숨어 앉아 시(詩)를 써도
읽어 줄 사람이 있어야지
쇠창살 앞을 걸어가며
정성스레 써서 모은 시집을 읽는다.

철책 안에 갇힌 것은 나였다
문득 돌아다보면 / 사방에서 창살 틈으로
이방(異邦)의 짐승들이 들여다본다.

'여기 나라 없는 시인이 있다'고
속삭이는 ㉡소리……

무인(無人)한 동물원의 오후 전도된 위치에
통곡과도 같은 낙조(落照)가 물들고 있었다.

– 조지훈, 〈동물원의 오후〉

감상 매뉴얼

가

1 시적 상황 시적 화자는 (   )에 돌아
왔으나, 변해 버린 고향의 모습을 낯설게
느끼고 있음

2 시적 화자의 정서와 태도 안타까움,
(   )감

3 시어의 의미
• 산꿩, 뻐꾸기, (   ), 하늘: 변함
없는 고향의 자연
• (   ): 고향에 머물지 못하고
떠도는 화자의 내면 의식
• (   ): 고향의 상실
로 인한 씁쓸함

4 표현상의 특징
• 시어의 반복과 (   )을/를 통
해 화자의 정서를 강조함
• 변함없는 자연과 변해 버린 화자의 마
음을 (   )적으로 제시함
• 다양한 감각적 이미지를 통해 고향의
모습을 형상화함

5 시의 주제 돌아온 고향에서 느끼는 상실감

나

1 시적 상황 시적 화자인 '나'는 (   )
의 철책에 갇힌 동물들을 통해 나라 잃은
자신의 처지를 절감함

2 시적 화자의 정서와 태도 서러움,
(   )

3 시어의 의미
• (   ): 슬픔을 달래기 위한 공간,
망국의 처지를 확인하는 공간
• (   ): 자유를 억압하는 현실(일제
강점기)
• (   ): 화자의 처지

4 표현상의 특징
• 특정 공간을 (   )(으)로 활용하여
현실의 문제점을 부각함
• 동물원에 갇힌 짐승과 화자 자신을
(   )시켜 주제 의식을 강조함

5 시의 주제 망국민(식민지 지식인)의 고독
과 (   )

표현상의 특징 파악

1 (가)와 (나)에 대한 설명으로 적절하지 <u>않은</u> 것은?

① (가)는 반어적 표현으로 시적 의미를 강조하고 있다.
② (가)는 수미상관의 방법을 통해 시상을 마무리하고 있다.
③ (나)는 대상을 통해 화자의 내면 심리를 드러내고 있다.
④ (나)는 현재형 어미의 활용으로 현장감이 느껴지게 하고 있다.
⑤ (가)는 자연물을 이용하여, (나)는 특정 배경을 이용하여 화자의 정서를 부각하고 있다.

작품의 종합적 이해

3 〈보기〉를 바탕으로 (나)를 이해한 내용으로 적절하지 <u>않은</u> 것은?

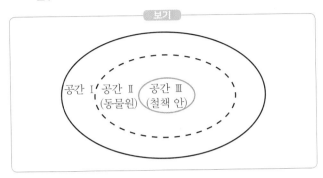

① 공간 Ⅰ은 화자에게 소통이 제한된 억압적 상황이다.
② 공간 Ⅱ는 화자가 슬픔을 달래기 위해 찾아간 공간이다.
③ 공간 Ⅰ에서 공간 Ⅱ로 이동한 화자는 자신이 망국민임을 느낀다.
④ 공간 Ⅱ에서 화자는 공간 Ⅲ의 짐승과 전도된 위치에 있다고 생각하며 세상과의 단절을 지향한다.
⑤ 공간 Ⅰ~ 공간 Ⅲ은 현실에 대한 화자의 비극적 인식이 심화됨을 보여 준다.

시어의 의미와 기능 파악

2 ⓐ, ⓑ와 관련하여 (가)의 '구름'을 설명할 때, 가장 적절한 것은?

① ⓐ와 ⓑ를 이어 주는 매개물이다.
② ⓐ에 대한 화자의 그리움을 환기한다.
③ ⓑ의 부재를 화자가 인식하는 계기가 된다.
④ ⓐ와 ⓑ의 부정적 현실을 수용하려는 화자의 태도이다.
⑤ ⓐ와 ⓑ의 괴리를 경험하게 된 화자의 내면세계를 나타낸다.

시어의 기능 파악

4 ㉠과 ㉡에 대한 이해로 가장 적절한 것은?

① ㉠은 갈등의 심화를, ㉡은 갈등의 해소를 환기한다.
② ㉠은 공간의 확장을, ㉡은 시간의 변화를 유발한다.
③ ㉠은 회한의 정서를, ㉡은 대상과의 친밀감을 강조한다.
④ ㉠과 ㉡은 모두 화자에게 각성의 계기를 제공한다.
⑤ ㉠과 ㉡은 모두 화자가 처해 있는 현재의 상황을 부각한다.

님의 침묵 / 모란이 피기까지는

[1~4] 다음 글을 읽고 물음에 답하시오.

가 님은 갔습니다. 아아, 사랑하는 나의 님은 갔습니다.

　푸른 산빛을 깨치고 단풍나무 숲을 향하여 난 작은 길을 걸어서, 차마 떨치고 갔습니다.

　황금(黃金)의 꽃같이 굳고 빛나던 옛 맹서(盟誓)는 차디찬 티끌이 되어서 한숨의 미풍(微風)에 날아갔습니다.

　날카로운 첫 키스의 추억(追憶)은 나의 운명(運命)의 지침(指針)을 돌려놓고, 뒷걸음쳐서 사라졌습니다.

　나는 향기로운 님의 말소리에 귀먹고, 꽃다운 님의 얼굴에 눈멀었습니다.

　사랑도 사람의 일이라, 만날 때에 미리 떠날 것을 염려하고 경계하지 아니한 것은 아니지만, 이별은 뜻밖의 일이 되고, 놀란 가슴은 새로운 슬픔에 터집니다.

　그러나 이별을 쓸데없는 눈물의 원천(源泉)을 만들고 마는 것은 스스로 사랑을 깨치는 것인 줄 아는 까닭에, 걷잡을 수 없는 슬픔의 힘을 옮겨서 새 희망(希望)의 정수박이*에 들어부었습니다.

　우리는 만날 때에 떠날 것을 염려하는 것과 같이, 떠날 때에 다시 만날 것을 믿습니다.

　아아, 님은 갔지마는 나는 님을 보내지 아니하였습니다.

　제 곡조를 못 이기는 사랑의 노래는 님의 침묵(沈默)을 휩싸고 돕니다.

－ 한용운, 〈님의 침묵〉

*정수박이: 정수배기('정수리'의 방언)

가
1 시적 상황　시적 화자인 '나'는 사랑하는 임과의 (　　　)(으)로 인한 슬픔을 극복하고, 임과의 재회를 희망하고 있음
2 시적 화자의 정서와 태도　슬픔, 희망, (　　　)적
3 시어의 의미
　・(　　　): 사랑의 대상(조국, 민족, 연인, 부처, 진리 등)
　・님의 (　　　): 임의 부재에 대한 화자의 주관적 인식
4 표현상의 특징
　・연가풍의 여성적 어조로 화자의 소망을 표현함
　・(　　　)적 표현을 통해 주제 의식을 강조함
5 시의 주제　임을 향한 영원한 (　　　)

나 모란이 피기까지는

　나는 아직 나의 봄을 기다리고 있을 테요.

　㉠모란이 뚝뚝 떨어져 버린 날,

　나는 비로소 봄을 여읜 설움에 잠길 테요.

　㉡오월 어느 날, 그 하루 무덥던 날,

　떨어져 누운 꽃잎마저 시들어 버리고는

　천지에 모란은 자취도 없어지고,

　㉢뻗쳐 오르던 내 보람 서운케 무너졌느니,

　모란이 지고 말면 그뿐, 내 한 해는 다 가고 말아,

　㉣삼백예순 날 하냥* 섭섭해 우옵내다.

　모란이 피기까지는

　㉤나는 아직 기다리고 있을 테요, 찬란한 슬픔의 봄을.

－ 김영랑, 〈모란이 피기까지는〉

*하냥: '늘'의 방언

나
1 시적 상황　시적 화자인 '나'는 '(　　　)'이/가 떨어져 지는 것을 서러워하며 '모란'이 다시 필 봄을 기다림
2 시적 화자의 정서와 태도　서러움, 상실감, (　　　)
3 시어의 의미
　・(　　　): 간절한 소망의 대상
　・(　　　): 소망이 이루어지는 시간
　・(　　　): 서러운 정감의 깊이
4 표현상의 특징
　・(　　　)의 구조를 통해 운율을 형성하고 주제를 강조함
　・(　　　)법, 도치법 등을 통해 화자의 소망을 강조함
5 시의 주제　모란(소망)에 대한 간절한 (　　　)

작품 간의 공통점과 차이점 파악

1 (가)와 (나)에 대한 설명으로 가장 적절한 것은?

① (가)는 (나)와 달리 문장의 순서를 바꾸어 화자의 의지를 부각하고 있다.

② (나)는 (가)와 달리 시상의 전환을 통해 화자의 인식 변화를 드러내고 있다.

③ (나)는 (가)와 달리 동일한 종결 어미의 반복을 통해 화자의 태도를 나타내고 있다.

④ (가)와 (나)는 모두 대조적인 상황을 제시하여 화자의 상반된 정서를 표출하고 있다.

⑤ (가)와 (나)는 모두 실제 의도와 반대되는 표현을 사용하여 화자의 소망을 강조하고 있다.

외적 준거에 의한 작품 감상

2 〈보기〉를 참고하여 (가)의 주제를 파악하고자 할 때, 적절하지 않은 것은?

─── 보기 ───

한용운은 시집 《님의 침묵》의 서문에서 '기룬(그리운) 것은 다 님이다.'라고 했다. 따라서 우리는 한용운의 생애를 통해 그가 말한 '님'의 의미를 '부처'나 '불교의 진리', '조국', '사랑하는 연인', '인간다운 삶을 위한 가치의 총체', '절대자' 등으로 생각해 볼 수 있다.

① '님'이 '조국'이라면 주제는 '조국 광복에 대한 확신'으로 볼 수 있다.

② '님'이 '사랑하는 연인'이라면 주제는 '그리운 임에 대한 막연한 기다림'으로 볼 수 있다.

③ '님'이 '절대자'라면 주제는 '부재(不在) 속에 존재하는 절대자에 대한 영원한 믿음'으로 볼 수 있다.

④ '님'이 '부처'나 '불교의 진리'라면 주제는 '끊임없는 진리 추구와 수도(修道)에의 의지'로 볼 수 있다.

⑤ '님'이 '인간다운 삶을 위한 가치의 총체'라면 주제는 '인간다운 삶을 살기 위한 가치의 추구와 본질적인 삶에 대한 소망'으로 볼 수 있다.

시구의 의미 파악

3 (나)의 ㉠~㉤에 대한 설명으로 적절하지 않은 것은?

① ㉠: '뚝뚝'이라는 음성 상징어를 통해 화자가 느끼는 절망감의 깊이를 드러내고 있다.

② ㉡: 상실의 슬픔으로 인해 '오월'을 무더운 날이라고 느끼는 화자의 주관적 인식을 드러내고 있다.

③ ㉢: '내 보람 서운케 무너졌느니'를 통해 화자가 모란을 삶의 '보람'으로 인식하고 있음을 드러내고 있다.

④ ㉣: '삼백예순 날'을 통해 화자가 느끼는 서러운 정감의 깊이를 강조하고 있다.

⑤ ㉤: '아직'이라는 시어를 통해 '봄'을 기다리는 화자의 막막함과 괴로움의 정서를 드러내고 있다.

외적 준거에 의한 작품 감상

4 〈보기〉를 참고하여 (나)를 감상한 내용으로 적절하지 않은 것은?

─── 보기 ───

김영랑의 〈모란이 피기까지는〉은 대상이 지닌 특정 속성을 통해 화자가 경험한 아름다움을 드러낸다. 이 작품에서는 봄이라는 계절에 소멸을 앞둔 모습을 통해 '모란'이라는 대상의 아름다움이 경험되고 있으며, 대상 자체보다는 대상에서 촉발된 주관적 정서의 표현에 보다 중점을 두고 있다.

① 특정한 계절적 배경을 통해 대상의 아름다움을 표현하고 있군.

② 한정된 시간 동안 존속하는 속성이 대상의 아름다움을 강화하고 있군.

③ 아름다움을 경험하는 주체를 직접 노출하여 주관적 정서를 표현하고 있군.

④ 대상에서 촉발된 정서가 '찬란한 슬픔'이라는 표현을 통해 집약되고 있군.

⑤ 대상의 아름다움이 드러나는 순간과 그렇지 않은 순간의 모습을 대비하고 있군.

추일서정 / 아마존 수족관

[1~4] 다음 글을 읽고 물음에 답하시오.

감상 매뉴얼

가
낙엽은 폴란드 망명 정부의 지폐
포화(砲火)*에 이지러진 / 도룬 시*의 가을 하늘을 생각케 한다.
길은 한 줄기 구겨진 넥타이처럼 풀어져
일광(日光)의 폭포 속으로 사라지고
조그만 담배 연기를 내뿜으며
새로 두 시의 급행열차가 들을 달린다.
포플라나무의 근골(筋骨)* 사이로
공장의 지붕은 흰 이빨을 드러내인 채
한 가닥 구부러진 철책(鐵柵)*이 바람에 나부끼고
그 위에 셀로판지(紙)로 만든 구름이 하나.
자욱한 풀벌레 소리 발길로 차며
호올로 황량(荒凉)한 생각 버릴 곳 없어
허공에 띄우는 돌팔매 하나.
기울어진 풍경의 장막(帳幕) 저쪽에
고독한 반원(半圓)을 긋고 잠기어 간다.

– 김광균, 〈추일서정〉

***포화(砲火):** 총포를 쏠 때 일어나는 불
***근골(筋骨):** 근육과 뼈대
***도룬 시:** 폴란드의 도시 이름
***철책(鐵柵):** 쇠로 만든 울타리

가
1 시적 상황 시적 화자는 (　　　)의 황량한 풍경을 바라보며 고독감을 느끼고 있음
2 시적 화자의 정서와 태도 (　　　), 쓸쓸함, 황량함
3 시어의 의미
· 낙엽, 길, 급행열차의 증기, 공장의 지붕, 구름: 황량하고 쓸쓸한 느낌을 환기하는 소재
· (　　　): 황량함으로부터 벗어나고자 하는 의미 없는 행위
4 표현상의 특징
· (　　　)의 방식으로 시상을 전개함
· 하강, 상실, (　　　)의 이미지를 통해 가을의 황량함을 제시함
· 은유와 직유 등의 (　　　)을/를 많이 사용함
5 시의 주제 쓸쓸하고 황량한 가을날의 풍경과 (　　　)

나
아마존 수족관집의 열대어들이
유리벽에 끼여 헤엄치는 여름밤
세검정 길
장어구이집 창문에서 연기가 나고
㉠아스팔트에서 고무 탄내가 난다
열난 기계들이 길을 끊으면서
질주하는 여름밤
상품들은 덩굴져 자라나며 색색이 종이꽃을 피우고 있고
㉡철근은 밀림, 간판은 열대지만
아마존 강은 여기서 아득히 멀어
㉢열대어들은 수족관 속에서 목마르다
변기 같은 귓바퀴에 소음 부글거리는 / 여름밤
열대어들에게 ㉣시를 선물하니
노란 달이 아마존 강물 속에 향기롭게 출렁이고
아마존 강변에 ㉤후리지아꽃들이 만발했다

– 최승호, 〈아마존 수족관〉

나
1 시적 상황 시적 화자는 (　　　)의 열대어에서 생명력을 상실한 현대인의 모습을 떠올리고 생명력의 회복을 소망함
2 시적 화자의 정서와 태도 반성, (　　　)적, 희망적
3 시어의 의미
· (　　　): 생명력을 상실한 현대인
· (　　　): 생명력이 넘치는 공간 (↔ 아마존 수족관), 화자가 지향하는 공간
· (　　　): 현대인의 생명력을 회복시킬 수 있는 정신적 가치
4 표현상의 특징
· '도시'와 '원시 자연'이라는 (　　　)적 공간을 다양한 감각적 이미지를 통해 효과적으로 드러냄
· 원시 자연에 대한 갈증과 결핍 상황을 (　　　)적으로 표현함
5 시의 주제 현대 도시 문명에 대한 비판과 (　　　) 회복에 대한 소망

작품 간의 공통점 파악

1 (가)와 (나)의 공통점으로 가장 적절한 것은?

① 역설적 표현을 통해 시적 의미를 강조하고 있다.
② 시어의 반복과 변형을 통해 주제를 강화하고 있다.
③ 계절적 배경을 통해 시적 분위기를 환기하고 있다.
④ 시상의 반전을 통해 화자의 정서를 심화하고 있다.
⑤ 공간의 대비를 통해 지향하는 가치를 드러내고 있다.

외적 준거에 의한 작품 감상

3 〈보기〉를 바탕으로 (가)를 감상할 때, 적절하지 않은 것은?

> **보기**
>
> 〈추일서정〉은 시각적 이미지와 원근법을 사용하여 도시의 풍경을 묘사한 작품이다. 그리고 이러한 회화적 구성을 통해 화자의 정서를 표출하고 있다. 작가는 역사적 사실을 작품의 소재로 사용하기도 하였는데, 이는 당대의 역사적 사건에 대한 비판적 인식을 드러내기보다는 대상의 이미지나 그에 대한 정서를 효과적으로 나타내기 위한 것이었다. 또한 물질문명적 소재를 비유의 아름다움을 실현하기 위한 수단으로 삼기도 했다.

① '낙엽'과 '포플라나무'는 근경, '급행열차'와 '구름'은 원경을 이루면서 시 전체가 하나의 풍경화처럼 구성되는군.
② '폴란드 망명 정부'라는 소재를 사용하여 당대의 역사적 사건에 대한 화자의 부정적 정서를 형상화하고 있군.
③ '흰 이빨'을 드러낸 '공장의 지붕'과 '돌팔매'가 잠기어 가는 도시 풍경을 통해 황량하고 고독한 정서를 드러내고 있군.
④ '셀로판지'는 물질문명과 관련된 소재로, 구름을 표현하는 보조 관념으로 쓰여 비유의 아름다움을 실현하고 있군.
⑤ '자욱한 풀벌레 소리'는 소리까지도 시각화한 표현으로서 작품의 회화성을 형성하는군.

외적 준거에 의한 시구의 의미 파악

2 (가)와 (나)에서 〈보기〉의 내용을 뒷받침할 수 있는 시구를 찾아 연결한 것으로 적절하지 않은 것은?

> **보기**
>
> 1930년대의 모더니즘 시는 복고적인 전통시와 달리 ⓐ회화성을 중시하여 시각적 이미지의 사용이 돋보였다. 도시적 감수성과 ⓑ현대 문명의 불모성 등이 시적으로 형상화되었는데, 김광균이 대표적이다. 이후 1970~80년대 모더니즘 시는 ⓒ도시적 삶의 모습에 주목하여 급격한 산업화 과정에서 발생하는 문제, ⓓ기계 문명의 발달로 인해 ⓔ훼손되어 가는 인간의 삶에 주목하는 시적 경향을 보였다. 최승호도 이와 같은 경향의 작품을 창작하였다.

① ⓐ – 길은 한 줄기 구겨진 넥타이처럼 풀어져
② ⓑ – 공장의 지붕은 흰 이빨을 드러내인 채
③ ⓒ – 열대어들이 / 유리벽에 끼여 헤엄치는
④ ⓓ – 열난 기계들이 길을 끓이면서
⑤ ⓔ – 노란 달이 아마존 강물 속에 향기롭게 출렁이고

시구의 의미 파악

4 (나)를 다음과 같이 정리한다고 할 때, ㉠~㉤에 대한 이해로 적절하지 않은 것은?

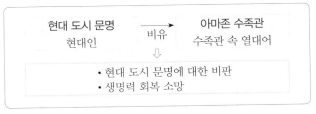

① ㉠ : 현대 도시의 부정적 이미지를 형상화한 것이다.
② ㉡ : 도시 건물의 철근과 간판에서 열대 아마존의 모습을 연상하고 있음을 나타낸다.
③ ㉢ : 물질에 대한 욕망을 추구하는 현대인에 대한 비판이 담겨 있다.
④ ㉣ : 현대인의 생명력을 회복시킬 수 있는 정신적 가치로 볼 수 있다.
⑤ ㉤ : 화자가 추구하는 생명력이 넘치는 세계의 모습으로 볼 수 있다.

들길에 서서 / 떨어져도 튀는 공처럼

[1~4] 다음 글을 읽고 물음에 답하시오.

가 푸른 산이 흰 구름을 지니고 살 듯
　　내 머리 위에는 항상 푸른 하늘이 있다.

　　하늘을 향하고 산림처럼 두 팔을 드러낼 수 있는 것이 얼마나 숭고한 일이냐.

　　두 다리는 비록 연약하지만 젊은 산맥으로 삼고
　　부절(不絕)히 움직인다는 둥근 지구를 밟았거니…….

　　푸른 산처럼 든든하게 지구를 디디고 사는 것은 얼마나 기쁜 일이냐.

　　뼈에 저리도록 생활은 슬퍼도 좋다.
　　저문 들길에 서서 푸른 별을 바라보자!

　　푸른 별을 바라보는 것은 하늘 아래 사는 거룩한 나의 일과이어니…….

　　　　　　　　　　　　　　　　　　　　　　　　– 신석정, 〈들길에 서서〉

나 그래 살아 봐야지
　　너도 나도 공이 되어
　　떨어져도 튀는 공이 되어

　　살아 봐야지
　　쓰러지는 법이 없는 둥근
　　공처럼, 탄력의 나라의
　　왕자처럼

　　가볍게 떠올라야지
　　곧 움직일 준비되어 있는 꼴
　　둥근 공이 되어

　　옳지 최선의 꼴
　　지금의 네 모습처럼
　　떨어져도 튀어 오르는 공
　　쓰러지는 법이 없는 공이 되어.

　　　　　　　　　　　　　　　　　　　　　　　　– 정현종, 〈떨어져도 튀는 공처럼〉

감상 매뉴얼

가

1 시적 상황 시적 화자인 '나'는 힘든 현실 속에서도 (　　)을/를 잃지 않고자 함

2 시적 화자의 정서와 태도 (　　)적, 의지적

3 시어의 의미
- 푸른 하늘, (　　): 이상, 희망
- (　　): 고통스러운 현실(일제 강점기)

4 표현상의 특징
- 어둠과 밝음의 이미지 (　　)을/를 통해 주제를 부각함
- 화자의 정서와 태도를 직설적으로 드러냄

5 시의 주제 이상과 (　　)을/를 가지고 살아가는 삶의 가치

나

1 시적 상황 시적 화자인 '나'는 (　　)와/과 같이 시련에 굴하지 않는 삶을 살고자 함

2 시적 화자의 정서와 태도 의지적

3 시어의 의미
- (　　): 화자가 생각하는 가장 이상적인 존재, 시련에 굴하지 않음
- (　　): 공의 생명력과 삶의 의지 비유

4 표현상의 특징
- 사물의 (　　)을/를 통해 화자가 추구하는 삶의 자세를 드러냄
- 반복과 (　　)을/를 통해 화자의 의지와 주제를 강조함

5 시의 주제 (　　)하지 않는 삶을 살고자 하는 의지

작품 간의 공통점 파악

1 (가)와 (나)의 공통점으로 가장 적절한 것은?

① 대상의 속성을 활용하여 주제를 드러내고 있다.
② 시상을 반전하여 화자의 태도를 강조하고 있다.
③ 상대방과 대화하는 말투로 시상을 전개하고 있다.
④ 역설적 표현을 통해 화자의 정서를 강조하고 있다.
⑤ 부정적 이미지의 소재를 이용하여 긍정적 이미지의 소재
　 가 지닌 특성을 부각하고 있다.

표현상의 특징 파악

3 (나)의 표현상의 특징으로 적절하지 않은 것은?

① 시구의 반복을 통해 운율을 형성하고 있다.
② 비유법을 사용하여 시적 의미를 구체화하고 있다.
③ 공감각적 이미지를 활용하여 시적 분위기를 조성하고
　 있다.
④ 상승 이미지를 통해 대상의 모습을 감각적으로 형상화하
　 고 있다.
⑤ 일정한 종결 어미를 반복하여 화자의 의지적 태도를 보
　 여 주고 있다.

외적 준거에 의한 작품 감상

2 〈보기〉를 활용하여 (가)를 감상한 내용으로 적절하지 않은 것은?

> 보기
>
> 　〈들길에 서서〉는 일제 강점기인 1939년에 발표된 작품이다. 이 작품에서 시적 화자는 자연과 마주하며 기쁨을 얻을 뿐만 아니라 숭고하고 거룩한 이상을 지향하고 있다. 당대의 어두운 역사에서 벗어날 수 있다는 희망과 의지를 자연물 속에서 찾아내고 있는 것이다.

① '머리 위에는 항상 푸른 하늘이 있다'는 표현에서 긍정적
　 미래에 대한 희망과 의지를 엿볼 수 있군.
② '산림처럼 두 팔을 드러낼 수 있는 것'은 자연물과 자신을
　 동일시하는 것과 관련이 있군.
③ '푸른 산처럼 든든하게' 살면서 자연에 은거하여 시대적
　 아픔을 잊으려고 하는군.
④ '저문 들길에'라는 표현에는 부정적 현실에 대한 화자의
　 인식이 담겨 있군.
⑤ '별을 바라보는 것'은 자연과 마주하며 이상을 지향하는
　 태도로 볼 수 있군.

소재의 의미와 기능 파악

4 〈보기 1〉을 참조할 때, 〈보기 2〉에서 (가)의 '지구'와 (나)의 '공'에 대한 이해로 적절한 것만을 고른 것은?

> 보기 1
>
> 　상징적 차원에서 '구(球)'는 모든 물체의 원형으로서 존재하기 때문에 이 형태는 보통 완전함이나 최선의 모양을 의미한다. 또한 그것은 모나지 않아 원만하고, 본모습을 쉽게 회복하며, 정지한 상태보다는 운동하는 상태가 어울린다. (가)의 '지구'와 (나)의 '공'도 이러한 의미와 관련지어 이해할 수 있다.

> 보기 2
>
> ㄱ. '공'은 화자가 닮고자 하는 최선의 존재로 표현되어 있어.
> ㄴ. '지구'는 '공'과 달리 모나지 않은 원만함이 강조되고 있군.
> ㄷ. '지구'는 '공'과 달리 본모습을 쉽게 회복하는 속성을 가
> 　 지고 있군.
> ㄹ. '지구'와 '공' 모두 끊임없는 운동성을 가진 대상으로 형
> 　 상화되어 있어.

① ㄱ, ㄴ　　　　② ㄱ, ㄷ　　　　③ ㄱ, ㄹ
④ ㄴ, ㄷ　　　　⑤ ㄴ, ㄹ

21 봄 / 절정

[1~4] 다음 글을 읽고 물음에 답하시오.

가

기다리지 않아도 오고
기다림마저 잃었을 때에도 ㉠너는 온다.
어디 뻘밭 구석이거나
썩은 물 웅덩이 같은 데를 기웃거리다가
한눈 좀 팔고, 싸움도 한판 하고,
지쳐 나자빠져 있다가
㉡다급한 사연 들고 달려간 바람이
흔들어 깨우면
눈 부비며 너는 더디게 온다.
㉢더디게 더디게 마침내 올 것이 온다.
너를 보면 눈부셔
일어나 맞이할 수가 없다.
입을 열어 외치지만 ㉣소리는 굳어
나는 아무것도 미리 알릴 수가 없다.
가까스로 두 팔을 벌려 껴안아 보는
너, 먼 데서 ㉤이기고 돌아온 사람아.

– 이성부, 〈봄〉

나

매운 계절(季節)의 채찍에 갈겨
마침내 북방(北方)으로 휩쓸려 오다

하늘도 그만 지쳐 끝난 ⓐ고원(高原)
서릿발 ⓑ칼날진 그 위에 서다

어데다 무릎을 꿇어야 하나
한 발 재겨 디딜 곳조차 없다

이러매 눈 감아 생각해 볼밖에
ⓒ겨울은 ⓓ강철로 된 ⓔ무지갠가 보다

– 이육사, 〈절정〉

감상 매뉴얼

가

1 **시적 상황** 시적 화자인 '나'는 역경과 시련을 이겨 낸 (　　　)을/를 맞이하고자 함

2 **시적 화자의 정서와 태도** 감격, (　　　)적

3 **시어의 의미**
  • (　　　): 봄(자유와 민주)의 의인화
  • (　　　): 각성의 매개체, 현실의 부정적 상황을 전해 줌

4 **표현상의 특징**
  • (　　　)와/과 상징적 표현을 통해 주제를 형상화함
  • 신념에 찬 단정적 어조를 통해 화자의 믿음을 강조함

5 **시의 주제** 언젠가는 다가올 새로운 세상에 대한 (　　　)

나

1 **시적 상황** 시적 화자는 더 이상 물러설 곳 없는 극한 상황에서 이를 (　　　)하려는 의지를 보이고 있음

2 **시적 화자의 정서와 태도** 초극 의지

3 **시어의 의미**
  • 북방, (　　　), 서릿발 칼날진 그 위: 극한의 상황
  • (　　　　　　): 절망적 현실에 대한 초극 의지(역설적 표현)

4 **표현상의 특징**
  • (　　　)적 표현을 통해 주제를 효과적으로 형상화함
  • 단호하고 결연한 (　　　)을/를 남성적 어조로 표출함

5 **시의 주제** 암담한 현실에 대한 초극 (　　　)

작품 간의 공통점 파악

1 (가)와 (나)의 공통점으로 가장 적절한 것은?

① 자기 성찰의 과정을 통해 부끄러움의 정서를 드러내고 있다.

② 색채어의 대조를 보여 줌으로써 시각적 인상을 강화하고 있다.

③ 선경후정(先景後情)의 전개 방식으로 시상을 펼쳐 나가고 있다.

④ 비유적 표현을 사용하여 부정적인 현실 상황을 나타내고 있다.

⑤ 현실을 극복하려는 화자의 의지를 설의적 표현을 사용하여 나타내고 있다.

작품 감상의 관점 이해

3 〈보기〉를 참고할 때 (나)를 감상하는 방법이 나머지와 다른 것은?

──〈보기〉──

문학 작품을 감상할 때에는 작품의 외적 정보를 배제한 상태에서 작품 자체만을 감상할 것인지, 그렇지 않고 외적 정보를 고려하여 감상할 것인지를 생각해 볼 필요가 있다.

① '기-승-전-결'의 시상 전개에 따른 시적 상황의 변화를 확인해 본다.

② '매운 계절의 채찍에 갈겨'와 같은 구절이 환기하는 이미지를 상상해 본다.

③ '어데다 무릎을 꿇어야 하나'에 담긴 화자의 정서를 추측해 본다.

④ '눈 감아 생각해 볼밖에'에 나타난 화자의 태도가 어떤 감동을 줄 수 있는지 생각해 본다.

⑤ '겨울은 강철로 된 무지갠가 보다'에 나타난 표현상의 특징과 함축적 의미를 분석해 본다.

시어의 의미 파악

4 〈보기〉를 참조하여 ⓐ~ⓔ를 이해한 것으로 가장 적절한 것은?

──〈보기〉──

시어는 시인이 주제를 형상화하기 위해 치밀한 의도를 가지고 쓴 것으로, 일반 사람의 보편적 상식과는 상반된 의미로 해석되는 경우가 있다.

① ⓐ: '고원'은 높은 곳이라는 긍정적 속성과 달리, 화자가 더 이상 나아갈 수 없는 한계의 공간을 의미한다.

② ⓑ: '칼날'은 날카롭고 위험하다는 부정적 속성과 달리, 화자의 내면에 미치는 긍정적 자극을 의미한다.

③ ⓒ: '겨울'은 매서운 추위로 인한 부정적 속성과 달리, 순수하고 정의로운 삶의 가치를 의미한다.

④ ⓓ: '강철'은 꺾이지 않는다는 긍정적 속성과 달리, 화자가 처한 상황을 수용하고자 하는 태도를 의미한다.

⑤ ⓔ: '무지개'는 희망이라는 긍정적 속성과 달리, 절망적 현실을 외면하고자 하는 체념적 태도를 의미한다.

시구의 의미 파악

2 (가)의 ㉠~㉤에 대한 설명으로 적절하지 <u>않은</u> 것은?

① ㉠: 긍정적 미래에 대한 화자의 확신이 나타나 있다.

② ㉡: 화자가 처해 있는 현실 상황을 짐작하게 한다.

③ ㉢: 봄이 쉽게 오지는 않을 것이라는 화자의 인식이 나타나 있다.

④ ㉣: 기쁨을 상실한 화자의 경직된 심리 상태를 짐작하게 한다.

⑤ ㉤: 온갖 시련과 고난을 거치고 온 희망적 존재로 이해할 수 있다.

22 빈집 / 삼수갑산

[1~4] 다음 글을 읽고 물음에 답하시오.

감상 매뉴얼

가 사랑을 잃고 나는 쓰네

잘 있거라, 짧았던 밤들아
창밖을 떠돌던 겨울 안개들아
아무것도 모르던 촛불들아, 잘 있거라
공포를 기다리던 흰 종이들아
망설임을 대신하던 눈물들아
잘 있거라, 더 이상 내 것이 아닌 열망들아

장님처럼 나 이제 더듬거리며 문을 잠그네
가엾은 내 사랑 ⊙빈집에 갇혔네

– 기형도, 〈빈집〉

나 ⊙삼수갑산(三水甲山)* 내 왜 왔노 삼수갑산이 어디뇨
오고 나니 기험(奇險)타 아하 물도 많고 산 첩첩(疊疊)이라 아하하

내 고향을 도로 가자 내 고향을 내 못 가네
삼수갑산 멀드라 아하 촉도지난(蜀道之難)*이 예로구나 아하하

삼수갑산이 어디뇨 내가 오고 내 못 가네
불귀(不歸)로다 내 고향 아하 새가 되면 떠 가리라 아하하

임 계신 곳 내 고향을 내 못 가네 내 못 가네
오다 가다 야속타 아하 삼수갑산이 날 가두었네 아하하

내 고향을 가고지고 오호 삼수갑산 날 가두었네
불귀로다 내 몸이야 아하 삼수갑산 못 벗어난다 아하하

– 김소월, 〈삼수갑산〉

＊**삼수갑산(三水甲山):** 우리나라에서 가장 험한 산골이라 이르던 삼수와 갑산. 조선 시대에 귀양지의 하나였음
＊**촉도지난(蜀道之難):** 촉나라로 가는 길의 어려움. 고향으로 돌아가는 것이 매우 힘들다는 의미로 사용됨

가
1 시적 상황 시적 화자인 '나'는 (　　　)을/를 잃고 사랑했던 순간의 모든 것들과 이별을 고하는 글을 쓰고 있음
2 시적 화자의 정서와 태도 (　　　)감, 절망감
3 시어의 의미
　• (　　　): 사랑을 잃은 화자의 처지를 비유함
　• (　　　): 사랑을 잃은 화자의 공허한 내면과 절망을 상징하는 공간
4 표현상의 특징
　• '(　　　)'(이)라는 상징적 소재를 통해 화자의 정서를 표현함
　• 사랑할 때 함께했던 대상들을 (　　　)하여 화자의 상실감을 강조함
5 시의 주제 사랑을 잃은 후의 (　　　)와/과 절망

나
1 시적 상황 시적 화자인 '나'는 '삼수갑산'에 갇혀 (　　　)(으)로 돌아갈 수 없어 절망하고 있음
2 시적 화자의 정서와 태도 (　　　)감, 한탄
3 시어의 의미
　• (　　　): 화자가 갇혀 벗어나지 못하는 공간
　• (　　　): 화자가 그리워하는 곳, 돌아가고 싶어 하는 곳
4 표현상의 특징
　• '삼수갑산'을 능동적 존재로 설정하여 화자가 처한 절망적 상황을 부각함
　• '아하'와 '아하하'의 규칙적인 (　　　)을/를 통해 운율을 형성하고 화자의 정서를 강조함
5 시의 주제 고향에 돌아갈 수 없는 현실에 대한 (　　　)와/과 탄식

작품 간의 공통점 파악

1 (가)와 (나)의 시상 전개의 공통점으로 가장 적절한 것은?

① 색채의 선명한 대비를 통해 시상을 전개하고 있다.
② 특정 공간의 특성을 바탕으로 시상을 전개하고 있다.
③ 시간의 역순행적 흐름에 따라 시상을 전개하고 있다.
④ 선경후정(先景後情)의 방식으로 시상을 전개하고 있다.
⑤ 기승전결(起承轉結)의 전통적 시가 형식에 따라 시상을 전개하고 있다.

소재의 의미와 기능 파악

2 〈보기〉를 바탕으로 ㉠과 ㉡을 이해한 내용으로 가장 적절한 것은?

> 보기
>
> 시에서는 시적 화자가 처한 상황이나 분위기를 드러내고 주제 의식을 형성하기 위해 시간적·공간적 배경을 활용한다. 특히 화자의 삶과 밀접하게 관련되어 있는 공간적 배경은 시간적 배경과 결합하여 독자가 화자의 정서나 태도를 파악하는 데 기여한다.

① ㉠은 지나간 일들을 돌아보는 추억의 공간이고, ㉡은 보다 나은 미래를 꿈꾸는 소망의 공간이다.
② ㉠은 사랑을 위한 소통을 포기하는 폐쇄된 공간이고, ㉡은 새로운 목표를 향해 떠나는 개방된 공간이다.
③ ㉠은 사랑하는 사람과의 재회를 꿈꾸는 공간이고, ㉡은 부정적 현실에서 벗어나기 위해 찾은 도피의 공간이다.
④ ㉠은 사랑을 잃은 공허한 내면을 형상화한 공간이고, ㉡은 고향으로 돌아갈 수 없는 절망적 내면을 형상화한 공간이다.
⑤ ㉠은 사랑할 때 접했던 것들에게 이별을 고하는 애상적 공간이고, ㉡은 힘겨운 상황을 이겨 내려고 노력하는 의지적 공간이다.

작품의 종합적 감상

3 (가)에 대한 감상으로 적절하지 <u>않은</u> 것은?

① 비유적, 상징적 표현으로 화자의 정서를 형상화하고 있군.
② 대상을 의인화하여 말을 건네는 형식으로 시상이 전개되고 있군.
③ 화자가 처한 상황을 직설적으로 제시하여 화자의 정서를 부각하고 있군.
④ 과거와 현재를 대비하여 현재의 상황에 대한 극복 의지를 드러내고 있군.
⑤ 시구의 반복을 통해 리듬감을 형성함과 동시에 화자의 정서도 강조하고 있군.

외적 준거에 의한 작품 감상

4 〈보기〉를 참고하여 (나)를 이해할 때 적절하지 <u>않은</u> 것은?

> 보기
>
> 김소월은 땅, 집, 고향 등을 모티프로 여러 작품을 창작하였다. 이들 작품에 등장하는 대부분의 인물들은 스스로의 의지에 의해서가 아니라 외적인 힘이나 상황 때문에 고향으로 돌아가지 못하는 신세로 그려진다. 시인은 이를 통해 식민지 시대에 삶의 터전을 빼앗기고 귀향하지 못하는 우리 민족의 절망적 모습을 보여 주고자 하였다.

① 1연: '물도 많고 산 첩첩'이라는 표현을 통해, 돌아가지 못하는 고향의 아름다움을 형상화하고 있다.
② 2연: '촉도지난'이라는 표현을 통해, 고향에 돌아가지 못하는 실향민의 처지를 암시하고 있다.
③ 3연: '새가 되면'이라는 이루어질 수 없는 상황 설정을 통해, 귀향할 수 없는 절망적 현실을 드러내고 있다.
④ 4연: '삼수갑산이 날 가두었'다는 표현을 통해, 실향민이 된 것이 스스로의 의지가 아님을 강조하고 있다.
⑤ 5연: '못 벗어난다'라는 단정적인 표현을 통해, 우리 민족이 식민지 현실에서 느끼는 좌절감을 드러내고 있다.

23 그리움 / 향아

[1~4] 다음 글을 읽고 물음에 답하시오.

가

[A]
눈이 오는가 북쪽엔
함박눈 쏟아져 내리는가

[B]
험한 벼랑을 굽이굽이 돌아간
백무선(白茂線) 철길 위에
느릿느릿 밤새워 달리는 / 화물차의 검은 지붕에

연달린 산과 산 사이
너를 남기고 온
㉠작은 마을에도 복된 눈 내리는가

[C]
잉크병 얼어드는 이러한 밤에
어쩌자고 잠을 깨어
그리운 곳 차마 그리운 곳

[D]
눈이 오는가 북쪽엔
함박눈 쏟아져 내리는가

― 이용악, 〈그리움〉

가

1 시적 상황 시적 화자는 잠에서 깨어 쏟아져 내리는 (   )을/를 보며, 고향과 그곳에 두고 온 가족을 그리워하고 있음

2 시적 화자의 정서와 태도 그리움

3 시어의 의미
  • (   ): 그리움의 매개체
  • (   ): 가족이 있는 고향

4 표현상의 특징
  • (   )형 종결 어미의 반복을 통해 그리움의 정서를 강조함
  • (   )의 구성을 통해 구조적 안정감을 주고 주제를 강조함

5 시의 주제 떠나온 고향과 가족에 대한 (   )

나

향아 너의 고운 얼굴 조석으로 우물가에 비취이던 오래지 않은 옛날로 가자

수수럭거리는 수수밭 사이 걸쭉스런 웃음들 들려 나오며 호미와 바구니를 든 환한 얼굴 그림처럼 나타나던 석양……

구슬처럼 흘러가는 냇물가 맨발을 담그고 늘어앉아 빨래들을 두드리던 전설같은 풍속으로 돌아가자

눈동자를 보아라 향아 회올리는 무지갯빛 허울의 눈부심에 넋 빼앗기지 말고
철따라 푸짐히 두레를 먹던 ㉡정자나무 마을로 돌아가자 미끈덩한 기생충의 생리와 허식에 인이 배기기 전으로 눈빛 아침처럼 빛나던 우리들의 고향 병들지 않은 젊음으로 찾아 가자꾸나

향아 허물어질까 두렵노라 얼굴 생김새 맞지 않는 발돋움의 흉낼랑 그만 내자
들국화처럼 소박한 목숨을 가꾸기 위하여 맨발을 벗고 콩바심*하던 차라리 그 미개지에로 가자 달이 뜨는 명절밤 비단치마를 나부끼며 떼지어 춤추던 전설같은 풍속으로 돌아가자 냇물 굽이치는 싱싱한 마음밭으로 돌아가자.

― 신동엽, 〈향아〉

*콩바심: 거두어들인 콩을 두드려 콩알을 털어내는 일

나

1 시적 상황 시적 화자는 '향'에게 물질문명의 허위와 가식에 물들지 말고 순수한 농촌 공동체로 돌아가자고 (   )하고 있음

2 시적 화자의 정서와 태도 의지적, 현실 비판적

3 시어의 의미
  • 오래지 않은 옛날, 전설 같은 풍속, 정자나무 마을, 우리들의 고향, 병들지 않은 젊음, (   ), 싱싱한 마음밭: 순수하고 소박한 농촌 공동체, 화자가 지향하는 세계
  • 허울의 눈부심, (   )의 생리와 허식, 발돋움의 흉내: 현대 물질문명의 부정적 모습

4 표현상의 특징
  • (   ) 어미를 반복하여 화자의 소망을 강조함
  • (   ) 의미의 시어를 활용하여 주제 의식을 부각함
  • 청자에게 말을 건네는 듯한 어투를 사용함

5 시의 주제 (   )에서 벗어나 순수한 과거로 돌아가고 싶은 바람

작품 간의 공통점 파악

1 (가)와 (나)의 공통점으로 가장 적절한 것은?

① 특정 시어를 반복하여 시적 정서를 강조하고 있다.
② 말을 건네는 방식을 통해 독자의 공감을 유도하고 있다.
③ 청유형의 문장을 사용하여 화자의 의도를 부각하고 있다.
④ 토속적 소재를 활용하여 화자의 지향점을 드러내고 있다.
⑤ 의문형 진술을 사용하여 화자의 내적 갈등을 드러내고 있다.

외적 준거에 의한 작품 감상

3 〈보기〉를 바탕으로 (나)를 이해한 내용으로 적절하지 <u>않은</u> 것은?

┤ 보기 ├

〈향아〉는 문명 비판적 성격을 지닌 작품이다. 물질문명의 허위와 병폐에 물들어 가는 공동체가 농경 문화의 전통에 바탕을 두고 건강한 생명력과 순수성을 회복하기를 소망하는 작가 의식을 담고 있다.

① '전설 같은 풍속'은 화자가 회복하기를 소망하는 과거 공동체의 모습을 보여 주는군.
② '기생충의 생리'는 자족적인 농경 문화 전통에 반(反)하는 문명의 병폐를 보여 주는군.
③ '발돋움의 흉내'를 낸다는 것은 물질문명에 물들어 가는 상황을 보여 주는군.
④ '미개지에로 가자'라는 화자의 권유는 공동체의 터전을 확장하여 순수성을 지켜 나가려는 의식을 보여 주는군.
⑤ '떼지어 춤추던' 모습은 농경 문화 공동체의 건강한 생명력을 보여 주는군.

시상 전개 과정의 이해

2 〈보기〉를 참고하여 (가)를 감상한 내용으로 적절하지 <u>않은</u> 것은?

┤ 보기 ├

〈그리움〉에서 '눈'은 일반적으로 쓰이는 차가움의 이미지와는 달리 포근하고 아늑한 이미지로 고향을 그리워하는 화자의 정서와 연결되어 있다.

① [A]에서 고향을 나타내는 '북쪽'을 '함박눈'의 이미지와 연결하여 그리움의 정서를 환기하고 있군.
② [B]에서 '화물차의 검은 지붕'과 '눈'의 이미지 대비를 통해 문명에 대한 화자의 비판적 인식을 부각하였군.
③ [B]에서 '너'가 있는 '작은 마을'의 '복된 눈'에는 사랑하는 사람이 축복받기를 바라는 마음이 함축되어 있군.
④ [C]에서 '잉크병 얼어드는' 곳에서 '잠'을 깬 화자는 고향에 대한 그리움이 더 간절하겠군.
⑤ [D]에서 '함박눈'이 '내리는가'를 다시 반복하여 고향과 그리운 이에 대한 화자의 정서를 심화하고 있군.

배경 및 소재의 기능 파악

4 ㉠과 ㉡을 비교한 내용으로 가장 적절한 것은?

① ㉠은 원시적인 삶의 공간이고, ㉡은 '향'이 본성을 찾아가는 낯선 공간이다.
② ㉠은 화자에게 애상감을 주는 공간이고, ㉡은 '향'에게 귀환이 금지된 공간이다.
③ ㉠은 눈을 매개로 한 회상의 공간이고, ㉡은 '향'이 자기 반성을 수행하는 공간이다.
④ ㉠은 화자가 가족을 그리워하는 공간이고, ㉡은 '향'과 화자의 우호적 관계가 드러나는 공간이다.
⑤ ㉠은 화자가 갈 수 없어 애틋함을 느끼는 공간이고, ㉡은 '향'의 노동과 놀이가 공존하던 공간이다.

당신을 보았습니다 / 노신

[1~4] 다음 글을 읽고 물음에 답하시오.

가 당신이 가신 뒤로 나는 당신을 잊을 수가 없습니다
까닭은 당신을 위하느니보다 나를 위함이 많습니다

나는 갈고 심을 땅이 없으므로 추수(秋收)가 없습니다
저녁거리가 없어서 조나 감자를 꾸러 이웃집에 갔더니 주인은 "거지는 인격이 없다
인격이 없는 사람은 생명이 없다 너를 도와주는 것은 죄악이다"고 말하였습니다
그 말을 듣고 돌아 나올 때에 쏟아지는 눈물 속에서 당신을 보았습니다

나는 집도 없고 다른 까닭을 겸하여 민적(民籍)이 없습니다
"민적 없는 자는 인권이 없다 인권이 없는 너에게 무슨 정조냐"하고 능욕하려는
장군이 있었습니다
그를 항거한 뒤에 남에게 대한 격분이 스스로의 슬픔으로 화(化)하는 찰나에 당신
을 보았습니다
아아 온갖 윤리, 도덕, 법률은 칼과 황금을 제사 지내는 연기(煙氣)인 줄을 알았습
니다
영원의 사랑을 받을까, 인간 역사의 첫 페이지에 잉크칠을 할까, 술을 마실까 망설
일 때에 당신을 보았습니다

– 한용운, 〈당신을 보았습니다〉

나 시(詩)를 믿고 어떻게 살아가나 / 서른 먹은 사내가 하나 잠을 못 잔다.
먼 — 기적 소리 처마를 스쳐가고
잠들은 아내와 어린것의 벼개 맡에
밤눈이 내려 쌓이나 보다.
무수한 손에 뺨을 얻어맞으며 / 항시 곤두박질해 온 생활의 노래
지나는 돌팔매에도 이제는 피곤하다.
먹고 산다는 것, / 너는 언제까지 나를 쫓아오느냐.

등불을 켜고 일어나 앉는다. / 담배를 피워 문다.
쓸쓸한 것이 오장을 씻어 내린다.
노신(魯迅)이여
이런 밤이면 그대가 생각난다.
온— 세계가 눈물에 젖어 있는 밤
상해(上海) 호마로(胡馬路) 어느 뒷골목에서 / 쓸쓸히 앉아 지키던 등불
등불이 나에게 속삭어린다.
여기 하나의 상심(傷心)한 사람이 있다.
여기 하나의 굳세게 살아온 인생이 있다.

– 김광균, 〈노신〉

작품 간의 공통점 파악

1 (가)와 (나)의 공통점으로 가장 적절한 것은?

① 일화를 병치하여 대상의 존재감을 강조하고 있다.
② 화자가 자신을 객관화하며 지나온 삶을 성찰하고 있다.
③ 호명을 통해 시적 대상에 대한 경외감을 드러내고 있다
④ 특정 계기를 통해 시적 상황에 대한 인식을 전환하고 있다.
⑤ 과거와 현재를 대비하여 화자가 지향하는 가치를 드러내고 있다.

표현상의 특징 파악

3 (나)의 표현상의 특징으로 가장 적절한 것은?

① 계절감이 드러나는 소재를 사용하여 시상을 전환하고 있다.
② 회상의 방식을 통해 화자의 반성적 삶의 태도를 보여 주고 있다.
③ 사물을 생명력 있는 대상으로 표현하여 시적 상황을 나타내고 있다.
④ 의문형 어미를 통해 부정적 현실에 대한 화자의 인식 전환을 드러내고 있다.
⑤ 영탄적 어조를 통해 이상 세계를 추구하는 화자의 정서를 직접 나타내고 있다.

외적 준거에 의한 작품 감상

2 〈보기〉를 참고할 때, (가)의 화자에 대한 설명으로 적절하지 <u>않은</u> 것은?

보기

한용운은 식민지 현실의 문제점과 모순을 파악하고, 이를 극복하기 위해 노력한 민족적 선구자이자 독립운동가이다. 〈당신을 보았습니다〉는 일제 강점기의 굴욕적이고 절망적인 상황을 이겨 낼 수 있는 희망과 구원의 표상인 '님(=당신)'을 경건하게 노래하고 있다. 한용운은 스스로 '그리운 것은 다 님이다'라고 했을 정도로, 그의 작품에 등장하는 '님'은 다양하게 해석할 수 있다. 이 작품에서의 '님'은 시대적 상황을 고려하여 감상할 때 그 가치를 더욱 크게 느낄 수 있다.

① '갈고 심을 땅이 없'는 화자는 식민지 현실 속에서 가난하게 살아갈 수밖에 없었던 당대 민중으로 볼 수 있겠군.
② '민적이 없'는 화자의 상황은 식민지 통치로 인해 주권을 빼앗긴 민족의 현실을 상징하는 것이군.
③ '남에게 대한 격분이 스스로의 슬픔으로 화(化)'하던 순간의 화자는 일제의 억압으로 인해 어쩔 수 없이 비참한 현실을 수용하려 하고 있군.
④ '영원의 사랑을 받을까, 인간 역사의 첫 페이지에 잉크칠을 할까, 술을 마실까'에서 민족의 비참한 현실에 대한 화자의 고뇌를 느낄 수 있군.
⑤ '당신을 보았습니다'는 화자가 식민지 현실 속의 모순을 극복할 수 있는 희망을 얻게 된 것을 말해 주는군.

외적 준거에 의한 작품 감상

4 〈보기〉를 바탕으로 (나)를 감상한 것으로 적절하지 <u>않은</u> 것은?

보기

〈노신〉의 화자는 솔직하고 담담한 어조로, 가난한 가장으로서의 현실적 삶과 시인으로서의 예술적 신념 사이에서 겪는 갈등을 고백하고 있다. 고뇌하던 화자는 고단한 삶 속에서도 신념을 지켰던 중국의 문인 '노신'을 떠올리며 갈등과 절망감을 극복하려는 의지를 다지게 된다.

① '서른 먹은 사내'는 객관화하여 표현된 화자 자신을 나타낸다.
② '어떻게 살아가나', '먹고 산다는 것'은 가난한 가장인 화자의 현실적 고민을 나타낸다.
③ '무수한 손에 뺨을 얻어맞으며'와 '돌팔매'는 화자가 겪어 온 삶의 고통을 짐작하게 한다.
④ '그대'가 생각나는 '이런 밤'은 화자의 고뇌와 현실적 고통이 해소되는 시간을 의미한다.
⑤ '상심한 사람'이자 '굳세게 살아온 인생'은 '노신'을 의미하는 동시에 그를 본받고자 하는 화자 자신을 의미한다.

[1~4] 다음 글을 읽고 물음에 답하시오.

가 종다리 뜨는 아침 언덕 우에 구름을 쫓아 달리던
　　너와 나는 그날 꿈 많은 소년이었다.
　　제비 같은 이야기는 바다 건너로만 날리었고
　　가벼운 날개 밑에 머─ㄹ리 수평선이 층계처럼 낮더라.

　　자주 투기는 팔매는 바다의 가슴에 화살처럼 박히고
　　지칠 줄 모르는 마음은 단애(斷崖)*의 허리에
　　게으른 갈매기 울음소리를 비웃었다.

　　오늘 얼음처럼 싸늘한 노을이 뜨는 바다의 언덕을 오르는
　　두 놈의 봉해진 입술에는 바다 건너 이야기가 없고.

　　곰팽이처럼 얼룩진 수염이 코밑에 미운 너와 나는
　　또다시 가슴이 둥근 소년일 수 없고나.

　　　　　　　　　　　　　　　　　　　　　　　　　　　　　　　 – 김기림, 〈추억〉

＊**단애(斷崖):** 깎아 세운 듯한 낭떠러지

나 어려서 나는 램프불 밑에서 자랐다.
　　밤중에 눈을 뜨고 내가 보는 것은
　　재봉틀을 돌리는 젊은 어머니와
　　실을 감는 주름진 할머니뿐이었다.
　　나는 그것이 세상의 전부라고 믿었다.
　　조금 자라서는 칸델라*불 밑에서 놀았다.
　　밖은 칠흑 같은 어둠
　　지익지익 소리로 새파란 불꽃을 뿜는 불은
　　주정하는 험상궂은 금점꾼들과
　　셈이 늦는다고 몰려와 생떼를 쓰는 그
　　아내들의 모습만 돋움새겼다.
　　소년 시절은 전등불 밑에서 보냈다.
　　가설극장의 화려한 간판과
　　가겟방의 휘황한 불빛을 보면서
　　나는 세상이 넓다고 알았다, 그리고

가
1 시적 상황 시적 화자인 '나'는 (　　)이/가 많았던 어린 시절을 회상하고 있음
2 시적 화자의 정서와 태도 (　　), 그리움, 안타까움
3 시어의 의미
　• (　　): 꿈을 품은 화자와 대비되는 존재
　• 곰팽이처럼 얼룩진 수염: 꿈을 잃고 현실에 얽매인 어른이 된 모습
4 표현상의 특징
　• 비유적 표현을 통해 주제를 감각적으로 형상화함
　• (　　)의 흐름에 따라 시상이 전개됨
　• 과거와 현재의 (　　)을/를 통해 주제 의식을 드러냄
5 시의 주제 꿈 많았던 어린 시절에 대한 (　　)

나
1 시적 상황 시적 화자인 '나'는 어린 시절의 어머니와 할머니를 (　　)하고 있음
2 시적 화자의 정서와 태도 그리움, 고백적
3 시어의 의미
　• 램프불, (　　), 전등불, 대처: 화자의 성장에 따른 경험의 확장을 드러내는 소재
　• 먼 세상: '나'가 견문을 넓히는 공간
4 표현상의 특징
　• (　　)의 흐름에 따라 시상이 전개됨
　• (　　)의 반복을 통해 시적 정서를 환기함
　• 다양한 감각적 표현을 통해 시적 상황을 형상화함
5 시의 주제 어머니와 할머니(고향)에 대한 원초적인 (　　)

나는 대처로 나왔다.

이곳 저곳 떠도는 즐거움도 알았다.

바다를 건너 먼 세상으로 날아도 갔다.

많은 것을 보고 많은 것을 들었다.

하지만 멀리 다닐수록, 많이 보고 들을수록

이상하게도 내 시야는 차츰 좁아져

내 망막에는 마침내

재봉틀을 돌리는 젊은 어머니와

실을 감는 주름진 할머니의

실루엣만 남았다.

내게는 다시 이것이

세상의 전부가 되었다.

– 신경림, 〈어머니와 할머니의 실루엣〉

*칸델라: 가지고 다닐 수 있는, 석유로 불을 켜서 밝히는 등

작품 간의 공통점 파악

1 (가)와 (나)의 공통점으로 가장 적절한 것은?

① 직유법을 활용하여 대상을 구체화하고 있다.

② 점층적인 방식을 사용하여 내용을 전개하고 있다.

③ 영탄적 표현을 통해 고조된 감정을 나타내고 있다.

④ 명령형 어미를 반복하여 결연한 의지를 표출하고 있다.

⑤ 역설적 표현으로 주제 의식을 효과적으로 드러내고 있다.

시상 전개 과정의 이해

2 (가)에 대한 설명으로 적절하지 <u>않은</u> 것은?

① 1연에서는 상승적 이미지의 시간적 배경을 활용하여 밝고 희망적인 분위기를 조성하고 있다.

② 2연에서는 화자와 대비되는 소재를 활용하여 화자의 정서를 부각하고 있다.

③ 3연에서는 시상의 전환을 통해 잃어버린 꿈을 되찾고자 하는 화자의 다짐을 보여 주고 있다.

④ 4연에서는 부정적인 외양 묘사를 통해 꿈 많았던 과거로 돌아가는 것이 불가능함을 드러내고 있다.

⑤ 1, 2연과 3, 4연에 나타난 화자의 상반된 모습을 통해 주제 의식을 형성하고 있다.

작품의 종합적 감상

3 (나)에 대한 이해로 가장 적절한 것은?

① '칠흑 같은 어둠'과 '휘황한 불빛'의 대비를 통해 화자의 내면과 외부 세계 사이에 조성되는 긴장감을 드러내고 있다.

② '험상궂은 금점꾼들'에서 '생떼를 쓰는' '아내들'로 묘사의 초점을 이동하여 정겨운 공동체의 모습을 나타내고 있다.

③ '멀리 다닐수록'을 '많이 보고 들을수록'과 연결하여 이동 범위의 확대가 인식의 성장을 가로막았음을 드러내고 있다.

④ '램프불 밑에서 자랐다', '칸델라불 밑에서 놀았다', '전등불 밑에서 보냈다'를 순차적으로 배치하여 시간의 흐름에 따라 세상에 대한 화자의 인식이 달라졌음을 나타내고 있다.

⑤ '나는 그것이 세상의 전부라고 믿었다'를 '내게는 다시 이것이' '세상의 전부가 되었다'로 변형하여 화자가 기억하는 어릴 적 공간의 이미지가 달라졌음을 나타내고 있다.

외적 준거에 의한 작품 감상

4 〈보기〉를 바탕으로 (가)와 (나)를 감상한 내용으로 적절하지 <u>않은</u> 것은?

───── 보기 ─────

(가)와 (나)에는 시간의 흐름에 따른 화자의 변모와 이에 대한 정서가 나타나 있다. (가)에서 화자는 과거와 대비되는 현재의 모습을 통해 단절감을 드러내는 반면, (나)에서는 성장하면서 넓은 세상에서 경험이 확장되었던 화자가 모성(母性)의 이미지로 대표되는 유년 시절의 가치로 회귀하고자 하는 모습이 나타난다.

① (가)의 '그날', '오늘'과 (나)의 '어려서', '조금 자라서', '소년 시절'에서 시간의 흐름을 알 수 있군.

② (가)의 '또다시 가슴이 둥근 소년일 수 없'다는 것에서 과거로 돌아갈 수 없다는 단절감을, (나)의 '다시 이것이 세상의 전부가 되었다'는 것에서 넓은 세상에 대한 화자의 동경을 알 수 있군.

③ (가)의 '제비 같은 이야기'를 '바다 건너'로 날렸던 모습과 '봉해진 입술에는 바다 건너 이야기가 없'는 모습에서 과거와 현재의 대비되는 화자의 모습을 알 수 있군.

④ (나)에서 '칸델라불 밑', '전등불 밑', '대처'는 화자가 성장하면서 다양한 경험을 하게 되었음을 나타내는 장소임을 알 수 있군.

⑤ (나)의 '젊은 어머니'와 '주름진 할머니의 실루엣만 남았다'는 것에서 모성의 이미지로 대표되는 유년 시절의 가치로 회귀하고자 하는 화자의 모습을 알 수 있군.

무서운 밤 / 귀농

[1~4] 다음 글을 읽고 물음에 답하시오.

가　사나운몸부림치며밤내하늬바람*은연약한바람벽을뒤흔들고미친듯울음치며긴긴밤을눈보라는가난한볏짚이엉에몰아쳤으나굳게굳게닫히운증오(憎惡)의창(窓)에밤은깊어도깊어도한그루의붉은순정(純情)의등(燈)불이꺼질줄을모르고무서웁게무서웁게어두운바깥을노려보는날카로운적—은눈동자들이빛났다.

　　　　　　　　　　　　　　　　　　　　　　　　　　　　　　– 함형수, 〈무서운 밤〉

*하늬바람: 서쪽에서 부는 바람. 이 시에서는 북한어로 '서북쪽이나 북쪽에서 부는 바람'의 의미로 사용됨

나　백구둔(白狗屯)*의 눈 녹이는 밭 가운데 땅 풀리는 밭 가운데
　　촌부자 노왕(老王)*하고 같이 서서
　　밭최뚝*에 즘부러진* 땅버들의 버들개지 피여나는 데서
　　볕은 장글장글 따사롭고 바람은 솔솔 보드라운데
　　나는 땅임자 노왕한테 석상디기* 밭을 얻는다

　　노왕은 집에 말과 나귀며 오리에 닭도 우울거리고*
　　고방*엔 그득히 감자에 콩곡석도 들여 쌓이고
　　노왕은 채매*도 힘이 들고 하루 종일 백령조(百鈴鳥)* 소리나 들으려고
　　밭을 오늘 나한테 주는 것이고
　　나는 이제 귀치않은 측량(測量)도 문서(文書)도 싫증이 나고
　　낮에는 마음 놓고 낮잠도 한잠 자고 싶어서
　　아전* 노릇을 그만두고 밭을 노왕한테 얻는 것이다.

　　날은 챙챙 좋기도 좋은데
　　눈도 녹으며 술렁거리고 버들도 잎 트며 수선거리고
　　저 한쪽 마을에는 마돝*에 닭 개 짐승도 들떠들고
　　또 아이 어른 행길에 뜨락에 사람도 웅성웅성 흥성거려
　　나는 가슴이 이 무슨 흥에 벅차오며
　　이 봄에는 이 밭에 감자 강냉이 수박에 오이며 당콩에 마늘과 파도 심그리라 생각한다

　　수박이 열면 수박을 먹으며 팔며
　　감자가 앉으면 감자를 먹으며 팔며
　　까막까치나 두더쥐 돝벌기*가 와서 먹으면 먹는 대로 두어두고
　　도적이 조금 걷어가도 걷어가는 대로 두어두고
　　아, 노왕, 나는 이렇게 생각하노라
　　나는 노왕을 보고 웃어 말한다

가

1 시적 상황　시적 화자는 현실의 고통을 직시하며 새로운 날의 (　　　　)을/를 위한 저항 의지를 다짐

2 시적 화자의 정서와 태도　저항, 의지

3 시어의 의미
　• 하늬바람, (　　　　), 어두운 바깥: 화자를 위협하는 외부 존재들
　• 한그루의붉은순정의등불: 외부의 적에 대항하는 화자의 무기. 새 세상에 대한 희망

4 표현상의 특징
　• (　　　　) 시어를 활용하여 대결 구도를 형상화함
　• 자연 현상을 통해 외부의 폭압적 현실과 화자의 결의를 보여 줌
　• (　　　　), 행과 연의 구분을 무시함으로써 화자의 답답한 정서를 효과적으로 전달함

5 시의 주제　부정적 현실에 대한 (　　　　) 의지와 새로운 날에 대한 희망

나

1 시적 상황　시적 화자인 '나'는 농촌 마을에서 땅을 빌려 평화롭고 여유롭게 농사를 지으며 살려는 (　　　　)에 부풀어 있음

2 시적 화자의 정서와 태도　희망, 여유

3 시어의 의미
　• (　　　　): 현실 도피처, 이상향
　• (　　　　): 석 섬 정도의 곡식을 심을 수 있는 밭. 화자의 이상을 실현하기 위한 공간
　• 아전 노릇: 세속적 번거로움의 원인

4 표현상의 특징
　• 음성 상징어를 활용하여 흥겨운 분위기와 (　　　　)을/를 형성함
　• (　　　　) 표현을 사용하여 무위자연의 태도를 효과적으로 드러냄

5 시의 주제　세속의 번거로움에서 벗어나 평화로운 (　　　　) 생활을 영위하고 싶은 소망

이리하여 노왕은 밭을 주어 마음이 한가하고

나는 밭을 얻어 마음이 편안하고

디퍽디퍽 눈을 밟으며 터벅터벅 흙도 덮으며

사물사물 햇볕은 목덜미에 간지로워서

노왕은 팔짱을 끼고 이랑*을 걸어

나는 뒷짐을 지고 고랑*을 걸어

밭을 나와 밭뚝을 돌아 도랑을 건너 행길을 돌아

지붕에 바람벽에 울바주*에 볕살 쇠리쇠리한* 마을을 가리키며

노왕은 나귀를 타고 앞에 가고

나는 노새를 타고 뒤에 따르고

마을 끝 충왕묘(蟲王廟)*에 충왕(蟲王)을 찾어뵈려 가는 길이다

토신묘(土神廟)*에 토신(土神)도 찾어뵈려 가는 길이다.

– 백석, 〈귀농(歸農)〉

＊백구둔: 만주국 신경 근교의 농촌 마을

＊노왕: 라오왕. 왕씨. 중국에서 친한 사람을 부를 때 연장자는 성씨 앞에 '老(라오)' 자를 붙이고 아랫사람에게는 '小(샤오)' 자를 붙임

＊밭최뚝: 밭 언저리의 풀이 나 있는 둑

＊즘부러진: 서로 엉킨 채 여기저기 펼쳐져 있는

＊석상디기: 석섬지기. 석 섬 정도 분량의 곡식을 심을 수 있는 논밭의 넓이

＊우울거리고: 우글거리고

＊고방: '광'의 원말. 창고

＊채매: 채마밭. 채소밭

＊백령조: 몽고종다리. 종다릿과의 새

＊아전: 조선 시대 중앙이나 지방 관청의 하급 관리

＊마돝: 말과 돼지

＊돝벌기: 돼지벌레. 잎벌레

＊이랑: 두둑과 고랑을 함께 이르는 말

＊고랑: 두둑과 두둑 사이의 낮은 곳

＊울바주: '울바자'의 평북 방언. 대, 갈대, 수수깡, 싸리 따위로 발처럼 엮거나 걸어서 만든 울타리

＊쇠리쇠리한: '눈부신'의 평북 방언

＊충왕묘: 벌레의 왕을 모셔 놓은 사당. 해충으로부터의 피해를 줄이기 위해 충왕절(음력 6월 6일)에 충왕묘에 제사를 지내고 풍년을 기원함

＊토신묘: 흙을 맡아 다스린다는 토지신을 모신 사당. 토신묘에 때마다 제사를 지내고 풍년을 기원함

작품 간의 공통점과 차이점 파악

1 (가)와 (나)에 대한 설명으로 적절하지 않은 것은?

① (가)와 (나)는 모두 음성 상징어를 활용하여 운율감을 부여하고 있다.

② (가)는 (나)와 달리 시의 일반적인 형식을 파괴하여 화자의 답답한 정서를 드러내고 있다.

③ (가)는 (나)와 달리 대조적 시어를 통해 부정적 현실과의 대결 의지를 형상화하고 있다.

④ (나)는 (가)와 달리 유사한 통사 구조를 반복하여 화자의 삶의 자세를 제시하고 있다.

⑤ (나)는 (가)와 달리 청자에게 말을 건네는 어투를 사용하여 화자의 생각을 드러내고 있다.

외적 준거에 의한 작품 감상

2 〈보기〉를 바탕으로 (가)를 감상한 내용으로 적절하지 않은 것은?

> **보기**
>
> 〈무서운 밤〉에는 시인이 어린 시절에 겪었던 어두운 경험이 투영되어 있다. 가장의 역할을 하지 못하고 오랜 방황 끝에 사망한 아버지는 소년 시절의 시인에게 정신적인 상처와 궁핍함을 안겨 주었다. 소년에 지나지 않던 시인의 능력으로는 부정적인 현실로 인한 시련을 막기에 역부족이었다. 하지만 시인은 그러한 상황 속에서도 좌절하지 않고 희망의 끈을 놓지 않으려고 노력했다.

① '하늬바람'과 '눈보라'는 화자의 삶을 위협하는 대상을 의미하겠군.

② '연약한바람벽'과 '가난한볏짚이엉'에서 화자의 궁핍함을 엿볼 수 있군.

③ '굳게닫히운증오의창'에는 시련에 좌절하지 않겠다는 화자의 각오가 담겨 있군.

④ '붉은순정의등불'은 시련을 막기에 역부족이었던 화자의 암울한 처지를 드러내는군.

⑤ '날카로운적─은눈동자들'은 부정적인 현실에도 희망을 버리지 않는 화자의 모습을 보여 주는군.

시어와 시구의 의미 파악

3 (나)의 시어에 대한 이해로 적절하지 않은 것은?

① '석상디기 밭'은 화자가 이상을 실현하기 위해 '수박', '감자' 등을 심고자 하는 공간이다.

② '채매'는 노왕이 밭을 빌려 주는, '낮잠'은 '나'가 밭을 빌리려는 이유의 일부이다.

③ '측량'과 '문서'는 화자가 번잡스러운 일상에서 벗어나 '백구둔'으로 귀농한 계기이다.

④ '돌벌기'와 '도적'을 대하는 모습은 화자가 추구하는 무소유의 삶의 태도를 보여 준다.

⑤ 노왕의 '팔짱'과 나의 '뒷짐'은 착취와 피착취를 바탕으로 한 지주와 소작농의 관계를 암시한다.

외적 준거에 의한 작품 감상

4 〈보기〉를 참고하여 (가)와 (나)를 이해한 내용으로 적절하지 않은 것은?

> **보기**
>
> 선생님: (가)와 (나)는 모두 1930~40년대의 일제 강점기에 쓰인 시이지만 시간적 배경, 계절적 배경, 공간적 배경, 공간의 개폐성 및 외부 상황에 대한 화자의 인식이 상이하게 제시되고 있어요. 이러한 요소들이 시 속에서 각각 어떻게 구현되고 있는지 확인해 볼까요?

① (가)의 '밤'은 화자가 고난을 견뎌 내야 하는 시간적 배경이지만, (나)의 볕이 장글장글한 '낮'은 귀농한 화자가 즐거움을 느끼는 시간적 배경이다.

② (가)의 겨울은 화자에게 시련을 더하는 계절적 배경이지만, (나)의 봄은 흥겨운 분위기를 조성하는 계절적 배경이다.

③ (가)의 초가집 방 안은 화자를 위축시키는 공간적 배경이지만, (나)의 '백구둔'은 화자에게 여유로움을 주는 공간적 배경이다.

④ (가)는 '어두운바깥'과 같은 위협적인 대상들로부터의 보호를 위해 공간이 폐쇄되어 있지만, (나)는 '까막까치'와 같은 대상에게 공간이 개방되어 있다.

⑤ (가)의 화자는 '눈보라'가 몰아치는 외부 상황에 대해 대결 의식을 드러내지만, (나)의 화자는 '아전 노릇'과 같은 외부 상황에 대해 우호적인 태도를 드러내고 있다.

춘설 / 아침 이미지 1

[1~4] 다음 글을 읽고 물음에 답하시오.

가

[A]
　　문 열자 선뜻!
　　먼 산이 이마에 차라.

우수절(雨水節)* 들어 / 바로 초하루 아침.

[B]
　　새삼스레 눈이 덮인 멧부리와
　　서늘옵고 빛난 이마받이*하다.

[C]
　　얼음 금 가고 바람 새로 따르거니
　　흰 옷고름 절로 향기로워라.

[D]
　　옹송그리고* 살아난 양이
　　아아 꿈 같기에 설어라.

[E]
　　미나리 파릇한 새순 돋고
　　옴짓 아니 기던 고기 입이 오물거리는,

꽃 피기 전 철 아닌 눈에
핫옷 벗고 도로 춥고 싶어라.

－ 정지용, 〈춘설〉

*우수절(雨水節): 우수. 이십사절기의 하나. 입춘과 경칩의 사이에 있음
*이마받이: ① 이마로 부딪침 ② 두 물체가 맞부딪거나 가깝게 맞붙음
*옹송그리고: 춥거나 두려워 몸을 궁상맞게 몹시 움츠려 작게 하고

나

어둠은 새를 낳고, 돌을
낳고, 꽃을 낳는다.
아침이면, / 어둠은 온갖 물상(物像)을 돌려주지만
스스로는 땅 위에 굴복한다.
무거운 어깨를 털고
물상들은 몸을 움직이어
노동의 시간을 즐기고 있다. / 즐거운 지상의 잔치에
금(金)으로 타는 태양의 즐거운 울림.
아침이면,
세상은 개벽을 한다.

－ 박남수, 〈아침 이미지 1〉

가

1 시적 상황　시적 화자는 이른 (　　　)
　눈이 쌓인 먼 산을 바라보며 봄의 정취를
　느끼고 있음
2 시적 화자의 정서와 태도　놀람, 반가움,
　설렘
3 시어의 의미
　• 춘설: 겨울의 이미지가 아니라 봄이 오
　　는 것을 알리는 역할을 함
　• (　　　): ① '낯설다'의 의미 － 갑자
　　기 찾아온 봄이 꿈을 꾸는 것처럼 낯설
　　게 느껴짐 ② '서럽다'의 의미 － 혹독한
　　겨울을 이겨 내고 맞이한 봄이 마치 꿈
　　과 같아서 서럽게 느껴짐
4 표현상의 특징
　• 다양한 감각적 이미지를 활용하여 봄을
　　맞는 화자의 감흥을 생생하게 드러냄
　• (　　　) 표현을 사용하여 화자의 정서
　　를 효과적으로 드러냄
5 시의 주제　춘설이 내린 풍경과 봄의
　(　　　)

나

1 시적 상황　시적 화자는 어둠이 서서히
　물러나며 만물이 드러나는 (　　　)의
　모습을 바라보고 있음
2 시적 화자의 정서와 태도　경이로움
3 시어의 의미
　• (　　　): 생명을 잉태하고 있는 시간
　　으로, 모태 이미지를 지님
　• (　　　): 아침마다 새롭게 태어나는
　　세상에 대한 화자의 인식을 집약하여
　　표현함
4 표현상의 특징
　• (　　　)의 흐름에 따라 시상을 전개함
　• 아침을 맞는 모습을 감각적으로 형상화
　　함
5 시의 주제　(　　　) 넘치는 아침의 이미
　지

작품 간의 공통점과 차이점 파악

1 (가)와 (나)에 대한 설명으로 가장 적절한 것은?

① (가)와 (나)는 모두 영탄적 표현을 통해 화자의 정서를 드러내고 있다.

② (가)와 (나)는 모두 대조적 의미의 시어를 통해 주제 의식을 드러내고 있다.

③ (가)와 (나)는 모두 음성 상징어를 활용하여 대상이 지닌 역동성을 부각하고 있다.

④ (가)는 동적인 이미지를 중심으로, (나)는 정적인 이미지를 중심으로 시상을 전개하고 있다.

⑤ (가)는 동일한 종결 어미를 반복하여, (나)는 동일한 시어를 반복하여 리듬감을 형성하고 있다.

시상 전개 과정 및 시어의 의미 파악

2 (가)를 이해한 내용으로 적절하지 않은 것은?

① [A]에서 화자는 갑작스럽게 마주한 풍경에 대한 놀라움을 '선뜻!'이라는 시어로 표현하고 있다.

② [B]에서 화자는 [A]에서 이마에 닿을 듯 차갑게 느껴지던 먼 산의 경치를 '이마받이'로 부각하고 있다.

③ [C]에서 화자는 '얼음'이 녹고 '바람'이 새로 부는 것을 통해 변화하는 자연의 모습을 그려 내고 있다.

④ [D]에서 화자는 겨우내 '옹송그리고' 살아온 자신을 돌아보며 [C]에서 보인 자신의 태도를 허무하게 여기고 있다.

⑤ [E]에서 화자는 겨울이 가고 봄이 오는 모습을 '새순 돋는 미나리'와 오물거리는 '고기 입'으로 생동감 있게 제시하고 있다.

시구의 의미 파악

3 (나)에 대한 설명으로 가장 적절한 것은?

① '온갖 물상을 돌려주지만'은 어둠으로부터 벗어나기 위한 사물들의 노력을 표현한 것이다.

② '무거운 어깨를 털고'는 어둠에 갇힌 사물들이 겪는 좌절과 고뇌의 정서를 표현한 것이다.

③ '노동의 시간을 즐기고'는 사물들이 힘겨운 노동의 고통을 잊기 위해 움직이는 모습을 표현한 것이다.

④ '즐거운 지상의 잔치'는 기존의 사물들이 새로 태어난 사물들을 반갑게 맞이하는 모습을 표현한 것이다.

⑤ '세상은 개벽을 한다'는 아침이 되어 사물들이 살아나는 모습을 새로운 세계가 열리는 사건으로 표현한 것이다.

외적 준거에 의한 작품 감상

4 〈보기〉를 참고하여 (가)와 (나)를 감상한 것으로 적절하지 않은 것은?

> **보기**
>
> 시에서 '낯설게 하기'는 반복과 변형, 이질적인 대상 간의 결합, 언어의 비유적인 결합, 감각의 전이 등을 통해 사물을 재인식하거나 그 이면에 주목하여 새로운 의미를 형성하는 방법이다.

① (가)의 '먼 산이 이마에 차라'에서는 '먼 산'의 시각적인 요소와 '이마에 차라'라는 촉각적 요소의 결합을 통해 '춘설'을 대하는 화자의 정서를 강조하고 있군.

② (가)의 '흰 옷고름 절로 향기로워라'에서는 흰 옷고름의 시각적 이미지를 향기로움이라는 후각적 이미지로 표현함으로써 봄에 대한 화자의 느낌을 나타내고 있군.

③ (가)의 '꽃 피기 전 철 아닌 눈'에서는 서로 어울리지 않는 봄과 눈을 결합함으로써 다시 돌아올 겨울에 대한 화자의 기대감을 드러내고 있군.

④ (나)의 '어둠은 새를 낳고, 돌을 / 낳고, 꽃을 낳는다'에서는 어둠이라는 추상적 대상을 사물을 잉태하고 출산하는 존재에 비유하여 긍정적 의미를 형성하고 있군.

⑤ (나)의 '아침이면 / 세상은 개벽을 한다'는 '아침이면 / 어둠은 온갖 물상을 돌려주지만'을 반복, 변형함으로써 아침의 모습에 대한 화자의 인식을 집약해서 보여 주는군.

[1~4] 다음 글을 읽고 물음에 답하시오.

가 산에는 꽃 피네

꽃이 피네.

갈 봄 여름 없이

꽃이 피네.

산에 / 산에

피는 꽃은

저만치 혼자서 피어 있네.

산에서 우는 작은 새여,

꽃이 좋아

산에서 / 사노라네.

산에는 꽃 지네

꽃이 지네.

갈 봄 여름 없이

꽃이 지네.

– 김소월, 〈산유화〉

가

1 **시적 상황** 시적 화자는 산에 (   )
피고 지는 꽃을 바라보며 존재의 근원적
외로움을 깨닫고 있음

2 **시적 화자의 정서와 태도** 고독감, 관조적

3 **시어의 의미**
- 산: 자연의 세계, 우주
- (   ): 피고 지기를 반복하며 순환
  하는 존재, 모든 자연물
- (   ): 화자의 감정 이입 대상, 고
  독한 존재의 모습

4 **표현상의 특징**
- 종결 어미 '–네'를 통해 각운의 효과를
  얻고 감정의 (   )을/를 보여 줌
- (   )을/를 기본 율격으로 하되 음
  보의 배열에 변화를 줌

5 **시의 주제** 생성과 소멸을 거듭하는 대자
연의 섭리와 존재의 근원적 (   )

나 ┌ 내가 그의 이름을 불러 주기 전에는
[A] │ 그는 다만
└ 하나의 몸짓에 지나지 않았다.

┌ 내가 그의 ㉠이름을 불러 주었을 때
[B] │ 그는 나에게로 와서
└ 꽃이 되었다.

┌ 내가 그의 이름을 불러 준 것처럼
│ 나의 이 빛깔과 향기에 알맞은
[C] │ 누가 나의 이름을 불러 다오.
│ 그에게로 가서 나도
└ 그의 꽃이 되고 싶다.

┌ 우리들은 모두
│ 무엇이 되고 싶다.
[D] │ 너는 나에게 나는 너에게
└ 잊혀지지 않는 하나의 눈짓이 되고 싶다.

– 김춘수, 〈꽃〉

나

1 **시적 상황** 시적 화자는 (   )을/를
불러 주는 행위를 통해 존재의 본질 구현
과 진정한 관계 맺음을 소망하고 있음

2 **시적 화자의 정서와 태도** 탐구, 소망, 인
식적

3 **시어의 의미**
- (   ): 이름을 불러 주기 전의 무의
  미한 존재
- 빛깔과 (   ): 존재의 본질
- 꽃, 무엇, (   ): 이름을 불러 준 후
  의 의미 있는 존재

4 **표현상의 특징**
- 인식의 (   )적 확대를 통해 시상
  을 전개함
- 간절한 어조를 사용하여 소망을 드러냄

5 **시의 주제** 존재의 (   ) 구현에 대한
소망

1 (가)에 대한 설명으로 적절하지 <u>않은</u> 것은?

① 운율을 고려한 시어의 변형이 나타나 있다.

② 감정 이입의 대상이 된 자연물이 등장하고 있다.

③ 자연 현상을 통해 존재의 근원적인 고독감을 노래하고 있다.

④ 의도적으로 어순을 도치해 화자의 정서를 보다 강조하고 있다.

⑤ 첫 연을 끝 연에 다시 변주하여 시적 안정감을 느끼게 하고 있다.

3 [A]~[D]에 대한 설명으로 적절하지 <u>않은</u> 것은?

① [A]에서 '몸짓'은 '나'에게 의미가 없는 존재이다.

② [B]의 '꽃'은 '이름을 불러 주'기에 의해 의미를 부여받은 존재를 나타낸다.

③ [C]의 '빛깔과 향기'는 '나'라는 존재가 지니고 있는 본질이다.

④ [D]에서 '눈짓'은 서로의 본질을 인식하기 이전의 상태를 의미한다.

⑤ [A]~[D]를 통해 '나'는 진정한 관계 형성에 대한 소망을 드러내고 있다.

2 (가)를 〈보기〉와 같이 도식화할 때, 적절하지 <u>않은</u> 설명은?

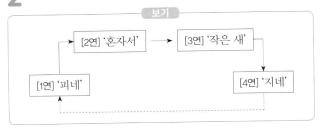

① 1연은 '피네'라는 시어를 통해 '꽃'으로 상징되는 존재의 생성을 보여 주고 있다.

② 2연은 '혼자서'라는 시어를 통해 존재의 근원적인 외로움을 표현하고 있다.

③ 3연은 '작은 새'라는 시어를 통해 다른 존재와 화합함으로써 사랑의 결실을 얻게 되는 기쁨을 노래하고 있다.

④ 4연은 '지네'라는 시어를 통해 모든 존재가 유한(有限)할 수밖에 없음을 노래하고 있다.

⑤ 1연에서 4연으로 이어지는 시상의 흐름은 존재의 생성과 소멸이 반복되는 자연의 섭리를 보여 주고 있다.

4 〈보기〉의 ⓐ~ⓔ 중, ㉠에 해당하는 것은?

이 작품은 마르셀 뒤샹의 〈샘〉이다. 이 작품의 소재인 소변기는 공장에서 ⓐ대량 생산된 기성품에 불과했으나, 뒤샹은 여기에 〈샘〉이라는 ⓑ제목을 붙임으로써 ⓒ예술품의 반열에 올려놓았다. 그동안 ⓓ전통적인 미술가의 역할은 어떤 사물이나 상황을 ⓔ사실적으로 재현하는 것에 머물렀다. 하지만 뒤샹의 이런 시도를 계기로, 이제 미술가는 단순히 사물을 재현하는 것에 머무르지 않고 자신의 의도를 적극적으로 발언하는 존재가 되었다.

① ⓐ   ② ⓑ   ③ ⓒ

④ ⓓ   ⑤ ⓔ

29 대장간의 유혹 / 종가

[1~4] 다음 글을 읽고 물음에 답하시오.

감상 매뉴얼

가 제 손으로 만들지 않고

한꺼번에 싸게 사서 / 마구 쓰다가

망가지면 내다 버리는 / 플라스틱 물건처럼 느껴질 때

나는 당장 버스에서 뛰어내리고 싶다

현대 아파트가 들어서며 / 홍은동 사거리에서 사라진

털보네 대장간을 찾아가고 싶다

풀무질로 이글거리는 불 속에 / 시우쇠*처럼 나를 달구고

모루* 위에서 벼리고 / 숫돌에 갈아

시퍼런 무쇠낫으로 바꾸고 싶다 / 땀 흘리며 두들겨 하나씩 만들어 낸

꼬부랑 호미가 되어 / 소나무 자루에서 송진을 흘리면서

대장간 벽에 걸리고 싶다

지금까지 살아온 인생이 / 온통 부끄러워지고

직지사 해우소 / 아득한 나락으로 떨어져 내리는

똥덩이처럼 느껴질 때 / 나는 가던 길을 멈추고 문득

어딘가 걸려 있고 싶다

– 김광규, 〈대장간의 유혹〉

＊**시우쇠:** 무쇠를 불에 달구어 단단하게 만든 쇠붙이의 하나
＊**모루:** 불린 쇠를 올려놓고 두드릴 때 받침으로 쓰는 쇳덩이

가

1 시적 상황 시적 화자인 '나'는 무가치한 삶을 거부하며, 대장간의 쇠붙이처럼 단련하여 (　　　) 있는 존재가 되고자 함

2 시적 화자의 정서와 태도 반성, (　　　)

3 시어의 의미
• 털보네 (　　　): 가치 있는 것을 만들어 내던 전통적 공간
• 플라스틱 물건, (　　　): 무가치한 삶
• 시퍼런 (　　　), 꼬부랑 호미: 가치 있는 삶

4 표현상의 특징
• (　　　)적 이미지의 시어들을 통해 주제를 강조함
• '(　　　)'의 통사 구조를 반복하여 소망의 간절함을 드러냄

5 시의 주제 (　　　) 있는 삶을 되찾고 싶은 마음

나 돌담으로 튼튼히 가려 놓은 집 안엔 검은 기와집 종가가 살고 있었다. 충충한 울 속에서 거미 알 터지듯 흩어져 나가는 이 집의 지손(支孫)*들. 모두 다 싸우고 찢고 헤어져 나가도 오래인 동안 이 집의 광영(光榮)을 지키어 주는 신주(神主)*들은 대머리에 곰팡이가 나도록 알리어지지는 않아도 종가에서는 무기처럼 아끼며 제삿날이면 갑자기 높아 제상(祭床) 위에 날름히 올라앉는다. 큰집에는 큰아들의 식구만 살고 있어도 제삿날이면 제사를 지내러 오는 사람들 오조 할머니와 아들 며느리 손자 손주며느리 칠촌도 팔촌도 한데 얼리어 닝닝거린다. 시집갔다 쫓겨 온 작은딸 과부가 되어 온 큰 고모 손꾸락을 빨며 구경하는 이종 언니 이종 오빠. 한참 쩡쩡 울리던 옛날에는 오조 할머니 집에서 동원 뒷밥*을 먹어왔다고 오조 할머니 시아버지도 남편도 동네 백성들을 곤—잘 잡아들여다 모말굴림*도 시키고 주릿대를 앵기었다고. 지금도 종가 뒤란에는 중복사 나무 밑에서 대구리가 빤들빤들한 달걀귀신이 융융거린다는 마을의 풍설. 종가에 사는 사람들은 아무 일을 안 해도 지내 왔고 대대손손이 아—무런 재주도 물리어받지는 못하여 종갓집 영감님은 근시 안경을 쓰고 눈을 찜찜거리며 먹을 궁리를 한다고 작인(作人)*들에게 고리대금을 하여 살아 나간다.

– 오장환, 〈종가〉

＊**지손:** 맏이가 아닌 자손에서 갈라져 나간 파의 자손　＊**신주:** 죽은 사람의 위패
＊**뒷밥:** 고사나 제사를 지낸 후 객귀를 위해 차리는 상　＊**모말굴림:** 곡식을 담는 그릇 위에 무릎을 꿇리는 형벌

나

1 시적 상황 과거의 위세를 잃고 몰락하여 생계 유지에 급급한 (　　　)의 모습을 제시함

2 시적 화자의 정서와 태도 비판적, 풍자적

3 시어의 의미
• 돌담, 검은 (　　　): 폐쇄적이고 권위적인 종가의 모습
• (　　　): 유교적 위계질서와 종가의 권위를 상징하는 소재
• 종가 뒤란: 종가의 횡포로 사람들이 고통받았던 부정적 공간

4 표현상의 특징
• 과거와 현재의 상황을 (　　　)하여 주제 의식을 강조함
• 대상을 (　　　)하여 풍자적 태도를 드러냄

5 시의 주제 피폐해진 종가의 모습을 통해 바라본 봉건 질서의 (　　　)

작품 간의 공통점과 차이점 파악

1 (가)와 (나)에 대한 설명으로 가장 적절한 것은?

① (가)와 (나)는 모두 대상에 대한 희화화를 통해 풍자 효과를 강화하고 있다.

② (가)는 (나)와 달리 사물에 생명력을 부여하여 생동감을 주고 있다.

③ (가)는 (나)와 달리 비유적 표현을 활용하여 대상의 이미지를 구체화하고 있다.

④ (나)는 (가)와 달리 색채어를 활용하여 대상이 지닌 속성을 부각하고 있다.

⑤ (가)는 소재의 대비를 통해, (나)는 과거와 현재의 대비를 통해 주제 의식을 강조하고 있다.

시어와 시구의 의미 파악

2 (가)의 주제 의식을 고려할 때, 〈보기〉를 읽고 보인 반응으로 적절하지 <u>않은</u> 것은?

┤ 보기 ├

〈창작을 위한 작가 노트〉

*플라스틱 물건 : 싸게 사서 쓰다가 쉽게 버릴 수 있는 물건

*대장간 : 사물을 단련하여 가치 있는 것으로 변화시키는 공간

*무쇠낫, 호미 : ① 시간과 정성을 들여 만든 물건 ② 고통의 과정을 거쳐 새롭게 태어나는 삶

*직지사 해우소 : 삶을 부끄럽게 만드는 요소를 버릴 수 있는 공간

① '플라스틱 물건'은 무가치하게 살아가는 화자의 현재의 삶을 보여 줄 수 있는 소재이겠군.

② 화자는 '대장간'이 사라진 곳에 들어선 '현대 아파트'를 부정적으로 인식하겠군.

③ '대장간'을 찾아가고 싶어 하는 화자의 마음에는 보다 의미 있는 존재로 변화하고 싶은 소망이 담겨 있군.

④ '무쇠낫'과 '호미'는 화자가 가치 있게 생각하는 이상적인 삶을 비유적으로 드러내는 소재로군.

⑤ 화자에게 '직지사 해우소'는 '대장간'과 같은 의미의 공간으로 가치 있는 것을 만들어 내는 긍정적인 공간이겠군.

시구의 의미 파악

3 (나)에 대한 이해로 가장 적절한 것은?

① '이 집의 지손들'이 '거미 알 터지듯 흩어져 나'간다는 데서, 종가의 번성에 대한 자부심을 드러낸다.

② '오래인 동안 이 집의 광영을 지키어 주는 신주들'이 '제삿날이면 갑자기 높아 제상 위에 날름히 올라앉는다'는 데서, 종가에 대한 풍자적 태도를 드러낸다.

③ '동네 백성들을 곧─잘 잡아들여다 모말굴림도 시키고 주릿대를 앵기었다'는 데서, 종가의 위세에 대한 시기심을 드러낸다.

④ '종가에 사는 사람들은 아무 일을 안 해도 지내 왔었고 대대손손이 아─무런 재주도 물리어받지는 못'했다는 데서, 종가의 내력을 존중하는 태도를 드러낸다.

⑤ '근시 안경을 쓰고 눈을 찜찜거리'는 '종갓집 영감님'이 '작인들에게 고리대금을 하여 살아 나간다'는 데서, 종가에 대한 선망을 드러낸다.

외적 준거에 의한 작품 감상

4 〈보기〉를 바탕으로 (가)와 (나)를 감상한 내용으로 적절하지 <u>않은</u> 것은?

┤ 보기 ├

(가)와 (나)는 시적 공간에 대한 화자의 긍정적 또는 부정적 인식을 바탕으로 주제 의식을 형상화하고 있다. (가)는 현대 사회의 단면을 보여 주는 공간을 제시하고, 이와 대비되는 통과 제의적 공간을 설정하여 화자의 소망을 드러내었다. (나)는 '종가'라는 공간과 연관된 사람들의 상처를 드러내면서, 현재 시제를 사용하여 종가의 이야기가 현재의 상황과 연결되도록 표현하였다.

① (가)는 '버스'에서 뛰어내리고 싶다고 함으로써 쉽게 쓰고 버려지는 현대 사회에 대한 문제 의식을 드러내고 있다.

② (가)는 '현대 아파트'와 같은 통과 제의적 공간을 거쳐 쓸모 있는 존재로 거듭나기를 바라는 화자의 소망을 드러내고 있다.

③ (나)는 '동네 백성들'이 받은 상처를 보여 줌으로써 '종가'의 부당한 횡포를 비판하고 있다.

④ (나)는 종가 구성원들의 행동을 현재 시제로 생동감 있게 표현함으로써 종가의 이야기와 현실이 연관되도록 서술하고 있다.

⑤ (가)는 '걸리고 싶다'라는 표현을 통해 '털보네 대장간'에 대한 긍정적 인식을, (나)는 '검은 기와집'이라는 표현을 통해 '종가'에 대한 부정적 인식을 나타내고 있다.

[1~4] 다음 글을 읽고 물음에 답하시오.

가

[A] ┌ 검정 포대기 같은 까마귀 울음소리 고을에 떠나지 않고
　　└ 밤이면 부엉이 괴괴히 울어

남쪽 먼 포구의 백성의 순탄한 마음에도
상서롭지 못한 세대의 어둔 바람이 불어오던 / ― 융희(隆熙) 2년!

[B] ┌ 그래도 계절만은 천 년을 다채(多彩)하여
　　│ 지붕에 박넝출 남풍에 자라고
　　└ 푸른 하늘엔 석류꽃 피 뱉은 듯 피어

[C] ┌ 나를 잉태한 어머니는 / 짐짓 어진 생각만을 다듬어 지니셨고
　　└ 젊은 의원인 아버지는 / 밤마다 사랑에서 저릉저릉 글 읽으셨다

[D] ┌ 왕고못댁 제삿날 밤 열나흘 새벽 달빛을 밟고
　　└ 유월이가 이고 온 제삿밥을 먹고 나서

희미한 등잔불 장지 안에
번문욕례 사대주의의 욕된 후예로 세상에 떨어졌나니

[E] ┌ 신월(新月)같이 슬픈 제 족속의 태반을 보고
　　│ 내 스스로 고고(呱呱)*의 곡성(哭聲)*을 지른 것이 아니련만
　　└ 명(命)이나 길라 하여 할머니는 돌메라 이름 지었다오

– 유치환, 〈출생기(出生記)〉

＊고고: 아이가 세상에 나오면서 처음 우는 울음소리
＊곡성: 사람이 죽어 슬퍼서 크게 우는 소리

나

무너지는 꽃 이파리처럼
휘날려 발 아래 깔리는 / 서른 나문 해야

구름같이 피려던 뜻은 날로 굳어
한 금 두 금 곱다랗게 감기는 연륜(年輪)

갈매기처럼 꼬리 떨며
산호 핀 바다 바다에 나려앉은 섬으로 가자

비취빛 하늘 아래 피는 꽃은 맑기도 하리라
무너질 적에는 눈빛 파도에 적시우리

초라한 경력을 육지에 막은 다음 / 주름 잡히는 연륜마저 끊어버리고
나도 또한 불꽃처럼 열렬히 살리라

– 김기림, 〈연륜〉

가

1 **시적 상황** 시적 화자인 '나'는 시대 상황과 자신의 (　　) 내력을 연결 짓고 있음
2 **시적 화자의 정서와 태도** 암울함, 절망적
3 **시어의 의미**
　• 검정 포대기, 까마귀 울음 소리, 부엉이, 희미한 등잔불, (　　): 시대적 암울함을 드러내기 위해 사용된 어둡고 음산한 이미지의 시어
　• (　　): 화자의 이름. 생명이 탄생하는 순간에 죽음을 떠올리고 명을 걱정해야 하는 시대적 암담함을 드러내는 시어
4 **표현상의 특징**
　• 어둡고 음산한 이미지의 시어를 통해 암울한 시대적 분위기를 드러냄
　• (　　　　)을/를 사용하여 서사적 사건을 들려주는 형식을 취함
5 **시의 주제** '나'의 출생 내력과 일제 강점이 현실화되는 시대적 (　　)

나

1 **시적 상황** 시적 화자인 '나'는 자신의 뜻을 이루지 못한 채 살아온 삶을 돌아보며 (　　)으로 살 것을 다짐함
2 **시적 화자의 정서와 태도** 성찰, 의지적
3 **시어의 의미**
　• (　　): 자신의 뜻을 펼치지 못하고 덧없이 흘러가 버린 시간
　• (　　): 화자가 지향하는 이상적인 공간
　• 육지: 화자가 부정적으로 인식하는 공간
4 **표현상의 특징**
　• '육지'와 '섬'의 (　　)을/를 통해 화자가 지향하는 공간을 부각함
　• '~자', '~리라'라는 종결 어미를 통해 화자의 강한 의지를 나타냄
5 **시의 주제** 초라한 삶에서 벗어나 열정적인 삶을 살겠다는 (　　)

표현상의 특징 파악

1 (가)와 (나)에 대한 설명으로 적절하지 <u>않은</u> 것은?

① (가)는 자연물에 인격을 부여하여 대상과의 교감을 드러내고 있다.

② (가)는 과거 시제를 사용하여 서사적 사건을 들려주는 형식을 취하고 있다.

③ (나)는 추상적 대상을 구체화하여 시적 상황을 나타내고 있다.

④ (나)는 대조적 소재를 통해 화자가 지향하는 가치를 부각하고 있다.

⑤ (가)와 (나)는 모두 색채어를 활용하여 시의 분위기를 형성하고 있다.

시상 전개 과정의 이해

3 [A]~[E]에 대한 이해로 적절하지 <u>않은</u> 것은?

① [A]: 청각의 시각화를 통해 음산한 시적 상황을 조성하고 있다.

② [B]: 시대 상황과 대비되는 자연의 모습을 통해 생명력을 표현하고 있다.

③ [C]: 대구 형식을 활용하여 화자의 출생을 앞둔 집안의 분위기를 드러내고 있다.

④ [D]: 화자가 태어난 날의 상황을 구체적으로 서술하여 출생에 대한 감격을 드러내고 있다.

⑤ [E]: 울음소리에서 연상되는 상반된 의미와 연결하여 화자의 이름이 지어진 이유를 제시하고 있다.

외적 준거에 의한 작품 감상

4 〈보기〉를 참고하여 (나)를 감상한 내용으로 적절하지 <u>않은</u> 것은?

> ━━━━ 보기 ━━━━
>
> 시인은 결핍을 느끼는 상황에서 새로운 가치를 발견하고 이를 통해 삶을 성찰하는 경우가 많다. 〈연륜〉은 축적된 인생 경험에서 결핍을 발견한 화자를 통해 일상에서 경험하는 것들이 재해석된다. 이 작품은 결핍된 상황에서 벗어나려는 의지를 구심점으로 삼아 시상을 전개한다.

① '꽃 이파리'를 무너지고 깔리는 모습으로 표현한 것은, 꿈을 잃고 살아온 화자의 일상을 결핍이 지속되어 온 나날로 재해석한 것이겠군.

② '서른 나문 해'를 '초라한 경력'으로 표현한 것은, 화자가 자신이 살아온 인생을 변변치 않은 경험으로 재해석한 것이겠군.

③ '섬'을 '비취빛 하늘 아래 피는 꽃'이 있는 공간으로 표현한 것은, 이곳을 일상에서 느꼈던 결핍을 해소할 수 있는 이상적 공간으로 재해석한 것이겠군.

④ '육지'를 지나간 시간을 막아 둘 공간으로 표현한 것은, 이곳을 화자가 결핍을 느끼는 공간으로 재해석한 것이겠군.

⑤ '불꽃'을 긍정적인 이미지로 표현한 것은, '주름 잡히는 연륜'에 결핍되어 있는 속성을 끊을 수 있는 수단이라는 의미로 재해석한 것이겠군.

시어의 의미 파악

2 (가)와 (나)의 시어에 대한 이해로 적절하지 <u>않은</u> 것은?

① (가)에서 '짐짓'은 화자에 대한 어머니의 애정 어린 노력을 부각한다.

② (가)에서 '스스로'는 슬픔이 내면의 고뇌에서 비롯된 것임을 강조한다.

③ (나)에서 '날로'는 부정적인 상황이 지속적으로 심화됨을 강조한다.

④ (나)에서 '또한'은 긍정적인 존재와 화자의 동질성을 부각한다.

⑤ (나)에서 '열렬히'는 화자가 추구하는 삶에 대한 적극적인 태도를 표방한다.

장수산 1 / 거제도 둔덕골

[1~4] 다음 글을 읽고 물음에 답하시오.

㉮ 벌목정정(伐木丁丁)* 이랬거니 아름드리 큰 솔이 베어짐직도 하이 골이 울어 멩아리 소리 쩌르렁 돌아옴직도 하이 다람쥐도 좇지 않고 멧새도 울지 않아 깊은 산 고요가 차라리 뼈를 저리우는데 눈과 밤이 종이보담 희고녀! 달도 보름을 기다려 흰 뜻은 한밤 이 골을 걸음이란다? 웃절 중이 여섯 판에 여섯 번 지고 웃고 올라간 뒤 조찰히* 늙은 사나이의 남긴 내음새를 줍는다? 시름은 바람도 일지 않는 고요에 심히 흔들리우노니 오오 견디란다 차고 올연히* 슬픔도 꿈도 없이 장수산 속 겨울 한밤내—

– 정지용, 〈장수산 1〉

*벌목정정: 깊은 산에서 커다란 나무가 베어질 때 쩡쩡하고 나는 큰 소리
*조찰히: 아담하고 깨끗하게   *올연히: 홀로 우뚝한 모양

㉯　거제도 둔덕골은 / 팔대(八代)로 내려 나의 부조(父祖)의 살으신 곳
　　적은 골 안 다가솟은 산방(山芳)산 비탈 알로
　　몇백 두락 조약돌 박토를 지켜 / 마을은 언제나 생겨난 그 외로운 앉음새로
　┌ 할아버지 살던 집에 손주가 살고 / 아버지 갈던 밭을 아들네 갈고
㉠│
　└ 베 짜서 옷 입고 / 조약* 써서 병 고치고
　　그리하여 세상은 / 허구한 세월과 세대가 바뀌고 흘러갔건만
　┌ 사시장천 벗고 섰는 뒷산 산비탈모양
㉡│
　└ 두고두고 행복된 바람이 한 번이나 불어왔던가
　　시방도 신농(神農)* 적 베틀에 질쌈하고 / 바가지에 밥 먹고
　　갓난것 데불고 톡톡 털며 사는 칠촌 조카 젊은 과수며느리며
　┌ 비록 갓망건은 벗었을망정 / 호연(浩然)한* 기풍 속에 새끼 꼬며
㉢│
　└ 시서(詩書)와 천하를 논하는 왕고못댁 왕고모부며
　┌ 가난뱅이 살림살이 견디다간 뿌리치고
㉣│
　└ 만주로 일본으로 뛰었던 큰집 젊은 종손이며

　　그러나 끝내 이들은 손발이 장기*처럼 닳도록 여기 살아
　┌ 마지막 누에가 고치 되듯 애석*도 모르고
㉤│ 살아 생전 날세고 다니던 밭머리
　└ 부조의 묏가에 부조처럼 한결같이 묻히리니

　　아아 나도 나이 불혹(不惑)에 가까웠거늘
　　슬플 줄도 모르는 이 골짜기 부조의 하늘로 돌아와
　　일출이경(日出而耕)*하고 어질게 살다 죽으리

– 유치환, 〈거제도 둔덕골〉

*조약: 민간요법에서 쓰는 약   *신농(神農): 중국 고대 전설상의 제왕   *호연(浩然)한: 넓고 큰
*장기: 쟁기   *애석: 슬프고 아까움   *일출이경(日出而耕): 해가 뜨면 나가서 밭을 간다는 뜻

㉮

1 시적 상황 시적 화자는 (　　　) 장수산의 겨울밤 풍경을 묘사함

2 시적 화자의 정서와 태도 은일(隱逸)적

3 시어의 의미
　• (　　　): 세속적 욕망과 집착에서 벗어난 삶의 태도를 지닌 존재
　• (　　　): 절대적 고요의 공간, 속세의 번뇌를 초월하여 마음의 평화를 얻을 수 있는 공간

4 표현상의 특징
　• (　　　) 말투를 사용하여 동양적 신비로움을 드러냄
　• (　　　) 이미지를 통해 장수산의 겨울 정경과 분위기를 형상화함

5 시의 주제 (　　　) 세계에 대한 염원

㉯

1 시적 상황 시적 화자인 '나'는 고향인 (　　　　　)(으)로 돌아와 조상의 삶의 방식을 이어 가며 자연의 순리에 따라 살고자 함

2 시적 화자의 정서와 태도 애정. (　　　)적

3 시어의 의미
　• (　　　): 화자의 고향. 구체적 지명을 통해 현장감을 부여함
　• 일출이경하고 어질게 살다 죽으리: 자연의 순리에 따르며 어질게 살고자 하는 태도

4 표현상의 특징
　• (　　　)와/과 토속적 시어를 통해 향토적 분위기를 형성함
　• (　　　)적 표현을 사용하여 화자의 소망을 강조함

5 시의 주제 (　　　)(으)로 돌아가 살고 싶은 소망

작품 간의 공통점 파악

1 (가)와 (나)의 공통점으로 가장 적절한 것은?

① 시상의 전환을 통해 화자의 정서를 심화하고 있다.
② 자연물에 인격을 부여하여 대화의 상대로 삼고 있다.
③ 공감각적 이미지를 사용하여 표현 효과를 높이고 있다.
④ 계절적 배경을 활용하여 애상적 분위기를 환기하고 있다.
⑤ 공간적 배경을 통해 화자가 추구하는 삶의 자세를 드러
내고 있다.

시구의 의미 파악

3 (나)의 ㉠~㉤에 대한 이해로 적절하지 않은 것은?

① ㉠: 마을 사람들이 전통을 유지한 채 대를 이어 한곳에
서 살아왔음을 표현하고 있다.
② ㉡: 물질적으로 풍요로운 삶을 누려 보지 못한 마을임을
알 수 있다.
③ ㉢: 전통적인 삶의 방식에서 벗어나려는 마을 사람들의
모습이 나타나 있다.
④ ㉣: 더 나은 삶을 위해 고향을 떠난 젊은 세대의 모습을
보여 주고 있다.
⑤ ㉤: 앞으로도 이전과 다름없는 삶을 지속할 것이라는 화
자의 심리가 드러나 있다.

외적 준거에 의한 작품 감상

4 〈보기〉를 참고하여 (가)와 (나)를 감상한 내용으로 적절하지
않은 것은?

> **보기**
>
> 시에서는 작품의 분위기나 화자의 정서를 형상화하기 위
> 해 배경을 사용한다. 배경은 주로 다양한 소재나 감각적 이
> 미지를 통해 묘사되며, 때로는 특정 어휘나 종결 표현을 사
> 용하여 공간의 특성을 부각하기도 한다. 배경은 화자의 인
> 식이나 시상 전개에 영향을 주지만, 그 자체로 상징적인 의
> 미를 나타내기도 한다.

작품의 종합적 이해

2 (가)에 대한 이해로 적절하지 않은 것은?

① '아름드리 큰 솔'과 '베어짐직도 하이'를 관련지어 인간에
게 아낌없이 내어 주는 자연의 속성을 환기하고 있다.
② '다람쥐도 좇지 않고'와 '멧새도 울지 않아'를 연달아 제
시하여 시적 공간의 적막한 분위기를 부각하고 있다.
③ '여섯 판에 여섯 번 지고'도 '웃고 올라간' 행동을 제시하
여 세속적인 욕심에서 벗어난 인물의 모습을 암시하고
있다.
④ '바람도 일지 않는'과 '심히 흔들리우노니'를 대비하여 시
적 공간에 동화하지 못하는 화자의 내적 고뇌를 강조하
고 있다.
⑤ '오오 견디란다'를 '차고 올연히'와 연결하여 화자가 지향
하는 삶의 태도를 드러내고 있다.

① (가)의 '고요가 차라리 뼈를 저리우는데'는 촉각적 심상을
활용하여 고요한 장수산의 모습을 형상화한 것이겠군.
② (가)의 '눈과 밤이 종이보담 희고녀'는 고풍스런 종결 표
현을 사용하여 장수산이 동양적 신비로움을 지닌 공간임
을 부각한 것이겠군.
③ (가)의 '오오 견디란다'는 겨울 장수산의 적막한 밤 풍경
에 영향을 받은 화자가 속세의 번뇌를 견디겠다는 마음
을 표출한 것이겠군.
④ (나)의 '팔대로 내려 나의 부조의 살으신 곳'은 '둔덕골'이
오랫동안 대를 이어서 살아온 곳으로 근원적 공간이라는
의미를 나타낸 것이겠군.
⑤ (나)의 '시방도 신농적 베틀에 질쌈하고'는 사투리를 사용
하여 '둔덕골'에서 자연의 순리에 따르며 살고자 하는 의
지를 드러낸 것이겠군.

[1~4] 다음 글을 읽고 물음에 답하시오.

가 아무도 그에게 수심(水深)을 일러 준 일이 없기에
흰나비는 도무지 바다가 무섭지 않다.

청(靑)무우밭인가 해서 내려갔다가는
어린 날개가 물결에 절어서
공주(公主)처럼 지쳐서 돌아온다.

삼월(三月)달 바다가 꽃이 피지 않아서 서글픈
㉠나비 허리에 새파란 초생달이 시리다.

– 김기림, 〈바다와 나비〉

나 여기저기서 ㉡단풍잎 같은 슬픈 가을이 뚝뚝 떨어진다. 단풍잎 떨어져 나온 자리마
다 봄을 마련해 놓고 나뭇가지 위에 하늘이 펼쳐 있다. 가만히 하늘을 들여다 보려면
눈썹에 파란 물감이 든다. 두 손으로 따뜻한 볼을 씻어 보면 손바닥에도 파란 물감이
묻어난다. 다시 손바닥을 들여다 본다. 손금에는 맑은 강물이 흐르고, 맑은 강물이 흐
르고, 강물 속에는 사랑처럼 슬픈 얼굴 ― 아름다운 순이(順伊)의 얼굴이 어린다. 소
년은 황홀히 눈을 감아 본다. 그래도 맑은 강물은 흘러 사랑처럼 슬픈 얼굴 ― 아름다
운 순이의 얼굴은 어린다.

– 윤동주, 〈소년(少年)〉

작품 간의 공통점 파악

1 (가)와 (나)의 공통점으로 가장 적절한 것은?

① 시어의 연쇄적 연결을 통해 시상을 전개하고 있다.
② 음성 상징어를 활용하여 시적 정서를 강조하고 있다.
③ 색채 이미지를 활용하여 시적 분위기를 드러내고 있다.
④ 공감각적 이미지를 사용하여 대상을 선명하게 표현하고 있다.
⑤ 계절적 배경을 나타내는 시어를 통해 애상적 분위기를 조성하고 있다.

외적 준거에 의한 작품 감상

2 〈보기〉를 참고하여 (가)를 감상한 내용으로 적절하지 않은 것은?

> ───── 보기 ─────
>
> 〈바다와 나비〉의 '바다'는 냉혹하고 거친 현실로, '나비'는 그런 현실의 속성을 모르는 순진한 존재로 해석할 수 있다. 1930년대에 창작되었다는 것을 고려할 때, '바다'로 표현된 냉혹한 현실은 근대 문명의 삭막함을 드러낸 것으로 볼 수 있다.

① '수심'은 겉보기와는 다르게 냉혹하고 거친 '바다'의 속성을 의미해.
② '흰나비'가 '바다'를 무서워하지 않는 것은 바다가 얼마나 위험한지 모르기 때문이야.
③ '바다'를 '청무우밭'으로 보고 내려가는 모습에서 '나비'가 순진한 존재임을 알 수 있어.
④ '공주'는 '나비'를 비유한 것으로, 근대 문명의 삭막함을 알아차린 존재를 상징하고 있어.
⑤ '새파란 초생달이 시리다'는 꿈이 좌절된 '나비'의 서글픔을 형상화한 것으로 볼 수 있어.

외적 준거에 의한 작품 감상

3 〈보기〉를 바탕으로 (나)에 대해 이해한 내용으로 적절하지 않은 것은?

> ───── 보기 ─────
>
> (나)에 제시된 자연물들은 서로 간의 유사성을 바탕으로 연결되고 변용된다. 또한 이 과정을 거쳐 맞닿은 주체의 신체적 변화를 유발하고 내면의 정서를 표면화하는 것으로 제시된다. 이때 주체의 변화는 자연물의 속성에 조응하는 것으로 그려진다.

① '하늘'을 '들여다 보'려는 소년의 '눈썹'에 든 '파란 물감'은 자연물의 속성이 주체에 영향을 주었음을 드러낸다.
② '따뜻한 볼'을 만지는 소년의 행동은 '하늘'과 연결되어 자연과의 합일을 이룬 소년의 '황홀'함을 환기한다.
③ '손바닥'에 묻어난 '파란 물감'은 '손금'으로 스며들면서 '맑은 강물'로 변용되어 제시된다.
④ '강물'에 '순이의 얼굴이 어리'는 것은 소년이 '강물'의 '맑은' 속성에 조응해 '아름다운 순이'를 떠올린 것임을 드러낸다.
⑤ 소년이 '황홀히 눈을 감'아도 '순이의 얼굴은 어린다'는 것은 '순이'가 소년의 내면에 자리 잡은 대상임을 드러낸다.

시구의 의미와 기능 비교

4 ㉠과 ㉡에 대한 설명으로 가장 적절한 것은?

① ㉠과 ㉡은 모두 감각의 전이를 통해 추상적 관념을 드러내고 있다.
② ㉠은 대상이 느낀 좌절감을, ㉡은 대상이 갖는 상실감을 드러내고 있다.
③ ㉠은 대상에 대한 거리감을, ㉡은 대상에 대한 일체감을 보여 주고 있다.
④ ㉠은 대상이 느낀 회한의 정서를, ㉡은 대상이 갖는 동경의 마음을 형상화하고 있다.
⑤ ㉠은 상승적 이미지를 통해, ㉡은 하강적 이미지를 통해 대상이 처한 상황을 드러내고 있다.

2부

갈래 복합 실전 학습

33 만술 아비의 축문 / 백화보서

감상 매뉴얼

[1~4] 다음 글을 읽고 물음에 답하시오.

가 아배요 아배요 / 내 눈이 티눈인 걸

아배도 알지러요. / 등잔불도 없는 제사상에

축문*이 당한기요. / 눌러 눌러

소금에 밥이나마 많이 묵고 가이소. / 윤사월 보릿고개

아배도 알지러요. / 간고등어 한 손이믄

아배 소원 풀어 드리련만 / 저승길 배고플라요.

소금에 밥이나마 많이 묵고 묵고 가이소.

여보게 만술 아비

니 정성이 엄첩다*.

이승 저승 다 다녀도 인정보다 귀한 것 있을락꼬.

망령(亡靈)도 응감(應感)하여, 되돌아가는 저승길에

니 정성 느껴 느껴 세상에는 굵은 밤이슬이 온다.

– 박목월, 〈만술 아비의 축문(祝文)〉

*축문: 제사 때에 읽어 신명(神明)께 고하는 글
*엄첩다: '대견하다'의 경상도 방언

나 ⓐ사람이 벽(癖)이 없으면 그 사람은 버림받은 자이다. 벽이란 글자는 질병과 치우침으로 이루어져 '편벽된 병을 앓는다.'라는 의미를 지닌다. 벽이 편벽된 병을 뜻하지만 ⓑ고독하게 새로운 것을 개척하고 전문 기예를 익히는 것은 오직 벽을 가진 사람만이 가능하다.

김 군이 화원(花園)을 만들었다. 김 군은 ㉠꽃을 주시한 채 하루 종일 눈 한번 꿈쩍하지 않는다. ⓒ꽃 아래에 자리를 마련하여 누운 채 꼼짝도 않고 손님이 와도 말 한마디 건네지 않는다.

그런 김 군을 보고, 미친놈 아니면 멍청이라고 생각하여 손가락질하고 비웃는 자가 한둘이 아니다. 그러나 그를 비웃는 웃음소리가 미처 끝나기도 전에 그 웃음소리는 공허한 메아리만 남기고 생기가 싹 가시게 되리라.

김 군은 만물을 마음의 스승으로 삼고 있다. 김 군의 기예는 천고(千古)의 누구와 비교해도 훌륭하다. ㉡『백화보(百花譜)*』를 그린 그는 '꽃의 역사'에 공헌한 공신의 하나로 기록될 것이며, '향기의 나라'에서 제사를 올리는 위인의 하나가 될 것이다. ⓓ벽의 공훈이 참으로 거짓이 아니다!

아아! ⓔ벌벌 떨고 게으름이나 피우면서 천하의 대사를 그르치는 위인들은 편벽된 병이 없음을 뻐기고 있다. 그런 자들이 이 그림을 본다면 깜짝 놀랄 것이다.

을사년(1785) 한여름에 초비당(苕翡堂) 주인이 글을 쓴다.

– 박제가, 〈백화보서(百花譜序)〉

*백화보(百花譜): 피고 지는 다양한 꽃과 잎사귀의 모습 등을 그려 놓은 책

가

1 시적 상황 시적 화자인 '만술 아비'가 가난한 형편에도 정성을 다해 아버지의 (　　　)을/를 지내고 있음

2 시적 화자의 정서와 태도 애틋함, 안타까움, (　　　)

3 시어의 의미
• (　　　): 죽은 아버지에 대한 만술 아비의 정성
• (　　　): 죽은 아버지의 눈물, 아들의 정성에 대한 망령의 감동

4 표현상의 특징
• (　　　)을/를 사용하여 토속적 정감을 환기하고 인물의 소박한 정서를 드러냄
• 1연과 2연의 (　　　)을/를 각기 다른 인물로 구성하여 대화식으로 시상을 전개함
• 시어를 (　　　)하여 시적 의미를 강조함

5 시의 주제 죽은 아버지에 대한 애틋한 마음과 (　　　)

나

1 중심 제재 (　　　)

2 글쓴이의 경험 (　　　)에 '벽'을 가진 김 군을 통해 '벽'의 의미와 긍정적 기능을 살펴보고 있음

3 글쓴이의 관점과 태도 '벽'은 새로운 분야를 (　　　)하게 하는 힘이자 전문 기예를 익히도록 하는 원동력임

4 표현상의 특징
• 대상에 새로운 의미를 부여함
• (　　　)을/를 제시하여 논지를 강화함
• 대조적 전개 방식을 통해 특정 부류를 (　　　)함

5 수필의 주제 '벽'의 의미와 (　　　) 기능

표현상의 특징 파악

1 (가)와 (나)에 대한 설명으로 적절하지 <u>않은</u> 것은?

① (가)는 사투리를 적절히 사용하여 토속적 정감을 환기하고 있다.

② (가)는 화자의 교체를 통해 시적 상황에 대한 인식의 전환을 드러내고 있다.

③ (나)는 음성 상징어를 사용하여 상황을 생동감 있게 표현하고 있다.

④ (나)는 구체적인 사례를 통해 대상에 대한 새로운 시각을 보여 주고 있다.

⑤ (가)는 시어의 반복을 통해, (나)는 대조의 방식을 통해 주제 의식을 부각하고 있다.

시어의 의미 파악

2 (가)에 대한 이해로 적절하지 <u>않은</u> 것은?

① '제사상'은 만술 아비의 경제적 형편을 단적으로 보여 준다.

② '축문'은 제례 의식에 대한 만술 아비의 부정적 인식을 강조한다.

③ '소금에 밥'은 아버지에 대한 만술 아비의 정성을 상징한다.

④ '윤사월'은 만술 아비의 곤궁함이 가중되는 시간적 배경이다.

⑤ '간고등어'는 만술 아비의 안타까움과 현재 처지를 부각한다.

소재의 의미 파악

3 (나)의 ㉠과 ㉡에 대한 설명으로 가장 적절한 것은?

① ㉠과 같은 벽의 공훈을 얻기까지 ㉡에 대한 끊임없는 탐구가 필요하였다.

② ㉠을 아름답게 가꾸는 행위를 통해 ㉡에 대한 편벽된 병을 극복하게 되었다.

③ ㉠에 대한 편벽된 병이 ㉡과 같은 벽의 공훈을 이루어 내는 원동력이 되었다.

④ ㉠에 남다른 의미나 가치를 부여하기 위하여 ㉡에 대한 편벽된 병이 작용하였다.

⑤ ㉠을 탐구하는 행위에 대한 사람들의 비웃음이 ㉡과 같은 벽의 공훈을 이루도록 이끌었다.

구절의 의미 파악

4 (나)의 ⓐ∼ⓔ에 대한 설명으로 적절하지 <u>않은</u> 것은?

① ⓐ: 세상 사람들의 일반적인 인식과 달리 '벽'을 긍정적으로 여기고 있다.

② ⓑ: '벽'을 지녀야 새로운 것을 개척하고 익힐 수 있음을 단정하고 있다.

③ ⓒ: 꽃에만 집중하는 김 군의 행동을 통해 '벽'을 가진 사람들의 특성을 보여 주고 있다.

④ ⓓ: '벽'을 지니면 만물의 이치를 깨달아 공을 이루게 됨을 강조하고 있다.

⑤ ⓔ: '벽'의 가치를 무시하는 사람들에 대한 비판적 인식을 드러내고 있다.

34 강 건너간 노래 / 다방찬

[1~4] 다음 글을 읽고 물음에 답하시오.

가 섣달에도 보름께 달 밝은 밤
㉠앞내강 쨍쨍 얼어 조이던 밤에
내가 부른 노래는 강 건너 갔소

㉡강 건너 하늘 끝에 사막도 닿은 곳
내 노래는 제비같이 날아서 갔소

못 잊을 계집애 집조차 없다기에
가기는 갔지만 어린 날개 지치면
㉢그만 어느 모래불에 떨어져 타서 죽겠죠.

사막은 끝없이 푸른 하늘이 덮여
㉣눈물 먹은 별들이 조상* 오는 밤

㉤밤은 옛일을 무지개보다 곱게 짜내나니
한 가락 여기 두고 또 한 가락 어디멘가
내가 부른 노래는 그 밤에 강 건너 갔소.

– 이육사, 〈강 건너간 노래〉

＊조상: 남의 죽음에 대하여 슬퍼하는 뜻을 드러내어 위문함

나 어떤 화문 잡지에서 〈근일끽다점풍경(近日喫茶店風景)＊〉이라고 제한 다음과 같은 풍자만화를 본 일이 있다.

스탠드가 놓이고 액(額)이 걸리고 열대 식물의 분(盆)이 있고 한 것이 배경이요, 그 앞으로 세트가 한 벌.

탁(卓)에는 빈 찻잔과 설탕 단지와 재떨이.

ⓐ그리고서 걸상에는, 탁 밑에 구두를 가지런히 벗어 넣고, 걸상 앉을개 위에 가 무릎을 단정히 꿇고 두 손을 마주 잡아 무릎 위에 올려놓고, 두 눈을 내려 감고 한 인물이 조용히 앉아 있다.

사족 같으나 원화에 있는 설명을 마저 소개하면

"저 사람 꽤 버티지?"

"참선하나 봐!"

이러한 만화를 구태여 인용하지 않더라도 진작부터 이 두레에도 첨구거사들이 다방인종을 신랄하게 풍자한 썩 재미있는 어휘가 많이 있다.

벽화(壁畵)!

반만 마신 찻잔에서는 김도 오르지 않고 재떨이에는 꽁초만 그득하니 벌써 두 시간이

감상 매뉴얼

가

1 **시적 상황** 시적 화자인 '나'는 강 건너로 노래를 보냈던 일을 (　　　)하며 부정적 현실을 극복하려는 의지를 드러냄

2 **시적 화자의 정서와 태도** 의지적, 희망적

3 **시어의 의미**
• (　　　): 부정적 현실 극복에 대한 화자의 꿈과 희망, 의지
• (　　　): 죽음의 이미지로, 삭막하고 가혹한 삶의 공간
• 계집애: 애정의 대상. 일제 강점으로 고통받는 우리 민족

4 **표현상의 특징**
• (　　　) 회상을 통해 시상을 전개함
• '갔소'를 (　　　)하여 화자의 정서를 부각함
• 처음과 마지막 연에 유사한 시행을 반복하여 의미를 강조함(수미상관)

5 **시의 주제** 부정적 현실에서도 (　　　)을/를 잃지 않는 의지

되었는지 세 시간이 되었는지. ⓑ그 두 시간 혹은 세 시간을 벽 밑의 세트에 가서 그린 듯 붙박이로 앉아 있는 포즈가 왜 아니 그림 같을꼬! 벽화란 참으로 천금 값이 나가는 한마디다.

또 특히 온종일 다방으로 돌아다니면서 물만 먹는대서 금붕어라고도 한다. 역시 재치꾼이 아니고는 지어내기 어려운 명담(名談)이다.

이렇듯 다방인종이 일부 사람에게 (가령 독한 가시는 없으나마) 조롱을 받는 것이 사실은 사실이나 그러한 조롱을 때우고도 넉넉 남음이 있을 만큼 다방은 전당국과 아울러 현대인에게 다시없이 고마운 물건이 아닐 수 없다.

머리와 몸이 피로하기 쉬운 우리 도시이다.

오피스로부터 풀려나오는 길이라도 좋다. 볼일로 줄창 돌아다니던 길이라도 좋다. 혹은 아스팔트를 거닐러 나왔던 길이거나 영화를 보고 나오던 길이라도 좋다.

아무튼지 피로를 느낄 때, 길옆 거기 어디 다방을 찾아 들어서면 우선 푹신한 쿠션이 있어서 앉을 자리가 편안하다.

기호에 따라 향긋한 홍차든지 쌉쌀한 커피든지 또는 갈증에 좋은 청량음료든지, 이편이 청하는 대로 대령을 한다.

명곡이 구비하다. ⓒ웬만한 것이면 이편이 귀가 서툴러 못 알아들을 지경이다.

하니, 자리가 편안하겠다. 마시는 것이 흥분제였다. 음악이 아름답겠다. 차를 마신 다음에는 담배라도 붙여 물고 유유히 20, 30분이고 앉아 있노라면 피로는 자연 걷혀진다.

만일 이만한 설비를 제가끔 제 가정에다가 해 놓고 지내자고 해 보아라. ⓓ가뜩이나 살림살이가 군색한 조선의 중류 사람으로 땅띔도 못 할* 것이니.

도시에 살자니, 펀둥펀둥 놀고먹는 사람이 아니고는 제각기 제 깜냥에 자작소롬한 용무가 많고, 자주 사람을 만나야 한다.

그것을 일일이 찾아다니고 제집에서 기다려서 만나 보고 하자면 여간만 불편한 게 아니다.

ⓔ한데 다방이면 으레 중심 지대에 있겠다. 항용 다른 볼일과 겸서서 나올 수도 있고 지날 길에 잠시 들를 수도 있다. 더구나 전화가 있으니 편리하다. 웬만한 회담이면, 그러므로 안성맞춤인 것이 다방이다.

가령 의식적으로 피로를 쉰다거나 더욱이 다방을 사랑방으로 이용하는 그런 공리적인 타산은 말고라도, 혹시 겨울의 모진 추위에 몸을 웅숭크리고 아스팔트 위로 종종걸음을 치다가 문득 눈에 띄는 대로 노방의 다방 문을 밀치고 들어간다고 하자. 활짝 단 가스난로 가까이 푸근한 쿠션에 걸어앉아, 잘 끓은 커피 한 잔을 따끈하게 마시면서 아무 것이고 그때 마침 건 명곡 한 곡조를 듣는 안일과 그 맛이란 역시 도회인만이 누릴 수 있는 하나의 낙인 것이요. 그것을 모르고 도시에 살다니, 그는 분명 촌맹*이며 가련한 전 세기 사람일 것이다.

－ 채만식, 〈다방찬〉

＊근일꼐다점풍경: 근래의 다방 풍경
＊땅띔도 못 할: 감히 생각조차 못 할
＊촌맹: 시골에 사는 사람

1 중심 제재 (   )

2 글쓴이의 경험 다방에 관한 풍자만화를 보았던 경험을 떠올리며 도시의 다방이 지니고 있는 (   )을/를 살펴봄

3 글쓴이의 관점과 태도 도시의 다방이 피로를 풀고, 여유를 즐기며, 사람을 만나거나 회담을 할 때 유용한 공간이라고 긍정적으로 평가함

4 표현상의 특징
• 다방의 효용성을 (   )하여 다방에 대한 글쓴이의 긍정적 인식을 뒷받침함
• 만화 속의 장면과 문구를 인용하여 독자의 (   )을/를 유발함

5 수필의 주제 근대적 공간인 다방의 유용성

표현상의 특징 파악

1 (가)와 (나)의 표현상의 특징으로 적절하지 <u>않은</u> 것은?

① (가)는 청자를 명시적으로 설정하여 풍자적으로 비판하고 있다.

② (가)는 첫 연과 마지막 연에 유사한 시행을 반복하여 의미를 강조하고 있다.

③ (나)는 동일한 문장 구조를 반복하여 대상이 지닌 장점을 부각하고 있다.

④ (나)는 이중 부정을 사용하여 해당 공간에 대한 글쓴이의 인식을 드러내고 있다.

⑤ (가)는 비유를 통해 사물에 생명력을 부여하고 있고, (나)는 비유를 통해 인물의 특성을 제시하고 있다.

외적 준거에 의한 작품 감상

2 〈보기〉를 참고하여 (가)와 (나)를 감상한 내용으로 적절하지 <u>않은</u> 것은?

> **보기**
>
> 이육사는 일제 강점기의 절망적 현실에 부단히 저항한 작가로, (가)에서는 고통스러운 현실을 살아가는 우리 민족에 대한 애정과 지사적 소명 의식을 드러내고 있다. 그리고 채만식은 주로 풍자적 기법을 사용하여 사회 부조리와 갈등을 고발한 작가로, (나)에서는 '다방'이라는 공간에 대한 깊이 있는 관찰을 바탕으로 그 의미를 발견하거나 다른 사람들과 다른 시각을 드러내고 있다.

① (가)에서 '못 잊을 계집애 집조차 없다기에 / 가기는 갔지만'은 우리 민족에 대한 애정을 드러낸 것이군.

② (가)에서 '한 가락 여기 두고 또 한 가락 어디멘가'는 부정적 현실에 굴하지 않는 소명 의식을 드러낸 것이군.

③ (나)에서 작가는 다방을 자주 이용하는 '다방인종'들을 '벽화', '금붕어'로 지칭하며 우회적으로 풍자하고 있군.

④ (나)에서 '명곡 한 곡조를 듣는 안일과 그 맛'은 작가가 발견한 '다방'의 긍정적 의미를 나타낸 것이군.

⑤ (나)에서 작가는 일부 사람들의 비판과 조롱과 달리, '다방'을 '다시없이 고마운 물건'이라고 예찬하고 있군.

외적 준거에 의한 시구의 의미 파악

3 〈보기〉의 관점에서 (가)의 ㉠~㉤을 이해한 내용으로 적절하지 <u>않은</u> 것은?

> **보기**
>
> 시는 인간의 삶을 반영한다. 시에서 반영은 현실과 인생을 모방한다는 의미에서 외부 현실을 시 속에 담아내는 것으로, 역사와 현실의 상황을 시를 통해 어떻게 재현할 것인가에 초점을 둔다. 여기서 반영은 '있는 그대로의 현실'로서의 반영과 '있어야 하는 현실'로서의 반영으로 구분할 수 있다. 전자는 역사와 현실의 모습을 사실 그대로 보여 주는 일상적 진실을 반영하는 것을 말하고, 후자는 일상적 현실을 넘어 화자가 지향하는 당위적 진실을 반영하는 것을 말한다.

① ㉠: 극한의 추위를 드러내는 시간적 배경을 제시하여, 화자나 인물이 처한 상황을 드러내고 있다.

② ㉡: 현실의 모습을 사막으로 표상하여, 화자나 인물이 직면하게 될 공간적 배경을 드러내고 있다.

③ ㉢: 죽음의 상황을 가정하여, 화자에게 닥친 일상적 현실이 절망적인 상황임을 노래에 투영하여 드러내고 있다.

④ ㉣: 자연물에 대한 화자의 태도 변화를 통해, 일상적 현실이 희망적으로 바뀌었음을 보여 주고 있다.

⑤ ㉤: 밤과 무지개의 이미지를 대응시켜, 화자가 추구하는 당위적 진실에 대한 소망을 담아내고 있다.

구절의 의미 파악

4 (나)의 ⓐ~ⓔ에 대해 이해한 내용으로 가장 적절한 것은?

① ⓐ: 의자에 무릎을 꿇고 앉아 있는 사람이 다방의 풍경과 조화를 이룬다는 글쓴이의 생각을 드러내고 있다.

② ⓑ: 다방에서 종일토록 시간을 보내는 사람들에 대한 글쓴이의 부러움을 표현하고 있다.

③ ⓒ: 다방에서 틀어 주는 음악의 수준이 높다는 글쓴이의 생각을 드러내고 있다.

④ ⓓ: 조선의 중류 사람이라면 다방의 모든 설비를 마련할 수 있다는 글쓴이의 생각을 밝히고 있다.

⑤ ⓔ: 다방이 중심지에만 위치하고 있는 현실에 대한 글쓴이의 아쉬움을 강조하고 있다.

[1~4] 다음 글을 읽고 물음에 답하시오.

가 나 두 야 간다
　　나의 이 젊은 나이를
　　눈물로야 보낼 거냐
　　나 두 야 가련다

　　아늑한 이 항구인들 손쉽게야 버릴 거냐
　　안개같이 물 어린 눈에도 비치나니
　　골짜기마다 발에 익은 묏부리* 모양
　　주름살도 눈에 익은 아 — 사랑하던 사람들

　　버리고 가는 이도 못 잊는 마음
　　쫓겨 가는 마음인들 무어 다를 거냐
　　돌아다보는 구름에는 바람이 희살* 짓는다
　　앞 대일 언덕인들 마련이나 있을 거냐

　　나 두 야 가련다
　　나의 이 젊은 나이를
　　눈물로야 보낼 거냐
　　나 두 야 간다

　　　　　　　　　　　　　　　　　　－ 박용철, 〈떠나가는 배〉

＊묏부리: '멧부리'의 옛말. 산등성이나 산봉우리의 가장 높은 꼭대기
＊희살(戲殺): 희롱하여 훼방을 놓음

나 하늘이 만드심을 일정 고루 하련마는
　　어찌 된 인생이 이다지도 괴로운고
　　삼십 일에 아홉 끼니 얻거나 못 얻거나
　　십 년 동안 갓 하나를 쓰거나 못 쓰거나
　　안표(顏瓢)*가 자주 빈들 나같이 비었으며
　　원헌(原憲)*의 가난인들 나같이 극심할까
[A]　　봄날이 따뜻하여 뻐꾸기가 보채거늘
　　　　동편 이웃 쟁기 얻고 서편 이웃 호미 얻고
　　　　집 안에 들어가 씨앗을 마련하니
　　　　올벼 씨 한 말은 반 넘게 쥐 먹었고
　　　　기장 피 조 팥은 서너 되 부쳤거늘
　　　　춥고 주린 식구 이리하여 어이 살리

감상 매뉴얼

가
1 시적 상황　시적 화자인 '나'는 암울한 현실 때문에 (　　　)을/를 떠나려고 함
2 시적 화자의 정서와 태도　슬픔, 안타까움
3 시어의 의미
　• (　　　): 평화롭고 정든 고향. 조국
　• 바람: 화자에게 훼방을 놓는 대상
　• 앞 대일 (　　　): 정착지, 지향하는 목표
4 표현상의 특징
　• 의도적인 (　　　)을/를 통해 화자의 감정과 의지를 표현함
　• (　　　)의 구조를 통해 화자의 처지를 강조함
　• 설의법을 통해 감정을 표출함
5 시의 주제　고향과 사랑하는 사람들을 떠나는 (　　　)

이봐 아이들아 아무쪼록 힘을 써라
죽 웃물 상전 먹고 건더기 건져 종을 주니
눈 위에 바늘 젓고 코로는 휘파람 분다
올벼는 한 발 뜯고 조 팥은 다 묵히니
싸리피 바랭이*는 나기도 싫지 않던가
환곡 장리는 무엇으로 장만하며
부역 세금은 어찌하여 차려 낼꼬
이리저리 생각해도 견딜 수가 전혀 없다
장초(萇楚)의 무지(無知)*를 부러워하나 어찌하리
시절이 풍년인들 아내가 배부르며
겨울을 덥다 한들 몸을 어이 가릴꼬
베틀 북도 쓸 데 없어 빈 벽에 남겨 두고
솥 시루도 버려두니 붉은빛이 다 되었다
세시 삭망 명일 기제는 무엇으로 제사하며
원근 친척 손님들은 어이하여 접대할꼬
이 얼굴 지녀 있어 어려운 일 하고많다
이 원수 가난귀신 어이하여 여의려뇨

[B]
　　술에 음식을 갖추고 이름 불러 전송하여
　　길한 날 좋은 때에 사방으로 가라 하니
　　웅얼웅얼 불평하며 화를 내어 이른 말이
　　어려서 지금까지 희로애락을 너와 함께하여
　　죽거나 살거나 여읠 줄이 없었거늘
　　어디 가 뉘 말 듣고 가라 하여 이르느뇨
　　우는 듯 꾸짖는 듯 온가지로 협박커늘
　　돌이켜 생각하니 네 말도 다 옳도다

무정한 세상은 다 나를 버리거늘
네 혼자 신의 있어 나를 아니 버리거든
위협으로 회피하며 잔꾀로 여읠려냐
하늘 만든 이내 가난 설마한들 어이하리
빈천도 내 분수니 서러워해 무엇하리

― 정훈, 〈탄궁가(嘆窮歌)〉

---

*안표: 안회(顏回)의 표주박. 안회는 한 소쿠리 밥과 한 표주박 물로 누항에 살면서도 즐거워하였음
*원헌: 공자의 제자로 궁핍함 속에서도 청빈하게 살았음
*싸리피, 바랭이: 잡초의 일종
*장초의 무지: 《시경》에 나오는 말. 부역으로 고통 받던 백성들이, 무지하여 근심 없는 장초 나무를 부러워
　하였음

나

1 시적 상황　시적 화자인 '나'는 농사짓기 힘들고 명절도 지낼 수 없을 만큼 가난하지만, 이를 (　　　)(으)로 인식하며 수용하려고 함
2 시적 화자의 정서와 태도　한탄, 체념
3 시어의 의미
　•(　　　), 부역 세금: 빌린 곡식의 이자와 국가에 바칠 노동 및 세금. 화자의 가난을 심화시키는 요소
　•장초: 갯벌에서 자라는 나무. 가난의 고통을 모르기 때문에 화자에게 부러움을 불러일으키는 대상
　•(　　　): 가난을 의인화한 표현. 대화를 통해 화자의 인식을 변화시킴
4 표현상의 특징
　•화자의 가난한 생활을 사실적으로 묘사함
　•(　　　)에 등장하는 인물들과 비교하여 화자의 궁핍한 처지를 부각함
　•가난을 '가난귀신'으로 (　　　)하여 참신하게 표현함
5 시의 주제　가난한 생활로 인한 고통과 이를 (　　　)하려는 자세

작품 간의 공통점 파악

1 (가)와 (나)의 공통점으로 가장 적절한 것은?

① 계절적 배경을 통해 역동적인 분위기를 자아내고 있다.
② 고사를 인용하여 바람직한 삶의 자세를 드러내고 있다.
③ 수미상관의 기법을 활용하여 구조적 안정감을 주고 있다.
④ 의문형 진술을 사용하여 화자가 처한 상황을 강조하고 있다.
⑤ 역설적 표현을 사용하여 화자의 현실 극복 의지를 나타내고 있다.

시적 상황에 대한 이해

3 [A]와 [B]에 대한 설명으로 가장 적절한 것은?

① [A]와 [B]는 모두 설득적 어조로 화자의 의지를 드러내고 있다.
② [A]와 [B]는 모두 추상적 소재를 열거하여 대상을 묘사하고 있다.
③ [A]는 과거 상황에 대한 그리움이, [B]는 현재 상황에 대한 비판이 나타나 있다.
④ [A]는 관념적인 문제를, [B]는 실제적인 문제를 해결하는 과정이 제시되어 있다.
⑤ [A]는 현실 타개의 어려움과 그로 인한 탄식이, [B]는 의인화된 대상과의 대화가 나타나 있다.

외적 준거에 의한 작품 감상

4 〈보기〉를 바탕으로 (나)를 이해한 내용으로 적절하지 않은 것은?

> **보기**
>
> 〈탄궁가〉는 경제적으로 몰락한 사대부가 자신이 처한 궁핍한 현실에 대해 한탄하는 가사이다. 이 작품에는 가난으로 인해 사대부로서의 도리를 지키지 못하는 형편과 극심한 궁핍으로 인해 사대부임에도 불구하고 종에 대한 권위를 내세울 수 없는 상황이 드러나 있다. 이와 함께 경제적인 무능력으로 인해 가난에서 벗어나지 못하고 이를 수용할 수밖에 없는 처지 등이 잘 나타나 있다.

① '죽 웃물 상전 먹고 건더기 건져 종을 주니'에서 농사일로 종의 눈치를 보는 몰락한 사대부의 처지를 엿볼 수 있군.
② '세시 삭망 명일 기제는 무엇으로 제사하며'에서 사대부로서의 도리를 다하지 못하는 현실에 대한 한탄을 엿볼 수 있군.
③ '이 원수 가난귀신 어이하여 여의려뇨'에서 가난한 상황을 미리 대비하지 못한 무능함에서 오는 자괴감을 엿볼 수 있군.
④ '무정한 세상은 다 나를 버리거늘'에서 힘겨운 경제적 상황을 타개해 나갈 수 없는 비관적 현실을 엿볼 수 있군.
⑤ '빈천도 내 분수니 서러워해 무엇하리'에서 궁핍한 현실을 체념적으로 수용하는 태도를 엿볼 수 있군.

시구의 의미 파악

2 (가)에 대한 설명으로 적절하지 않은 것은?

① '나 두 야'에서 의도적으로 띄어쓰기를 하여 고향을 떠나기를 망설이는 화자의 모습을 드러내고 있다.
② '물 어린 눈'에 비치는 '묏부리 모양'을 통해 고향을 떠나는 화자의 슬픔을 드러내고 있다.
③ '아 — 사랑하던 사람들'에서 감탄사를 사용하여 우리 민족에 대한 화자의 애정을 드러내고 있다.
④ '못 잊는 마음'과 '쫓겨 가는 마음'을 통해 정든 고향을 떠날 수밖에 없는 화자의 처지를 드러내고 있다.
⑤ '돌아다보는 구름'에 '바람이 희살 짓는' 모습을 통해 고향에 대한 미련을 버리려는 화자의 의지를 드러내고 있다.

36 자연적 시간과 문학적 시간 / 고풍 의상 / 결빙의 아버지

[1~4] 다음 글을 읽고 물음에 답하시오.

가 문학적 시간은 작가의 체험이나 의식에 따라 자연적 시간을 의도적으로 재구성하여 미적 효과를 드러낸다. 삶의 과정과 시간의 흐름을 담은 사건은 주로 과거형으로, 대상의 특징을 감각적으로 형상화하는 이미지는 주로 현재형으로 표현한다.

하지만 과거형과 현재형의 적용은 작품 내적 상황에 따라 달라질 수 있다. 과거의 사건이나 동작의 변화를 실감나게 드러내기 위해 현재형으로 표현하기도 하고, 이미지 묘사를 시간의 흐름이 드러나도록 과거형으로 표현하기도 한다.

[A] 특히 서정시는 현재의 순간에 과거의 경험들이 공존해 있다는 점에서 이러한 시간의 모호성이 두드러진다. 즉 서정시는 과거와 현재를 분리하지 않고 시적 현재로 통합하는 시간의 의도적 변형을 드러내는 것이다.

나 하늘로 날을 듯이 길게 뽑은 부연* 끝 풍경이 운다

처마 끝 곱게 늘이운 주렴에 반월(半月)이 숨어

아른아른 ⓐ봄밤이 두견이 소리처럼 깊어 가는 밤

곱아라 고아라 진정 아름다운지고

파르란 구슬빛 바탕에 자줏빛 호장*을 받친 호장저고리

호장저고리 하얀 동정이 환하니 밝도소이다

살살이 퍼져나린 곧은 선이 스스로 돌아 곡선을 이루는 곳

열두 폭 기인 치마가 사르르 물결을 친다

초마* 끝에 곱게 감춘 운혜(雲鞋) 당혜(唐鞋)

발자취 소리도 없이 대청을 건너 살며시 문을 열고

그대는 어느 나라의 고전(古典)을 말하는 한 마리 호접(蝴蝶)

호접인 양 사풋이 춤을 추라 아미(蛾眉)를 숙이고……

나는 이 밤에 옛날에 살아 눈 감고 거문곳줄 골라 보리니

가는 버들인 양 가락에 맞추어 흰 손을 흔들어지이다

– 조지훈, 〈고풍 의상〉

*부연(附椽): 긴 서까래 끝에 덧얹는 네모지고 짧은 서까래
*호장: 회장(回裝). 여자 저고리를 색깔 있는 헝겊으로 꾸민 것
*초마: '치마'의 방언

나
1 **시적 상황** 시적 화자인 '나'는 고풍 의상을 입은 여인을 바라보며 (　　　)의 아름다움에 도취됨
2 **시적 화자의 정서와 태도** 탐미. (　　　)
3 **시어의 의미**
　• 두견이 소리처럼 깊어 가는 밤: '밤'이라는 대상을 '두견이 소리'라는 청각적 이미지로 형상화함
　• (　　　): 고풍 의상을 입은 여인의 아름다움을 비유적으로 표현함
4 **표현상의 특징**
　• 고유어와 예스러운 어투를 통해 대상의 아름다움을 예찬함
　• (　　　)의 이동에 따라 시상을 전개함
　• (　　　)을/를 대비적으로 활용하여 대상의 아름다움을 표현함
5 **시의 주제** 전통 (　　　)의 예스러운 아름다움

다 어머님,

제 예닐곱 살 적 겨울은

목조 적산 가옥 이층 다다미방의

벌거숭이 유리창 깨질 듯 울어 대던 외풍 탓으로
한없이 추웠지요. 밤마다 나는 벌벌 떨면서
아버지 가랭이 사이로 시린 발을 밀어 넣고
그 가슴팍에 벌레처럼 파고들어 얼굴을 묻은 채
겨우 잠이 들곤 했었지요.

요즈음도 추운 밤이면
곁에서 잠든 아이들 이불깃을 덮어 주며
늘 그런 추억으로 마음이 아프고,
나를 품어 주던 그 가슴이 이제는 한 줌 뼛가루로 삭아
붉은 흙에 자취 없이 뒤섞여 있음을 생각하면
옛날처럼 나는 다시 아버지 곁에 눕고 싶습니다.

그런데 어머님.
오늘은 영하(零下)의 한강교를 지나면서 문득
나를 품에 안고 추위를 막아 주던
예닐곱 살 적 그 ⓑ겨울밤의 아버지가
이승의 물로 화신(化身)*해 있음을 보았습니다.
품 안에 부드럽고 여린 물살은 무사히 흘러
바다로 가라고,
꽝 꽝 얼어붙은 잔등으로 혹한을 막으며
하얗게 얼음으로 엎드려 있던 아버지,
아버지, 아버지……

– 이수익, 〈결빙(結氷)의 아버지〉

*화신(化身): 어떤 추상적인 특질이 구체화 또는 유형화된 것

1 시적 상황 시적 화자인 '나'는 어린 시절 가난과 추위 속에서 자신을 지켜준 아버지의 희생과 사랑을 (   )하며 아버지를 그리워하고 있음
2 시적 화자의 정서와 태도 그리움
3 시어의 의미
 • (   ): 삶의 시련과 고난
 • 가랭이 사이, 가슴팍, 꽝 꽝 얼어붙은 잔등, (   ): 어린 화자를 추위로부터 보호해 주던 아버지의 사랑
4 표현상의 특징
 • 어머니를 청자로 한 (   )을/를 사용하여 화자의 마음을 고백적으로 드러냄
 • (   )의 흐름에 따라 시상을 전개함
5 시의 주제 (   )에 대한 애틋한 그리움

작품 간의 공통점과 차이점 파악

1 (나)와 (다)에 대한 설명으로 적절하지 않은 것은?

① (나)는 (다)와 달리 영탄적 표현을 사용하여 화자의 심리를 강조하고 있다.

② (나)는 (다)와 달리 색채어를 활용하여 대상을 선명하게 제시하고 있다.

③ (다)는 (나)와 달리 구체적인 청자를 상정한 고백적 어조를 사용하고 있다.

④ (다)는 (나)와 달리 대조적인 의미의 시어를 통해 정서를 부각하고 있다.

⑤ (나)와 (다)는 모두 음성 상징어를 활용하여 대상을 생생하게 묘사하고 있다.

소재의 의미 파악

2 ⓐ와 ⓑ에 대한 설명으로 가장 적절한 것은?

① ⓐ는 현실의 고통을 극복하는 시간이고, ⓑ는 현실의 고통이 심화되는 시간이다.

② ⓐ는 대상의 속성에 몰입하는 시간이고, ⓑ는 대상의 속성을 재인식하는 시간이다.

③ ⓐ는 대상의 한스러움이 부각되는 시간이고, ⓑ는 화자가 삶의 덧없음을 깨닫는 시간이다.

④ ⓐ는 화자가 대상과 일체감을 느끼는 시간이고, ⓑ는 화자가 대상에 대해 거리감을 느끼는 시간이다.

⑤ ⓐ는 대상과의 갈등이 해소되는 시간이고, ⓑ는 대상과의 갈등이 새로운 국면으로 전환되는 시간이다.

외적 준거에 의한 작품 감상

3 (가)를 바탕으로 (나), (다)를 감상한 내용으로 적절하지 <u>않은</u> 것은?

① (나)에서 '두견이 소리처럼 깊어 가는 밤'이라고 표현한 것은 자연적 시간을 문학적 시간으로 재구성하여 미적 효과를 드러낸 것이로군.

② (나)에서 화자가 '그대'를 바라보는 상황을 '이 밤에 옛날에 살아'라고 표현한 것은 과거와 현재를 시적 현재로 통합한 것이로군.

③ (나)에서 화자가 타는 거문고의 '가락에 맞추어 흰 손을 흔들어지이다'라고 표현한 것은 과거의 사건을 현재형으로 나타낸 것이로군.

④ (다)에서 '밤마다 나는 벌벌 떨면서' 아버지의 품에서 '겨우 잠이 들곤 했었지요'라고 표현한 것은 삶의 과정을 과거형으로 나타낸 것이로군.

⑤ (다)에서 '아이들 이불깃을 덮어 주'는 화자가 '늘 그런 추억'으로 마음이 아프다고 표현한 것은 현재의 순간에 과거의 경험이 공존함을 나타낸 것이로군.

외적 준거에 의한 작품 감상

4 [A]를 중심으로 (다)를 이해할 때 적절하지 <u>않은</u> 것은?

① 화자가 '아버지'와 겪었던 유년 시절을 '어머님'에게 들려주는 시상 전개 방식으로 과거와 현재의 시간을 이어 준다.

② '목조 적산 가옥 이층 다다미방'이라는 현재 위치에서 화자가 과거의 이야기를 전해 주는 방식으로 시적 현재의 의미를 생성해 낸다.

③ '옛날처럼 나는'에서 현재의 순간에 과거의 경험들이 공존해 있는 시적 상황을 설정하고 있다.

④ '예닐곱 살 적 그 겨울밤'을 '영하의 한강교를 지나면서' 떠올리는 데서 과거와 현재의 통합이 드러난다.

⑤ '그 겨울밤의 아버지'가 '이승의 물로 화신'했다고 표현함으로써 과거와 현재를 분리하지 않는 시간의 모호성을 드러낸다.

집 생각 / 포화옥기

[1~4] 다음 글을 읽고 물음에 답하시오.

감상 매뉴얼

가 산에나 올라서서
　　바다를 보라
　　사면(四面)에 백열 리*, 창파(滄波) 중에
　　객선(客船)만 둥둥…… 떠나간다

　　명산대찰(名山大刹)이 그 어디메냐
　　향안, 향탑*, 대그릇에
　　석양이 산머리 넘어가고
　　사면에 백열 리, 물소리라

　　"젊어서 꽃 같은 오늘날로
　　금의(錦衣)로 환고향(還故鄕) 하옵소사."
　　객선만 둥둥…… 떠나간다
　　사면에 백열 리, 나 어찌 갈까

　　까투리도 산속에 새끼 치고
　　타관만리(他關萬里)에 와 있노라고
　　산중(山中)만 바라보며 목메인다
　　눈물이 앞을 가리운다고

　　들에나 내려오면
　　치어다보라
　　해님과 달님이 넘나든 고개
　　구름만 첩첩…… 떠돌아간다

　　　　　　　　　　　　　　　　　　－ 김소월, 〈집 생각〉

*백열 리: 백십 리
*향안(香案), 향탑(香榻): 제사 때 향로나 그릇을 올려놓는 상

나 내가 사는 집은 높이가 한 길이 못 되고, 너비는 아홉 자가 못 된다. 인사를 하려고 하면 갓이 천장에 닿고, 잠을 자려고 하면 무릎을 구부려야 한다. 한여름에 햇볕이 내리쬐면 창문이 뜨겁게 달아오른다. 그래서 둘러친 담장 밑에 박을 10여 개 심었더니, 넝쿨이 자라 집을 가려 주었다. 그러자 우거진 그늘 때문에 모기와 파리 떼들이 어두운 곳에서 서식하고, 뱀들이 서늘한 곳에 웅크리고 있었다. 어두운 밤에 자주 일어나 등촉을 들고 마당을 살펴보았다. 가만히 있으면 가려움 때문에 긁느라 지치고, 이리저리 움직이면 쏘아 대는 것이 두렵다. 이를 걱정하고 신경 쓰느라 병이 생겼으니, ㉠소갈증이 심해지고 가슴도 막힌 듯 답답했다. 찾아오는 손님에게 이러한 사정을 자세히 말하곤 했다.

가

1 시적 상황 (　　　)에서 산에 올라가 바다를 바라보며 집 생각을 하고 있음
2 시적 화자의 정서와 태도 그리움, 안타까움
3 시어의 의미
　• (　　　): 화자가 고향에서 멀리 떠나와 있음을 나타냄
　• 객선, 해님과 달님, (　　　): 화자의 처지와 대조적인 소재
　• (　　　): 타향에서 고향을 그리워하는 화자의 감정이 이입된 대상
4 표현상의 특징
　• 자연물에 감정을 (　　　)하여 화자의 처지를 드러냄
　• 동일한 시구를 반복하여 화자가 처한 상황을 부각함
　• 화자의 처지와 (　　　)되는 소재를 통해 화자의 정서를 강조함
5 시의 주제 (　　　)을/를 그리워하는 애틋하고 안타까운 마음

서울에서 온 어떤 나그네가 내 말을 듣고 위로를 하였다. 그리고 자신이 예전에 몸소 겪었던 일을 말해 주었다.

"저는 어려서 집이 가난하여 장사를 했습지요. 영남 땅의 나루터, 정자, 역정(驛亭), 여관 그리고 궁벽한 고을의 작은 주막들에 이르기까지 제 발길이 닿지 않는 곳이 없었 답니다. 무더운 여름철에 여행객과 나그네들이 한곳에 모이게 된답니다. 수령과 보좌 관원이 먼저 내실을 차지한 채 서늘하게 지내고, 바람 부는 곁채와 시원한 평상은 아 전과 역졸(役卒)들이 차지하지요. 오직 뜨거운 구들과 뜨뜻한 침상에는 벽을 뚫고 관 솔불이 비쳐 들고 대자리를 깎아 빈대를 쫓아내는 곳만이 남게 되지요. ⓛ그곳만은 어느 누구도 다투지 않으며, 우리네 같은 사람들이 이틀 밤을 묵고 지내는 곳이랍니 다. 〈중략〉

그런데 여관집의 노비를 보면 이와 다릅지요. 때가 잔뜩 낀 지저분한 얼굴을 하고 부 지런히 소나 말처럼 분주히 오가며 일을 하지요. 지나다니는 사람들에게 빌붙어 아침 저녁을 해결하니, 버려진 음식도 달게 먹는답니다. 그 사람은 취하여 배부르면 눕자마 자 잠이 들지요. 우리네들이 예전에 견디지 못하는 것을 그 사람은 편안하게 여기니, 마치 쌀쌀한 날씨 속에 선선한 방에서 잠자듯 한답니다. 그의 모습을 살펴보면 옷은 다 해지고 여기저기 꿰매었지만 살결은 튼실하고, 특별한 재앙을 겪지 않고 천수를 누리 고 있지요.

이것은 다른 이유 때문이 아니랍니다. 그 사람은 자기가 사는 곳을 여관으로 생각하 며, ⓒ지금의 삶을 본래 정해진 운명이라고 여깁니다. 온갖 걱정과 근심으로 자기 마음 을 상하게 하는 일도 없고, 끙끙거리며 탄식하느라 기운을 허하게 하는 일도 없지요. 그래서 재앙을 특별히 겪지 않고 천수를 누릴 사람이랍니다.

또 이런 말도 있습지요. 지금 이 세상은 살아 있는 사람을 봉양하고 죽은 사람을 장사 지내는 여관 같은 곳입니다. 그리고 이 여관은 하룻밤이나 이틀을 묵고 가는 곳입니다. ⓔ지금 그대는 이러한 여관에 몸을 기탁해 사는데다가, 다시 또 멀리 떠나와 궁벽한 골짜기에 몸을 숨기고 있습니다. 이것은 여관 중의 여관에 머물고 있는 셈이지요.

저 여관집의 노비는 일자무식한 사람입니다. 다만 그는 여관을 여관으로 여기면서, 음식도 잘 먹고 하루하루를 지내니, 추위와 더위도 그를 해치지 못하고 질병도 해를 입히지 못한답니다. 그런데 그대는 도를 지키고 운명에 순종하며, 소박하고 솔직한 태 도로 행하는 분입니다. 그런데 여관 중의 여관에서 지내면서도 여관을 여관으로 생각 하지 않으십니다. 자기 스스로 화를 돋우고 들볶아 원기를 손상시키니, 병이 생겨 거 의 죽을 지경에 이르렀습니다. 그대가 배우기를 바라는 것은 옛날 성현의 말씀인데도, 오히려 여관집의 노비가 하는 것처럼도 하지 못하는구려."

ⓜ이에 그 말을 서술하여 벽에 적고 '포화옥*기'라 하였다.

— 이학규, 〈포화옥기(匏花屋記)〉

＊포화옥: 박 넝쿨로 둘러싸인 집

ⓝ
1 중심 제재 (   )
2 글쓴이의 경험 유배지의 열악한 주거 환 경에 불만을 가지고 있다가 서울에서 온 어떤 (   )(으)로부터 '여관집 노비'에 관한 이야기를 듣게 됨
3 글쓴이의 관점과 태도 주어진 삶에 순응 하고 만족하며 살아가는 것이 필요하다는 것을 깨달음
4 표현상의 특징
• '체험'과 '(   )'의 구조로 이루어짐
• 인물들이 각자 처한 상황에 (   ) 적인 반응을 보이는 것을 중심으로 내 용을 전개함
5 수필의 주제 주어진 환경에 (   )하 며 사는 삶의 중요성

표현상의 특징 파악

1 (가)와 (나)에 대한 설명으로 가장 적절한 것은?

① (가)는 동일한 시행을 반복하여 화자의 현실 극복 의지를 나타내고 있다.

② (가)는 공간의 이동에 따라 시상을 전개하여 화자의 심리 변화를 드러내고 있다.

③ (나)는 비유적인 표현을 활용하여 바람직한 삶의 태도를 이끌어 내고 있다.

④ (나)는 미래의 상황을 가정하여 인물이 처한 현재의 상황을 부각하고 있다.

⑤ (가)와 (나)는 모두 설의적 표현을 사용하여 체험을 통해 얻은 깨달음을 제시하고 있다.

인물의 특성 파악

3 (나)에 등장하는 인물에 대한 설명으로 적절하지 <u>않은</u> 것은?

① '나'는 자신이 당면한 문제를 해결하기 위해 대책을 세웠다.

② '나그네'는 신분에 따라 차등적으로 잠자리가 정해지는 것을 본 적이 있다.

③ '나그네'는 '여관집 노비'의 이야기를 바탕으로 '나'의 태도 변화를 촉구하였다.

④ '여관집 노비'는 근면한 생활 습관을 가졌지만 신분 차별로 인해 고통받았다.

⑤ '나'와 '여관집 노비'는 처한 상황이 유사했지만 그에 대한 대응은 서로 달랐다.

외적 준거에 의한 작품 감상

2 〈보기〉를 참고하여 (가)를 감상한 내용으로 적절하지 <u>않은</u> 것은?

<보기>

격을 나타내거나 특별한 의미를 더해 주는 조사를 활용하면 다양한 의미와 어감을 표현하는 데 효과적이다. 특히 마음속에 있는 생각과 느낌을 함축적으로 표현하는 시에 다양한 조사를 활용하면, 어감의 차이는 물론 화자의 정서나 태도를 효과적으로 드러낼 수 있다.

① '산에나 올라서서'에서는 마음에 차지 아니하는 선택을 나타내는 보조사 '나'를 활용하여, 화자가 취할 수 있는 행동에 선택의 제한이 있음을 드러내고 있군.

② '객선만 둥둥'에서는 대상을 한정하는 보조사 '만'을 활용하여, '객선'과 달리 고향에 가지 못하는 화자의 처지를 부각하고 있군.

③ '사면에 백열 리'에서는 앞말이 처소임을 나타내는 격 조사 '에'를 활용하여, '사면'을 둘러보아도 고향은 보이지 않고 물소리뿐인 상황으로 인한 단절감을 드러내고 있군.

④ '까투리도 산속에'에서는 예외성이나 의외성을 나타내는 보조사 '도'를 활용하여, 화자와 까투리가 처한 상황이 서로 다름을 표현하고 있군.

⑤ '해님과 달님'에서는 둘 이상의 사물이나 사람을 같은 자격으로 이어 주는 접속 조사 '과'를 활용하여, 해님과 달님이 모두 부러움의 대상임을 나타내고 있군.

외적 준거에 의한 구절의 의미 파악

4 〈보기〉를 참고하여 ㉠~㉤을 이해한 내용으로 적절하지 <u>않은</u> 것은?

<보기>

(나)는 작가인 이학규가 신유박해에 연루되어 유배되었을 때 창작된 작품이다. 이 작품은 나그네가 들려주는 이야기를 통해 작가가 깨달은 바를 드러낸 글이다. 나그네는 자신의 직접 경험, 여관집 노비를 관찰한 모습 등을 바탕으로 작가에게 교훈을 전해 준다.

① ㉠: 작가가 얻은 병의 구체적인 증상을 언급하여 유배 생활의 어려움을 드러내고 있다.

② ㉡: 나그네가 자신의 직접 경험을 바탕으로 이야기하고 있음을 알 수 있다.

③ ㉢: 여관집의 노비는 현실을 받아들이고 운명에 순응하는 삶의 태도를 보여 주고 있다.

④ ㉣: 작가의 처지가 조금씩 개선되리라는 것을 일깨우려는 나그네의 의도가 담겨 있다.

⑤ ㉤: 나그네의 이야기를 통해 얻은 교훈을 작가가 오래 간직하고자 했음을 알 수 있다.

[1~4] 다음 글을 읽고 물음에 답하시오.

가 호르 호르르 호르르르 가을 아침
취어진* 청명을 마시며 거닐면
수풀이 호르르 벌레가 호르르르
청명은 내 머릿속 가슴속을 젖어 들어
발끝 손끝으로 새어 나가나니

온 살결 터럭 끝은 모두 눈이요 입이라
나는 수풀의 정을 알 수 있고
벌레의 예지를 알 수 있다
그리하여 나도 이 아침 청명의
가장 고웁지 못한 노래꾼이 된다

수풀과 벌레는 자고 깨인 어린애라
밤새워 빨고도 이슬은 남았다
남았거든 나를 주라
나는 이 청명에도 주리나니
ⓐ방에 문을 달고 벽을 향해 숨 쉬지 않았느뇨

햇발이 처음 쏟아오아
청명은 갑자기 으리으리한 관을 쓴다
그때에 토록 하고 동백 한 알은 빠지나니
오! 그 빛남 그 고요함
간밤에 하늘을 쫓긴 별살의 흐름이 저러했다

온 소리의 앞 소리요
온 빛깔의 비롯이라
이 청명에 포근 취어진 내 마음
감각의 낯익은 고향을 찾았노라
평생 못 떠날 내 집을 들었노라

— 김영랑, 〈청명〉

*취어진: 계절의 정취에 젖어 든

나 향기로운 MJB*의 미각을 잊어버린 지도 이십여 일이나 됩니다. 이곳에는 신문도 잘 아니 오고 체전부(遞傳夫)*는 이따금 '하도롱' 빛 소식을 가져옵니다. 거기는 누에고치와 옥수수의 사연이 적혀 있습니다. 마을 사람들은 멀리 떨어져 사는 일가 때문에 수심이 생겼나 봅니다. 나도 도회에 남기고 온 일이 걱정이 됩니다.

감상 매뉴얼

가

1 **시적 상황** 시적 화자는 (   )에 자연 속을 거닐면서 맑고 밝은 기운을 느끼고 있음

2 **시적 화자의 정서와 태도** 감탄, 교감

3 **시어의 의미**
  • 청명: 시의 제목이자 날씨가 맑고 밝음을 나타내는 시어
  • (   ): 가을 아침의 청명을 느끼는 화자 자신을 나타냄

4 **표현상의 특징**
  • 다양한 (   ) 이미지를 활용하여 산뜻한 가을 아침의 인상을 표현함
  • 의인법, 은유법 등을 통해 자연과 인간의 (   )을/를 형상화함
  • 종결 어미 '–나니', '–노라' 등을 반복하여 운율감을 줌

5 **시의 주제** (   ) 가을 아침에 젖어 든 마음

건너편 팔봉산에는 노루와 멧돼지가 있답니다. 그리고 기우제(祈雨祭) 지내던 개골창까지 내려와서 가재를 잡아먹는 '곰'을 본 사람도 있습니다. ㉠동물원에서밖에 볼 수 없는 짐승, 산에 있는 짐승들을 사로잡아다가 동물원에 갖다 가둔 것이 아니라, 동물원에 있는 짐승들을 이런 산에다 내어놓아 준 것만 같은 착각을 자꾸만 느낍니다. 밤이 되면, 달도 없는 그믐 칠야(漆夜)에 팔봉산도 사람이 침소로 들어가듯이 어둠 속으로 아주 없어져 버립니다.

그러나 공기는 수정처럼 맑아서 별빛만으로라도 넉넉히 좋아하는 '누가'복음도 읽을 수 있을 것 같습니다. 그리고 또 참 별이 도회에서보다 갑절이나 더 많이 나옵니다. 하도 조용한 것이 처음으로 별들의 운행하는 기적이 들리는 것도 같습니다.

㉡객줏집 ⓑ방에는 석유 등잔을 켜 놓습니다. 그 도회지의 석간(夕刊)과 같은 그윽한 내음새가 소년 시대의 꿈을 부릅니다. 정(鄭) 형! 그런 석유 등잔 밑에서 밤이 이슥하도록 '호까(연초갑지)'붙이던 생각이 납니다. 베짱이가 한 마리 등잔에 올라앉아서 그 연둣빛 색채로 혼곤한 내 꿈에 마치 영어 '티' 자를 쓰고 건너긋듯이 유(類)다른 기억에다는 군데군데 '언더라인'을 하여 놓습니다. ㉢슬퍼하는 것처럼 고개를 숙이고 도회의 여차장이 차표 찍는 소리 같은 그 성악(聲樂)을 가만히 듣습니다. 그러면 그것이 또 이발소 가위 소리와도 같아집니다. 나는 눈까지 감고 가만히 또 자세히 들어봅니다.

그리고 비망록을 꺼내어 머루 빛 잉크로 산촌의 시정(詩情)을 기초합니다.

그저께신문을찢어버린
때묻은흰나비
봉선화는아름다운애인의귀처럼생기고
귀에보이는지난날의기사

얼마 있으면 목이 마릅니다. 자리물―심해처럼 가라앉은 냉수를 마십니다. 석영질(石英質) 광석 내음새가 나면서 폐부에 한난계(寒暖計)* 같은 길을 느낍니다. 나는 백지 위에 그 싸늘한 곡선을 그리라면 그릴 수도 있을 것 같습니다.

청석 얹은 지붕에 별빛이 내려쬐면 한겨울에 장독 터지는 것 같은 소리가 납니다. 벌레 소리가 요란합니다. ㉣가을이 이런 시간에 엽서 한 장에 적을 만큼씩 오는 까닭입니다. 이런 때 참 무슨 재조(才操)로 광음(光陰)을 헤아리겠습니까? 맥박 소리가 이 방 안을 방채 시계를 만들어 버리고 장침과 단침의 나사못이 돌아가느라고 양짝 눈이 번갈아 간질간질합니다. 코로 기계 기름 내음새가 드나듭니다. 석유 등잔 밑에서 졸음이 오는 기분입니다.

㉤'파라마운트' 회사 상표처럼 생긴 도회 소녀가 나오는 꿈을 조금 꿉니다. 그러다가 어느 사이에 도회에 남겨 두고 온 가난한 식구들을 꿈에 봅니다. 그들은 포로들의 사진처럼 나란히 늘어섭니다. 그리고 내게 걱정을 시킵니다. 그러면 그만 잠이 깨어 버립니다.

– 이상, 〈산촌 여정〉

*MJB: 커피의 상표　　*체전부: 우편배달부　　*한난계: 온도계

1 중심 제재 (　　　)에서의 생활
2 글쓴이의 경험 (　　　)을/를 떠나 산촌에 머무르고 있음
3 글쓴이의 관점과 태도　산촌에서 느끼는 정취와 (　　　)들에 대한 걱정을 드러냄
4 표현상의 특징
• (　　　) 수필의 특징을 보여 줌
• 시골의 외부 풍경과 글쓴이의 도시 경험이 함께 드러남
• 도시적이고 (　　　)인 느낌의 단어들을 두드러지게 사용함
5 수필의 주제　도시적 감수성으로 바라본 산촌의 풍경

1 (가)에 대한 설명으로 적절하지 <u>않은</u> 것은?

① 1연에서는 청각적 이미지를 활용하여 가을 아침의 풍경에서 받은 인상을 나타내고 있다.

② 2연에서는 유사한 시구를 반복하여 자연과 교감하는 화자의 모습을 드러내고 있다.

③ 3연에서는 대상을 의인화하여 자연을 마음껏 누리고자 하는 화자의 열망을 부각하고 있다.

④ 4연에서는 영탄적 표현을 사용하여 시간의 경과에 따라 달라지는 화자의 정서를 드러내고 있다.

⑤ 5연에서는 비유적 표현을 통해 가을날에 느낀 화자의 감흥을 구체화하여 나타내고 있다.

2 〈보기〉를 참고하여 ㉠~㉤을 이해한 내용으로 적절하지 <u>않은</u> 것은?

> ──── 보기 ────
>
> 〈산촌 여정〉에서 작가는 낯선 산촌에서의 체험과 정서를 다양한 감각적 이미지로 표현하고 있다. 도시의 삶에 익숙한 작가는 산촌의 자연적이고 향토적인 사물을 도시인의 관점에서 형상화하거나, 도시적이고 이국적인 언어를 통해 산촌의 풍경을 묘사하고 있다.

① ㉠: 산촌에서 보는 짐승들을 '동물원'과 관련된 도시적 경험과 연결하며, 산촌에서의 풍경이 낯설게 느껴짐을 드러내고 있다.

② ㉡: '석유 등잔'의 '내음새'를 도시에서 접했던 '석간' 신문의 냄새에 비유하며, 자신의 소년 시절을 떠올리고 있다.

③ ㉢: 베짱이 울음소리를 '여차장이 차표 찍는 소리', '이발소 가위 소리'에 비유하며, 자신에게 익숙한 도시의 경험과 관련지어 표현하고 있다.

④ ㉣: '가을'이 오는 것을 '엽서 한 장에 적을 만큼씩'으로 표현하며, 추상적인 대상을 눈에 보이는 것처럼 감각적으로 나타내고 있다.

⑤ ㉤: 꿈속에서 본 도회 소녀를 '파라마운트' 회사 상표에 비유하며, 산촌에서 갖게 된 이국적인 삶에 대한 동경을 드러내고 있다.

3 ⓐ와 ⓑ에 대한 이해로 가장 적절한 것은?

① ⓐ는 ⓑ와 달리 화자가 자연물들과의 유대감을 확인하는 공간이다.

② ⓑ는 ⓐ와 달리 글쓴이가 자신이 처한 상황에 대한 원망을 표출하는 공간이다.

③ ⓐ와 ⓑ는 모두 세상과 단절된 채 지난날의 잘못을 돌아보는 성찰의 공간이다.

④ ⓐ는 화자의 현재 상황과 대비되는 공간이고, ⓑ는 글쓴이의 상념이 자유롭게 펼쳐지는 공간이다.

⑤ ⓐ는 자연에 대한 화자의 인식이 변화하는 공간이고, ⓑ는 도시에 대한 글쓴이의 인식이 변화하는 공간이다.

4 〈보기〉를 참고하여 (가)와 (나)를 감상한 내용으로 적절하지 <u>않은</u> 것은?

> ──── 보기 ────
>
> (가)와 (나)에는 모두 자연 공간에 대한 작가의 인식이 담겨 있다. (가)의 자연 공간은 모든 생태계 구성원이 서로 교감하고 소통하며 유대감을 느끼는 곳이자, 서로 영향을 주고받는 순환의 관계를 형성하는 곳이다. (나)의 자연 공간은 작가가 육신의 병을 치유하기 위해 찾은 요양의 공간으로, 도시의 집을 떠나 안식을 취하는 곳인 동시에 두고 온 가족에 대해 우려를 나타내는 곳이다.

① (가)에서 화자가 '온 살결 터럭 끝'을 '눈'과 '입'으로 삼아 자연을 대하는 것은 인간과 자연 간의 교감을 드러내는군.

② (가)에서 화자가 '수풀'과 '벌레'의 소리를 듣고 '나도' 청명함의 '노래꾼이 된다'고 하는 것은 자연과 인간 간의 유대감을 드러내는군.

③ (가)에서 화자가 '동백 한 알'이 떨어지는 모습에서 '하늘'의 '별살'을 떠올린 것은 생명의 탄생을 계기로 순환하는 생태계의 질서를 보여 주는군.

④ (나)에서 글쓴이가 '별빛만으로라도 넉넉히 좋아하는 누가복음도 읽을 수 있을 것 같다'고 한 것은 자연 속에서 안식을 취하고 있음을 보여 주는군.

⑤ (나)에서 글쓴이가 '포로들의 사진처럼' 늘어선 '도회에 남겨 두고 온 가난한 식구들'을 꿈속에서 본 것은 떨어져 있는 가족에 대한 걱정과 우려를 보여 주는군.

[1~4] 다음 글을 읽고 물음에 답하시오.

가 즐겁고 아름다운 일은 양이 많을수록 좋은 것입니다.

그런데 당신의 사랑은 양이 적을수록 좋은가 봐요.

당신의 사랑은 당신과 나와 두 사람의 사이에 있는 것입니다.

사랑의 양을 알려면, 당신과 나의 거리를 측량*할 수밖에 없습니다.

그래서 당신과 나의 거리가 멀면 사랑의 양이 많고, 거리가 가까우면 사랑의 양이 적을 것입니다.

그런데 적은 사랑은 나를 웃기더니 많은 사랑은 나를 울립니다.

뉘라서 사람이 멀어지면, 사랑도 멀어진다고 하여요.

당신이 가신 뒤로 사랑이 멀어졌으면, 날마다 날마다 나를 울리는 것은 사랑이 아니고 무엇이어요.

— 한용운, 〈사랑의 측량〉

*측량: 기기를 써서 물건의 높이·깊이·넓이·방향 따위를 잼

가

1 **시적 상황** 시적 화자인 '나'는 사랑하는 당신과 멀리 떨어져 있는 상황에서 사랑의 양을 ( )하는 방법을 통해 당신에 대한 깊은 사랑을 드러냄

2 **시적 화자의 정서와 태도** 슬픔, 사랑

3 **시어의 의미**
• ( ): 당신과의 거리가 가깝다는 것을 의미함. 화자를 기쁘게 함
• ( ): 당신과의 거리가 멀다는 것을 의미함. 화자를 슬프게 함

4 **표현상의 특징**
• ( )을/를 사용하여 경건한 느낌을 줌
• ( ) 개념인 사랑을 물리적 개념인 거리로 치환하여 구체화함
• 역설적 표현을 통해 사랑에 대한 새로운 인식을 나타냄

5 **시의 주제** 임에 대한 간절한 기다림과 참된 ( )의 의미

나 공후배필은 못 바라도 군자호구 원하더니

삼생의 원업(怨業)이오 월하의 연분으로

장안유협(長安遊俠) 경박자(輕薄子)를 ㉠꿈같이 만나 있어

당시의 용심(用心)하기 살얼음 디디는 듯

삼오이팔 겨우 지나 천연여질 절로 이니

이 얼굴 이 태도로 백년기약하였더니

연광(年光)이 훌훌하고 조물이 다시(多猜)*하여

봄바람 가을 물이 베오리에 북 지나듯

설빈화안 어디 두고 면목가증(面目可憎)* 되거고나

내 얼굴 내 보거니 어느 임이 날 필소냐

스스로 참괴(慚愧)하니 누구를 원망하랴

삼삼오오 야유원(冶遊園)에 새 사람이 나단 말가

꽃 피고 날 저물 제 정처 없이 나가 있어

백마금편(白馬金鞭)*으로 어디어디 머무는고

원근(遠近)을 모르거니 소식이야 더욱 알랴

인연을 끊었어도 생각이야 없을소냐

얼굴을 못 보거든 그립기나 마르려믄

열두 때 김도 길샤 서른 날 지리(支離)하다

옥창에 심은 매화 몇 번이나 피여 진고

겨울밤 차고 찬 제 자최눈 섯거 치고

여름날 길고 길 제 궂은비는 무슨 일고

삼춘화류(三春花柳) 호시절(好時節)의 경물이 시름없다

가을 달 방에 들고 실솔(蟋蟀)이 상(床)에 울 제

긴 한숨 지는 눈물 속절없이 헴만 많다

아마도 모진 목숨 죽기도 어려울사

도로혀 풀쳐 혜니 이리하여 어이하리

청등을 돌라 놓고 녹기금(綠綺琴) 빗겨 안아

벽련화(碧蓮花) 한 곡조를 시름 좇아 섯거 타니

소상야우(瀟湘夜雨)의 댓소리 섯도는 듯*

화표천년(華表千年)의 별학이 우니는 듯*

옥수(玉手)의 타는 수단 옛 소리 있다마는

부용장(芙蓉帳) 적막하니 뉘 귀에 들리소니

간장이 구곡되어 굽이굽이 끊쳤어라

차라리 잠을 들어 ⓒ꿈에나 보려 하니

바람의 지는 잎과 풀 속에 우는 짐승

무슨 일 원수로서 잠조차 깨우는가

천상(天上)의 견우직녀(牽牛織女) 은하수(銀河水) 막혔어도

칠월칠석(七月七夕) 일년일도(一年一度) 실기(失期)치 아니거든

우리 임 가신 후는 무슨 약수(弱水)* 가렸기에

오거나 가거나 소식조차 그쳤는고

난간에 빗겨 서서 임 가신 데 바라보니

초로(草露)는 맺혀 있고 모운(暮雲)이 지나갈 제

죽림(竹林) 푸른 곳에 새소리 더욱 설다

세상의 설운 사람 수없다 하려니와

박명(薄命)한 홍안(紅顔)이야 나 같은 이 또 있을까

아마도 이 임의 지위로 살동말동 하여라

– 허난설헌, 〈규원가〉

*다시: 시기가 많음

*면목가증: 얼굴 생김이 남에게 미움을 살 만한 데가 있음

*백마금편: 훌륭한 말과 값비싼 채찍. 호사스러운 차림

*소상야우의 댓소리 섯도는 듯: 순임금이 죽은 후 두 왕비가 소상강가에서 울다가 몸을 던져 죽었는데, 이 때 흘린 눈물 자국이 대나무 반점으로 남았다는 이야기와 관련됨

*화표천년의 별학이 우니는 듯: 중국 요동의 정영위라는 사람이 영허산에서 도를 배워 학이 된 후 천 년 만에 돌아와 화표주(무덤 앞의 양쪽에 세우는 한 쌍의 돌기둥)에 앉았다는 이야기와 관련됨

*약수: 전설에 등장하는 강. 부력이 약해서 기러기의 깃털도 가라앉는다고 함

🅝

1 시적 상황　시적 화자인 '나'는 돌아오지 않는 (　　　)을/를 기다리며 자신의 신세를 한탄하고 남편에 대한 원망과 그리움을 드러냄

2 시적 화자의 정서와 태도　한탄, 원망, 그리움

3 시어의 의미
 • 자최눈, (　　　): 화자의 쓸쓸한 정서를 심화시키는 객관적 상관물
 • (　　　): 귀뚜라미. 화자의 외로운 감정이 이입된 자연물
 • 지는 잎, 우는 짐승: 꿈에서나마 임을 보려고 하는 화자를 방해하는 장애물

4 표현상의 특징
 • 과거와 현재 상황의 (　　　)을/를 통해 화자의 현재 처지를 강조함
 • 다양한 자연물을 활용하여 화자의 정서를 드러냄

5 시의 주제　독수공방하는 부녀자의 (　　　)

작품 간의 공통점 파악

1 (가)와 (나)의 공통점으로 가장 적절한 것은?

① 이상과 현실의 괴리로 인한 화자의 체념적 정서가 드러나 있다.

② 공간의 이동에 따라 달라지는 화자의 심리 변화를 드러내고 있다.

③ 대비되는 상황을 제시하여 화자의 인식이나 처지를 강조하고 있다.

④ 긍정적인 대상의 행적을 예찬하며 화자가 드러내고자 하는 가치를 구체화하고 있다.

⑤ 과거에 대한 성찰을 바탕으로 현실의 문제를 극복하고자 하는 의지를 드러내고 있다.

시구의 의미 파악

3 ㉠, ㉡에 대한 이해로 가장 적절한 것은?

① ㉠은 흐릿한 기억 때문에 혼란스러운 화자의 심정을 나타낸다.

② ㉡은 현실에서는 화자가 문제를 해결할 수 없어서 선택한 방법이다.

③ ㉠은 임과의 만남에 대한 기대에서, ㉡은 임과의 이별에 대한 망각에서 비롯된다.

④ ㉠은 이미 일어난 일에 대해 회상하고, ㉡은 곧 일어날 일에 대해 단정하고 있다.

⑤ ㉠은 인연의 우연성에 대한, ㉡은 재회의 필연성에 대한 화자의 우려를 드러내고 있다.

외적 준거에 의한 작품 감상

4 〈보기〉를 참고하여 (가)와 (나)를 감상한 내용으로 적절하지 않은 것은?

> ──── 보기 ────
>
> (가)와 (나)는 이별에 대한 서로 다른 대처를 보여 준다. (가)의 화자는 사랑에 대한 통념을 뒤집고, 사랑하는 사람과의 거리와 사랑의 양에 역설적 의미를 부여한다. (나)의 화자는 외부와 단절된 채 자신의 쓸쓸한 내면에 몰입하고, 자신의 슬픔을 주변으로 확장한다. (가)는 사랑에 대한 역설적 의미를 깨달음으로써, (나)는 슬픔을 확장하고 펼쳐 냄으로써 이별에 대처한다.

① (가)의 '당신이 가신 뒤로'와 (나)의 '소식이야 더욱 알랴'는 사랑하는 대상과 이별한 화자의 처지를 보여 주는군.

② (가)에서 '즐겁고 아름다운 일은 양이 많을수록 좋은 것입니다'는 사랑에 대한 사람들의 통념이라고 할 수 있군.

③ (가)에서 '당신과 나의 거리가 멀면 사랑의 양이 많고'는 사랑하는 사람과의 거리와 사랑의 양에 대한 역설적 인식을 바탕으로 한 화자의 깨달음을 드러내는군.

④ (나)에서 '실솔이 상에 울 제'는 화자가 자신의 슬픔을 주변으로 확장한 것을 보여 주는군.

⑤ (나)에서 '부용장 적막하니 뉘 귀에 들리소니'는 화자가 외부와의 교감을 거부하고 내면에 몰입하는 모습을 드러내는군.

표현상의 특징 파악

2 (가), (나)에 대한 설명으로 적절하지 않은 것은?

① (가)는 추상적 개념을 구체화하여 주제 의식을 부각하고 있다.

② (가)는 경어체를 사용하여 대상에 대한 거리감을 드러내고 있다.

③ (나)는 자연물을 활용하여 애상적 분위기를 조성하고 있다.

④ (나)는 독백의 방식을 통해 화자가 처한 상황과 그에 따른 정서를 드러내고 있다.

⑤ (나)는 의문형 문장을 활용하여 자신의 처지에 대한 화자의 비관적 인식을 드러내고 있다.

바람이 불어 / 새 / 노마설

[1~4] 다음 글을 읽고 물음에 답하시오.

가 바람이 어디로부터 불어와 / 어디로 불려 가는 것일까.

바람이 부는데 / 내 괴로움에는 이유가 없다.

내 괴로움에는 이유가 없을까.

단 한 여자를 사랑한 일도 없다. / 시대를 슬퍼한 일도 없다.

바람이 자꾸 부는데 / 내 발이 반석 위에 섰다.

강물이 자꾸 흐르는데 / 내 발이 언덕 위에 섰다.

ㅡ 윤동주, 〈바람이 불어〉

나 새는 새장 밖으로 나가지 못한다.
매번 머리를 부딪치고 날개를 상하고 나야 보이는,
창살 사이의 간격보다 큰, 몸뚱어리.
하늘과 산이 보이고 울음 실은 공기가 자유로이 드나드는
그러나 살랑거리며 날개를 굳게 다리에 매달아 놓는,
그 적당한 간격은 슬프다.
그 창살의 간격보다 넓은 몸은 슬프다.
넓게, 힘차게 뻗을 날개가 있고
날개를 힘껏 떠받쳐 줄 공기가 있지만
새는 다만 네 발 달린 짐승처럼 걷는다.
부지런히 걸어 다리가 굵어지고 튼튼해져서
닭처럼 날개가 귀찮아질 때까지 걷는다.
새장 문을 활짝 열어 놓아도 날지 않고
닭처럼 모이를 향해 달려갈 수 있을 때까지 걷는다.
걸으면서, 가끔, 창살 사이를 채우고 있는 바람을
부리로 쪼아 본다, 아직도 벽이 아니고 / 공기라는 걸 증명하려는 듯.
유리보다도 더 환하고 선명하게 전망이 보이고
울음 소리 숨내음 자유롭게 움직이도록 고안된 공기,
그 최첨단 신소재의 부드러운 질감을 음미하려는 듯.

ㅡ 김기택, 〈새〉

다 숭정(崇禎) 9년 4월에, 주인이 노비 운(雲)을 시켜 마구간 바닥에 매어 엎드려 있는
말을 끌어 내오게 하고, 말에게 이르기를,

감상 매뉴얼

가

1 **시적 상황** 시적 화자인 '나'는 바람을 맞
으며 서서 (　　　)의 이유를 탐색하고
있음

2 **시적 화자의 정서와 태도** 번민, 고뇌

3 **시어의 의미**
• 바람, (　　　): 움직이는 대상. 화자
의 변화를 촉구하는 시대 의식
• (　　　), 언덕: 움직이지 않는 대상.
현실에 소극적으로 대응하는 화자의 모
습

4 **표현상의 특징**
• (　　　)적 이미지를 통해 주제를 부
각함
• 유사한 어구의 반복으로 리듬감을 형성
함

5 **시의 주제** 현실에 안주하는 삶에 대한
(　　　)

나

1 **시적 상황** 시적 화자는 새장 속의 새를
관찰하면서 새의 모습에서 (　　　)의
모습을 떠올림

2 **시적 화자의 정서와 태도** 비판, 성찰

3 **시어의 의미**
• (　　　): 자유에 대한 갈망을 잃은 존
재. 일상에 안주하는 삶을 사는 현대인
을 상징함
• (　　　): 새에 잠재된 본성. 자유로움
을 의미함
• 걷는다: 본성을 잃은 새의 모습

4 **표현상의 특징**
• 현대인의 삶을 (　　　)에 갇힌 새에
빗대어 표현함
• (　　　)적 어조로 현실에 안주하는
현대인에 대한 비판 의식을 드러냄
• 유사한 통사 구조의 반복을 통해 의미
를 강조함

5 **시의 주제** 새장에 갇힌 새의 모습을 통
한 현대인의 삶에 대한 (　　　)

[A] "안타깝구나, 말아. 너의 나이도 이제 많아졌고 힘도 쇠하여졌구나. 장차 너를 빨리 달리게 한즉 네가 달릴 수 없음을 알며, 장차 너를 뛰게 한즉 네가 그럴 수 없음을 안다. 내가 너에게 수레를 매어 매우 멀고 험한 길을 넘게 한즉 너는 넘어질 것이며, 내가 너에게 무거운 짐을 싣고 풀이 우거진 먼 길을 건너게 하면 너는 곧 죽을 것이다. 말이여, 장차 너를 어디에 쓰겠느냐? 너를 백정에게 주어 뼈와 살을 바르게 할까? 나는 너에게 차마 그럴 수는 없다. 장차 너를 성 안의 저자거리에 가서 팔더라도 사람들이 너에게서 무엇을 얻겠느냐? 안타깝다 말아. 나는 이제 너의 재갈을 벗기고 굴레를 풀어 놓아 네가 가고자 하는 곳을 너에게 맡길 것이니, 가거라. 나는 너에게서 취하여 쓸 것이 없구나."

라고 하니, 말은 이에 귀를 쫑그리고 듣는 것처럼 하고, 머리를 쳐들고 하소연하는 듯하며 몸을 웅크리고 오랫동안 있으나 입으로 말을 할 수는 없는 것이었다. 그러나 그의 대답을 추측컨대,

[B] "슬프구나. 주인의 말씀이 이처럼 정성스러울까. 그러나 주인 역시 어진 사람은 아니다. 옛날 나의 나이가 아직 어려 힘이 왕성할 때, 하루에 백 리를 달렸으나 가는 것에 힘이 없지 아니하였고, 한 번 짐을 실음에 몇 석을 실었으나 나의 힘이 강하지 않은 것이 아니었다. 그리고 주인은 가난하였는데, 생각하건대 내가 아는 바로는, 쑥으로 사방의 벽을 쳤고, 쓸쓸하게 텅 빈집에는 동이에 한 말의 조를 쌓아 둠이 없었고, 광주리에는 한 자의 피륙도 저장함이 없었다.

마누라는 야위어 굶주림에 울고 여러 아이들은 밥을 찾으나, 아침에는 된 죽 저녁에는 묽은 죽을 구걸하듯 빌어서 끼니를 이어갔다. 그 당시에 나는 진실로 힘을 다하여 동서로 오가고, 오직 주인의 목숨만을 생각하며 남북으로 오갔으니, 오직 주인의 목숨을 위해 멀리는 몇 천리 가까이는 몇 십 몇 백리를 짐을 싣고 달리며 짐을 싣고 뛰며 옮기기에 일찍이 감히 하루라도 편히 살지 못했으니, 나의 수고로움은 컸다고 말할 수 있을 것이다. 주인집의 여러 식구의 목숨이 나로 인해 완전할 수 있었으며, 나로 말미암아 길 위에서 굶어 죽은 시체로 도랑에 빠지지 않게 되지 않았는가. 〈중략〉

쌓인 피로를 쉬고 고달픔에서 깨어나게 할 수 있으며, 흔들거리거나 넘어지지 않게 하고 피곤함에서 소생할 수 있게 하며, 힘을 헤아려 짐을 맡기고, 재주를 헤아려 일을 시키면 비록 늙더라도 오히려 능히 빠르게 떨치면서 길게 울어 주인을 위해 채찍질을 당하면서 쓰임에 대비하고 남은 목숨을 마치는 것이 나의 큰 행복입니다. 버림받는 것으로 마칠 뿐이라면 나는 곧 발굽으로 눈서리를 밟고 털로는 찬바람을 막으며 풀을 먹고 물을 마시며 애오라지 스스로 기르며 나의 천명을 완전히 한다면 도리어 나의 참된 천성에 거슬리는 것이니, 나에게 어찌 아픔이겠습니까? 감히 말씀드립니다."

주인이 이에 실의(失意)하여 탄식하며 이르기를,

"이것은 나의 잘못이로다. 말에게 무슨 죄가 있는가? 옛날에 제(齊)나라 환공(桓公)이 가다가 길을 잃었는데, 관자(管子)가 늙은 말을 풀어놓고 따라가기를 청했으니, 관자만이 오직 늙은 말을 버리지 않고 사용한 것이다. 이러한 까닭으로 능히 그 임금을 도와 천하를 제패한 것이다. 이로 말미암아 보건대 늙은 말을 어찌 소홀히 할 수 있겠는가?"

– 홍우원, 〈노마설(老馬說)〉

📖

1 **중심 제재** 늙은 말의 (   )

2 **글쓴이의 경험** 늙어서 쓸모없게 된 말을 내치려고 하는 주인과 이에 항변하는 말의 (   )을/를 상상함

3 **글쓴이의 관점과 태도** 자신의 필요에 따라 쉽게 취하고 쉽게 버리는 인물에 대해 (   )적 태도를 드러냄

4 **표현상의 특징**
• 주장과 이에 대한 (   )의 대화 형식으로 내용이 전개됨
• 늙은 말을 버리려는 상황에 빗대어 쓸모에 따라 취하고 버리는 인물과 세태를 비판함

5 **수필의 주제** 쓸모가 없어졌다고 하여 버리거나 소홀히 대하는 삶의 태도 비판

작품 간의 공통점과 차이점 파악

1 (가)~(다)에 대한 설명으로 적절하지 <u>않은</u> 것은?

① (가)~(다)는 모두 특정 부사어를 반복하여 화자나 인물의 생각을 강조하고 있다.

② (가)는 (나)와 달리 동적인 이미지와 정적인 이미지의 대립을 통해 주제를 부각하고 있다.

③ (나)는 (가)와 달리 화자가 겉으로 드러나지 않은 채 대상에 대한 정서를 드러내고 있다.

④ (다)는 (가), (나)와 달리 의인화된 대상의 목소리를 직접 제시하여 주제를 형상화하고 있다.

⑤ (가), (다)는 (나)와 달리 의문 형식의 문장을 활용하여 화자의 태도나 전달하고자 하는 내용을 강조하고 있다.

시구의 의미와 기능 파악

2 (가)에 대한 이해로 가장 적절한 것은?

① '불려 가는'이라는 피동 표현을 통해 자신이 처한 현실에 순응하려는 화자의 태도를 강조하고 있다.

② '이유가 없을까'라는 물음의 형식으로 화자의 정신적 고통에 타당한 이유가 없음을 단정하고 있다.

③ '사랑한 일'과 '슬퍼한 일'을 병치하여 화자의 개인적 불행이 시대에 대한 무관심의 원인임을 암시하고 있다.

④ '없다'의 반복을 활용하여 자신의 삶과 내면을 응시하는 화자의 반성적 자세를 드러내고 있다.

⑤ '흐르는데'와 '섰다'의 대비를 통해 변함없는 자연에서 깨달음을 얻으려는 화자의 의지를 드러내고 있다.

외적 준거에 의한 작품 감상

3 〈보기〉를 바탕으로 (나)를 감상한 내용으로 적절하지 <u>않은</u> 것은?

보기

〈새〉에서 '새장에 갇힌 새'는 일상의 안온함에 길들어 자유를 억압하는 일상을 벗어나지 못하는 현대인의 알레고리이다. '새'의 행동에 대한 묘사는 일상에 충실할수록 잠재된 힘과 본질을 잃어 가는 아이러니와, 일상에 만족하며 자유로운 삶의 가능성을 외면하는 현대인의 모습을 보여 준다.

① 몸이 창살에 부딪치고 나서야 창살의 간격이 보이는 새는, 일상에 갇힌 자신을 의식하는 현대인의 모습을 보여 주는군.

② 바깥 풍경이 보일 정도로 적당한 간격의 창살로 된 새장은, 안온함과 억압성이라는 양가성을 지닌 일상을 보여 주는군.

③ 닭처럼 날개가 귀찮아질 때까지 부지런히 걷는 새는, 성실한 생활이 잠재력의 상실로 이어지는 아이러니를 보여 주는군.

④ 새장 문이 열려도 날지 않고 모이를 향해 달려갈 수 있을 때까지 걷는 새는, 자신의 본질에 충실하다 보니 오히려 자유를 상실하게 되는 상황을 보여 주는군.

⑤ 하늘을 자유롭게 날도록 날개를 밀어 올리는 공기를 음미할 대상으로만 여기는 듯한 새는, 자유로운 삶의 가능성을 외면하고 일상에 안주하려는 현대인의 모습을 보여 주는군.

말하기 방식의 특징 파악

4 [A]와 [B]에 대한 이해로 적절하지 <u>않은</u> 것은?

① [A]는 효용성을 기준으로 상대를 평가하여 결론을 도출하고 있다.

② [B]는 상대방의 과거 삶의 모습을 구체적으로 제시하여 자신의 공로를 부각하고 있다.

③ [A]는 이득을 고려하여 주장을 펼치고 있고, [B]는 근거를 들어 이에 대해 반박하고 있다.

④ [A]와 [B]는 모두 상황에 대한 발화자의 감정을 직접적으로 드러내고 있다.

⑤ [A]와 [B]는 모두 가정형 진술을 활용하여 주장의 타당성을 뒷받침하고 있다.

수능 기출 완성

밥 먹듯이
매일매일

국어 공부

밥 시리즈의 새로운 학습 시스템

'밥 시리즈'의
학습 방법을
확인하고
공부 방향 설정

→

권장 학습 플랜을
참고하여
자신만의
학습 계획 수립

→

학습 방법과
학습 플랜에 맞추어
밥 먹듯이 꾸준하게
국어 공부

→

수능 국어
1등급을 달성

▶ 수능 국어 1등급 달성을 위한 학습법 제시 ▶ 문학, 비문학 독서, 언어와 매체, 화법과 작문 등 국어의 전 영역 학습 ▶ 문제 접근 방법과 해결 전략을 알려 주는 친절한 해설

처음 시작하는 밥 비문학
• 전국연합 학력평가 고1, 2 기출문제와 첨삭식 지문 · 문제 해설
• 예비 고등학생의 비문학 실력 향상을 위한 친절한 학습 프로그램

밥 비문학
• 수능, 평가원 모의평가 기출문제와 첨삭식 지문 · 문제 해설
• 지문 독해법과 문제별 접근법을 제시하여 비문학 완성

처음 시작하는 밥 문학
• 전국연합 학력평가 고1, 2 기출문제와 첨삭식 지문 · 문제 해설
• 예비 고등학생의 문학 실력 향상을 위한 친절한 학습 프로그램

밥 문학
• 수능, 평가원 모의평가 기출문제와 첨삭식 지문 · 문제 해설
• 작품 감상법과 문제별 접근법을 제시하여 문학 완성

밥 언어와 매체
• 수능, 평가원 모의평가, 전국연합 학력평가 및 내신 기출문제
• 핵심 문법 이론 정리, 문제별 접근법, 풍부한 해설로 언어와 매체 완성

밥 화법과 작문
• 수능, 평가원 모의평가 기출문제
• 문제별 접근법과 풍부한 해설로 화법과 작문 완성

밥 어휘력
• 필수 어휘, 다의어 · 동음이의어, 한자 성어, 관용어, 속담, 국어 개념어
• 방대한 어휘, 어휘력 향상을 위한 3단계 학습 시스템

현대시 **출제 예상 필수 작품** 총정리!
문학 고수를 만드는 **명품 실전서!**

명강

현대
시

[정답과 해설]

꿈을담는틀
Dream Matrix

정답과
해설

01 겨울 일기 / 나와 나타샤와 흰 당나귀

p. 16~17

> 감상 매뉴얼 **가** 1 실연 2 상실감 3 겨울, 고통 4 반어, 대조
> **나** 1 나타샤 3 나타샤, 산골, 세상 4 순백, 대립, 반복
>
> 1 ② 2 ② 3 ⑤ 4 ⑤

1 답 ②

○정답 풀이

(가)는 겨울에 나뭇잎이 모두 떨어진 나무들의 이미지를 활용하여 사랑하는 사람을 잃은 뒤에 느끼는 쓸쓸함을 형상화하고 있고, (나)는 겨울에 쏟아지는 흰 눈의 이미지를 활용하여 화자의 순수한 세계에 대한 열망을 형상화하고 있다.

2 답 ②

○정답 풀이

'누워서 편히 지냈다'는 사랑하는 사람을 잃은 고통을 반어적으로 표현한 것이다. 화자는 사랑하는 사람을 잃은 슬픔 때문에 겨울 동안 타인과의 소통을 거부한 채 죽음을 생각하며 지냈으므로, 겨울을 실연의 아픔을 치유하는 시간이라고 보기는 어렵다.

✕오답 풀이

① 1연의 '독백도 끝이 나고 / 바람도 불지 않아'는 사랑하는 사람으로 인한 고민과 설렘이 끝났다는 뜻으로, 화자가 사랑하는 사람과 이별했음을 알 수 있다.

③ 2연에서 '벌거벗은 나무들'이 추워 울거나 숲이 되어도 '무관'하다는 것은 밖의 자연이 어떤 상태이건 자신과 관계가 없다는 뜻으로, 화자가 느끼는 고립감과 단절감을 드러내고 있다.

④ 3연의 '문'은 외부 세계와의 통로를 의미하는 소재로, '문 한 번 열지 않고'에서 화자가 실연으로 인한 고통 때문에 다른 사람과의 소통을 차단하고 있음을 알 수 있다.

⑤ 3연의 '반추 동물처럼 죽음만 꺼내 씹었다.'에서는 사랑을 잃은 상실감으로 인한 화자의 처절한 고통을 드러내고 있다.

3 답 ⑤

○정답 풀이

(나)는 서정적 요소가 강한 시로 서사적 형식을 취하고 있다고 보기 어려우며, 공동체적 삶에 대한 염원과도 거리가 멀다.

✕오답 풀이

① 순백의 시각적 이미지를 중심으로 시상을 전개하고 있다.

② '눈은 푹푹 나리고'와 같은 시구를 반복하여 화자의 정서를 심화하고 있다.

③ 사랑하는 이와 순수의 세계인 산골로 가자는 상상(소망)을 독백적 어조로 전하고 있다.

④ '산골'과 '세상'처럼 대립적 이미지의 시어를 부각시켜 화자의 현실 인식을 드러내고 있다.

4 답 ⑤

[전국 연합 기출]

○정답 풀이

'나타샤'가 '나'를 사랑하는 마지막 연의 상황은 '나'의 상상이자 소망으로 '나타샤'의 아름다운 이미지는 끝까지 지속된다.

✕오답 풀이

① 화자인 '나'는 아름다운 나타샤와 흰 당나귀를 타고 깊은 산골로 가 마가리에 살고 싶은 소망을 지니고 있다.

② 흰색은 그 속성상 순결함의 이미지를 지니고 있으며 이는 더러운 세상을 버리고 싶어 하는 순결함에 대한 '나'의 지향을 드러낸 것이다.

③ '마가리'는 두 사람만의 내밀한, 그리고 더러운 세상과 단절되고 고립된 공간이다. 눈이 푹푹 내려 쌓이면 세상과 고립될 수 있고 깊은 산골은 사람이 드문 곳이라는 점에서 두 시어는 이러한 '마가리'의 이미지를 강조하고 있다.

④ 2연에서 혼자 술을 마시며 상상을 하는 '나'의 모습에서 고독한 화자의 처지와 나타샤에 대한 그리움을 느낄 수 있다.

02 겨울밤의 꿈 / 목계 장터

p. 18~19

> 감상 매뉴얼 **가** 1 연탄 3 꿈 4 도치 5 서민
> **나** 1 떠돌이 3 방랑(유랑), 들꽃, 물여울 4 대립, 운율 5 애환
>
> 1 ③ 2 ④ 3 ④ 4 ⑤

1 답 ③

○정답 풀이

(가)는 '~ 데워 주고'와 '식후에 ~을(를) ~는 동안'의 문장 구조를 반복하여 서민들의 삶에 도움을 주는 연탄의 의미를 강조하고 있다. 그리고 (나)는 '~은 날더러 ~이 되라 하고(하네)'의 문장 구조를 반복하여 방랑과 정착의 삶 사이에서 갈등하는 화자의 상황을 강조하고 있다.

2 답 ④

[전국 연합 기출 변형]

○정답 풀이

(가)에서 '꿈'은 연탄가스에서 촉발된 상상을 시각적으로 보여 주는 장치로 가난한 서민들의 삶이 따뜻해지기를 바라는 화자의 소망을 드러내는 것일 뿐, 현실에서의 좌절감을 극복하는 수단으로 볼 수 없다.

✕오답 풀이

① 연탄이 가난한 시민들의 살과 피를 데워 준다는 것은, 1960년대 당시 서민들의 주된 에너지원이었던 연탄이 그들에게 온기를 주는 수단이었음을 나타낸 것이다.

② 라디오가 없어 이웃집의 라디오 소리를 엿듣는 아들의 모습은 1960년대 당시 경제적으로 넉넉하지 못한 서민의 모습을 구체적으로 보여 주는 것이다.

③ 화자는 연탄이 오래전 과거의 지층에서 비롯되었다는 것을 바탕으로 '연탄가스'에서 '쥐라기의 지층'을 연상한 것으로 볼 수 있다.

⑤ '쥐라기의 새와 같은 새'는 서민들의 일상을 따뜻하게 데워 주는 연탄에서 연상된 대상으로, '쥐라기의 새와 같은 새'가 가난한 서민들의 생활 공간인 '제일 낮은 지붕' 위에 내려와 앉는다는 것은 서민들의 삶이 따뜻해지기를 바라는 화자의 소망이 감각적으로 형상화된 것으로 볼 수 있다.

3 답 ④

○ 정답 풀이

(나)는 목계 장터라는 구체적 삶의 공간을 배경으로, 유랑하는 민중의 애환과 운명적 고뇌를 노래하고 있는 작품이다. 이 시에는 방랑과 정착 사이에서 갈등하는 화자의 정서가 드러나고 있을 뿐, 계절의 변화나 이에 따른 화자의 정서 변화가 나타나 있지는 않다.

✗ 오답 풀이

①, ② (나)는 4음보의 율격과 '-네'의 종결 어미 반복을 통해 운율을 형성하고 있다.

③ (나)는 '구름', '바람' 등으로 상징되는 '방랑'의 이미지의 시어와 '들꽃', '잔돌'로 대변되는 '정착'의 이미지의 시어가 대조를 이루며 주제를 형상화하고 있다.

⑤ (나)는 독백적 어조를 통해 방랑과 정착 사이에서 갈등하는 화자의 정서를 드러내고 있다.

4 답 ⑤

○ 정답 풀이

'짐 부리고 앉아 쉬는'은 고달픈 생활에서 벗어나 잠시나마 쉬고 싶은 정서를 표현한 것일 뿐, 가혹한 현실을 극복하려는 의지가 드러나 있다고 보기는 어렵다.

✗ 오답 풀이

① '구름'과 '바람'은 방랑의 이미지로, 떠돌이의 삶을 나타낸다.

② '가을볕도 서러운'은 뜨거운 가을볕 아래에서도 떠돌아다니며 물건을 팔아야 하는 방물장수의 애환을 표현한 것으로, 유랑하는 민중들의 삶의 비애가 드러나 있다.

③ '들꽃', '잔돌'은 정착의 이미지로, 보잘것없는 민중들의 삶을 상징한다.

④ '산 서리'와 '물여울'은 각각 맵차고 모질어 민중들을 괴롭게 하는 존재이므로, 유랑의 삶 속에서 겪게 되는 시련과 고난으로 볼 수 있다.

03 음지의 꽃 / 달걀 속의 생 2

p. 20~22

감상 매뉴얼 가 1 버섯 3 음지의 꽃 4 영탄 5 생명력
나 1 연민 3 달걀 4 대조, 촉각 5 초연

| 1 ③ | 2 ⑤ | 3 ② | 4 ① | 5 ④ |

1 답 ③

○ 정답 풀이

(나)의 3연에서 화자는 '~ 중이었을까', '~ 있을까', '~ 것인

가' 등과 같이 의문형 문장을 사용하고 있는데, 이를 통해 달걀과 자신을 동일시하면서 부화하지 못하고 냉장칸에 갇혀 있는 달걀에 대한 연민의 정서를 드러내고 있다. (가)에는 의문형 문장이 나타나 있지 않다.

✗ 오답 풀이

① (가)는 '후드득'이라는 음성 상징어를 사용하여 버섯의 강인한 생명력을 생동감 있게 드러내고 있고, (나) 역시 '바글바글'이나 '보글보글'과 같은 음성 상징어를 사용하여 병아리의 활동적인 모습을 생동감 있게 제시하고 있다.

② (가)는 벌목으로 썩어 가던 참나무 떼에서 버섯이 피어나는 과정을 시간의 순서대로 제시하고 있다. 반면 (나)는 화자가 현재 냉장고 속의 달걀들을 보다가(1연), 생명력이 넘치는 노란 병아리들을 보았던 과거를 회상하고(2연), 다시 현재로 돌아와 자신의 모습을 성찰하고 있으므로(3, 4연), 시간 순서를 역전하여 시상을 전개하고 있다.

④ (가)는 참나무 떼와 버섯을, (나)는 달걀을 사람처럼 표현하였으므로, (가)와 (나)는 모두 의인화한 대상을 제시하고 있다. 한편 (나)의 '달걀'은 화자가 연민을 느끼는 대상으로, 이를 통해 지향하는 삶의 모습을 드러내고 있지는 않다.

⑤ (나)에는 달걀의 흰색과 병아리의 노란색이 대비를 이룬다고 볼 수 있으나, (가)에는 색채 대비가 나타나 있지 않다.

2 답 ⑤

○ 정답 풀이

㉠은 생명력이 상실된 부정적 상황에서 피어나는 버섯으로, 강인한 생명력이라는 삶의 가치를 부각하고 있다. ㉡은 희망의 온도가 차츰 내려가는 부정적 상황과 대비되는 존재로, 따스한 생명력이라는 삶의 가치를 부각하고 있다.

3 답 ②

[평가원 기출]

○ 정답 풀이

[B]에는 참나무가 썩어 갈수록 '바람'이 높은 곳에서 참나무를 흔드는 움직임이 나타난다. 그리고 [C]에서 그 '바람'은 '잠자던 홀씨들'을 일어나게 하는데, 이 '홀씨들'의 일어남은 참나무의 상처마다 '버섯'이 피어나는 상황으로 이어진다. 따라서 [B]에서 참나무를 흔드는 바람의 움직임은, [C]에서 홀씨들이 일어나 버섯이 피어나는 상황과 순차적 관계를 형성한다고 할 수 있다.

4 답 ①

○ 정답 풀이

(나)에서 화자는 '달걀'이라는 시적 대상을 매개로 하여 자신의 삶을 성찰하고 있는데, 이 과정에서 어조의 변화나 화자의 심리 변화는 드러나 있지 않다.

✗ 오답 풀이

② 생명력이 넘치는 병아리를 보았던 과거의 체험이 냉장고 속의 달걀에 대한 연민을 불러일으키고 있다.

③ '나'라는 화자가 '달걀'을 보며 연민과 동질감을 느끼면서 마지막 연에서 절망에 대한 인식을 드러내고 있다.

④ 화자는 1연에서 '난 그것들을 쉽게 먹을 순 없을 것 같애'라고 진술하고, 2연 이후에서 그 이유를 밝히고 있다.

⑤ 화자는 희망소비자 가격보다 더 싸게 팔려와 차가운 냉장고 속에 있는 달걀과 자신을 동일시하며 자신이 처한 절망적 현실을 드러내고 있다.

5 답 ④

○ 정답 풀이

(가)에서 '서로에게 기댄 채' 겨울을 나고 있는 참나무 떼의 모습은 서로를 의지하며 고통을 감내하고 있는 모습일 뿐, 부정적 현실에 맞서고자 하는 모습으로 볼 수 없다. 또한 (나)에서 '달걀들의 속삭임소리'는 화자가 차가운 냉장고 속에 있는 달걀들을 보며 상상한 것일 뿐, 부정적인 현실에 맞서고자 하는 태도와 관련이 없다.

✕ 오답 풀이

① (가)에서 벌목으로 인해 참나무 떼가 썩어 가는 '패역의 골짜기'와 (나)에서 달걀의 부화를 가로막는 '냉장고'는 모두 생명력을 위협하는 부정적 공간이다.

② (가)에서는 참나무를 채워 주지 못하는 '낙엽', '바람'과 뿌리 없는 독기로 참나무를 채워 주는 '버섯'이 대조적 의미로 사용되었다. 그리고 (나)에서는 부화의 가능성을 잃어버린 '달걀 한 줄'과 부화한 '병아리'가 대조적 의미로 사용되었다.

③ (가)에서 '겨울'은 생명력을 잃어버린 '패역의 골짜기'의 부정적인 성격을 강화하고 있고, (나)에서 차가운 '냉장칸'은 달걀의 부화를 막는 '냉장고'의 부정적인 성격을 강화하고 있다.

⑤ (가)에서는 상처를 딛고 피어나는 '버섯'에 대한 예찬적 태도를 통해 자연의 강인한 생명력이라는 주제 의식을 짐작할 수 있다. (나)에서는 부화하지 못하고 냉장고에 꽂혀 있는 '달걀'에 대한 연민, 그리고 달걀과 화자와의 동일시를 통해 절망적 현실에 대한 연민이라는 주제 의식을 짐작할 수 있다.

벽 / 상행

p. 23~25

감상 매뉴얼 **가** 1 벽 3 만원 전동차, 벽 4 대비 5 비판
나 1 비판 3 낯선 얼굴, 낯익은 얼굴들 4 반어 5 소시민

| 1 ④ | 2 ④ | 3 ③ | 4 ④ |

1 답 ④

○ 정답 풀이

(가)는 만원 전동차에서 승객들의 견고한 벽에 둘러싸여 꼼짝하지 못하는 할머니의 상황을 관찰하여 묘사하는 방식으로, (나)는 상행 열차를 타고 서울로 올라가는 '너'에게 말을 건네는 방식으로 시상을 전개하고 있다.

✕ 오답 풀이

① (나)는 시적 대상을 '너'에서 '너'와 '나'로 확대하여 시적 상황이 우리 모두의 문제임을 강조하고 있지만, (가)는 시적 대상을 확대하고 있지 않다.

② (나)에는 '가을', '저녁', '상행 열차' 등 시간적, 공간적 배경이 모두 구

체적으로 제시되어 있지만, (가)에는 '만원 전동차'라는 공간적 배경만 나타날 뿐 시간적 배경이 제시되어 있지 않다.

③ (가)의 화자는 만원 전동차에서 내리려는 할머니와 할머니를 둘러싼 승객들을 계속해서 관찰하고 있으므로, 시선의 이동을 중심으로 시상을 전개하고 있다고 볼 수 없다. (나)는 '평택을 지나갈 때' 등에서 부분적으로 공간의 이동이 언급되지만, 전체적으로는 현실에 대한 비판 의식을 청자인 '너'에게 반어적으로 말하는 방식으로 시상을 전개하고 있다.

⑤ (가)는 '꼼지락거리고', '허우적거리고', '떠밀어도' 등을 통해 정적인 이미지보다 동적인 이미지가 두드러짐을 알 수 있다. (나)는 부분적으로 동적인 이미지가 나타나지만 이를 중심으로 시상을 전개하고 있다고 볼 수 없다.

2 답 ④

[전국 연합 기출]

○ 정답 풀이

ⓔ은 '빈틈'을 세게 조이는 승객들의 모습을 나타낸 표현으로, 이로 인해 할머니가 만원 전동차에서 빠져나오기가 더욱 어려워질 것임을 예상할 수 있다. 따라서 ⓔ이 속박된 상황을 벗어나려는 할머니의 모습을 강조하고 있다는 설명은 적절하지 않다.

✕ 오답 풀이

① ⓐ은 승객들에게 둘러싸인 할머니가 전동차에서 내리려고 하는 행동이 소용없음을 나타낸 표현으로, 할머니가 혼자의 힘으로는 문제를 해결할 수 없음을 부각하고 있다.

② ⓑ은 할머니를 둘러싸고 있는 승객들의 견고한 상태를 나타낸 표현으로, 이로 인해 할머니가 전동차에서 내리는 것이 더욱 어려워질 것임을 강조하고 있다.

③ ⓒ은 전동차에서 내리려는 할머니의 꿈틀거림에도 전혀 반응하지 않는 승객들의 모습을 나타낸 표현으로, 이를 통해 승객들이 할머니의 고통에 반응하지 않음을 부각하고 있다.

⑤ ⓓ은 내리려고 안간힘을 쓰는 할머니를 둘러싼 승객들의 모습을 나타낸 표현으로, 이를 통해 약자를 배려하지 않고 자신들의 상황만을 고수하고 있는 승객들의 비정한 모습을 부각하고 있다.

3 답 ③

[전국 연합 기출]

○ 정답 풀이

(나)는 시의 내용이 화자의 의도와 반대로 표현된 반어적 어조를 통해 현실을 비판하고 있다. 즉 표면적으로는 현실의 부정적인 모습에 대해 외면하고 세속적인 문제나 자신의 안위 등에만 관심을 가지라고 권유하고 있으나, 실은 이러한 소시민적 의식에서 벗어나 왜곡된 근대화에 대해 비판 의식을 가질 것을 말하고 있다.

✕ 오답 풀이

① 회상의 방식이 나타나 있지 않다.

② 수미상응의 구조가 사용되지 않았다.

④ 근경에서 원경으로 시선을 이동하지 않았다.

⑤ 화자의 정서를 특정 사물에 투영한 것이 아니며 그리움의 정서를 환기한 것도 아니다.

4 답 ④

[전국 연합 기출]

○ 정답 풀이

시적 대상인 '너'가 흔들리는 차창에서 발견한 '낯선 얼굴'은 현실

에 순응하지 않고 비판적인 태도를 가지고 있는 '너'의 본래의 모습을 의미한다. 반면 '낯익은 얼굴들'은 현실에 순응하며 살아가는 '너'를 포함한 일반적인 사람들의 소시민적 모습을 의미한다. 그러므로 시적 화자(A)는 '낯선 얼굴(B)'에 대해서는 긍정적으로, '낯익은 얼굴들(C)'에 대해서는 부정적으로 생각할 것이다. 따라서 시적 화자가 인식의 변화를 기대한다면, 그 대상은 B가 아니라 C일 것이다.

05 봄비 / 산에 언덕에

p. 26~27

> **감상 매뉴얼** **가** **1** 봄비, 임 **2** 슬픔 **3** 비, 죽음 **4** 3음보 **5** 애상
> **나** **3** 꽃, 행인 **4** 운율, ㅡㄹ지어이 **5** 실현
>
> **1** ③ **2** ⑤ **3** ③ **4** ⑤ **5** ④

1 답 ③

○ 정답 풀이

(가)는 임과 사별한 화자의 슬픔을 생명력 넘치는 봄의 풍경과 대비하여 시종일관 담담하고 절제된 어투로 노래하고 있다. 화자의 정서가 급박하게 변하고 있는 부분은 나타나 있지 않다.

✗ 오답 풀이

① 1연에서는 시 전체의 분위기를 암시하고 있는 '비'와 화자의 감정을 직접적으로 드러내고 있는 '서러운' 등의 시어를 통해 시 전체의 애상적 정서와 분위기를 짐작할 수 있게 한다.

② 2연에서는 '푸르른 보리밭', '종달새' 등 봄이 왔음을 알리는 자연물을 통해, 임과 사별한 화자의 슬픔과는 상반되는 생명력 넘치는 분위기를 드러내고 있다.

④ 4연의 '향연'은 향이 타며 나는 연기로, 임의 죽음을 암시한다. 이를 통해 1연에서 느끼는 서러움의 원인이 임의 죽음 때문임을 유추할 수 있다.

⑤ 이 시에서 '봄'이라는 계절적 배경은 임과 사별한 슬픔을 부각하는 데 있어 중요한 역할을 하고 있다.

2 답 ⑤

○ 정답 풀이

(가)는 생동감 넘치는 봄의 풍경과 임의 죽음을 대비하여 임과 사별한 슬픔을 부각하고 있는 작품이다. 이 시에서 '비'는 하강 이미지를 형성하는 시어로, 시 전체적으로 애상적 분위기를 조성하고 있다. 따라서 상반되는 분위기를 조성한다는 설명은 적절하지 않다.

✗ 오답 풀이

① 봄이 되어 생명력을 뽐내는 '풀빛, 푸르른 보리밭, 종달새, 꽃밭, 아지랑이' 등의 자연물은 (가)의 상승 이미지를 형성하고 있다.

② 임의 죽음과 관련된 애상적 정서를 함축하고 있는 '비'는 (가)의 하강 이미지를 형성하고 있다.

③ (가)는 생명력 넘치는 봄의 풍경과 관련된 상승 이미지와 임의 죽음

과 관련된 하강 이미지가 대비를 이루며 시상이 전개되고 있다.

④ '아지랑이'가 피어오르는 모습은 죽은 임의 영정에서 피어오르는 '향연'과 유사한 모습을 보이고 있다. 따라서 봄의 소생을 알리는 상승 이미지의 '아지랑이'는 '향연'과 대비되어 화자의 슬픔을 더욱 부각하는 역할을 하고 있다.

3 답 ③

[전국 연합 기출]

○ 정답 풀이

(나)는 '그리운 그의 ~ 다시 ~ 수 없어도', '~에 ~에 ~ㄹ지어이' 등 유사한 통사 구조를 반복적으로 제시하여 운율감을 형성하고 있다.

4 답 ⑤

[전국 연합 기출]

○ 정답 풀이

5연은 1연과 2연의 내용이 변주되어 반복된 것으로 그리운 '그'가 다시 이 땅에 피어나기를 바라는 화자의 간절한 소망을 담은 것이다. 자연과 하나가 된 화자의 모습을 부각했다고 하는 것은 적절하지 않다.

5 답 ④

○ 정답 풀이

(나)의 화자는 '행인'을 자신의 객관적 대리인으로 설정하고 있기 때문에, 화자가 '행인'에게 건네는 말은 곧 화자 스스로에게 하는 말이기도 하다. (나)에서 4·19 혁명 희생자들은 '그'로 대변되고 있는데, 화자는 '그'의 영혼이 들에 언덕에 다시 피어날 것이라고 믿고 있다. 따라서 '행인'이 4·19 혁명 희생자들의 염원이 외면당하는 현실을 개탄하고 있다는 설명은 적절하지 않다.

✗ 오답 풀이

①, ③ 〈보기〉에서 설명하고 있는 4·19 혁명의 희생자들은 (나)의 '그'와 연결 지을 수 있다. '그의 얼굴', '그의 노래'는 화자가 그리워하는 대상으로 4·19 혁명 당시 '그'가 외쳤던 정신을 담고 있는 것으로 볼 수 있다.

② 'ㅡㄹ지어이'는 소망과 당위의 의미를 강조하는 종결 어미로, '피어날지어이'에는 '그'의 정신이 부활하기를 바라는 화자의 마음이 담겨 있다.

⑤ '울고 간'이라는 표현에서 '그'의 삶이 비극적이었다는 것을 확인할 수 있다. 〈보기〉를 참고한다면, 순탄치 못했던 '그'의 삶은 독재 권력의 억압적인 현실로 인한 것이었음을 추론할 수 있다.

06 거울 / 새 1

p. 28~29

> **감상 매뉴얼** **가** **1** 분열 **3** 거울, 악수 **4** 자동기술법, 띄어쓰기
> **5** 자아 분열
> **나** **1** 순수함 **3** 새, 납, 인간 **4** 대립 **5** 폭력성
>
> **1** ② **2** ⑤ **3** ④ **4** ⑤

1 답 ②

○정답 풀이

사물을 대칭적으로 보여 주는 '거울'이라는 소재의 특성을 활용하여 현실적 자아와 내면적 자아로 분열된 화자의 정신적 단절, 화해 시도와 실패, 자아 분열에 대한 안타까움을 효과적으로 드러내고 있다.

✗오답 풀이

① '거울속'이라는 현실과 단절된 자의식의 세계가 나타나지만, 이러한 비현실적 공간의 제시가 환상적인 분위기를 조성하고 있다고 보기는 어렵다.

③, ④ 이 시는 띄어쓰기를 무시하는 등 기존 어법의 파괴를 통해 현실적 자아와 내면적 자아가 단절된 상황을 나타내고 있다.

⑤ 처음과 끝이 상응하는 수미상응의 시상 전개 방식은 사용되지 않았다.

2 답 ⑤

○정답 풀이

(가)의 화자는 거울 속의 또 다른 자아인 '나'를 근심하고 진찰하고 싶어 하지만 그렇게 할 수 없는 안타까움을 드러내고 있다. 그러나 현실의 자아인 자신이 진찰이 필요한 존재라는 생각을 나타내고 있지는 않다.

✗오답 풀이

① '저렇게까지조용한세상'에서는 거울 밖과 속의 단절감을 '조용한'이라는 청각적 이미지를 통해 보여 주고 있다.

② '거울속에도내게귀가있소'에서는 '거울'을 통해 화자가 내면적, 무의식적 자아인 '나'를 바라보고 있음을 나타내고 있다.

③ '내악수를받을줄모르는'에서는 거울 속의 '나'와 거울 밖의 '나'의 화해 실패와 단절의 심화를 표현하고 있다.

④ '외로된사업에골몰할게요'에서는 현실적 자아와 내면적 자아 사이의 분열이 심한 상태임을 나타내고 있다.

3 답 ④

○정답 풀이

(나)는 '새'와 '포수', '한 덩이 납'과 '피에 젖은 한 마리 상한 새'를 대비시켜 '인간의 비정성, 비순수성'과 대비되는 '새의 순수성'을 강조하고 있다.

4 답 ⑤

○정답 풀이

〈보기〉의 '새로운 관점'은 '새'와 '포수'의 관계를 인식의 대상과 인식의 주체의 관계로 보는 것이다. 이에 따라 [A]를 이해한다면 대상의 본질을 인식하고자 노력하나 한계에 부딪치고 마는 과정이라고 볼 수 있다.

✗오답 풀이

①, ②, ③, ④ 모두 '일반적 관점'을 적용한 것이다. 즉 '새'는 인간의 인위적이고 파괴적인 욕망에 의해 훼손되는 순수한 존재를, '포수'는 그 순수한 존재로서의 자연을 파괴하는 인간의 욕망을, '납'은 자연을 파괴시키는 문명의 이기를 의미한다고 보고 있다.

---

07 산길에서 / 쉽게 씌어진 시

p. 30~32

감상 매뉴얼 **가** 1 산길 2 깨달음 3 길, 풀꽃 4 의인화 5 삶
나 1 시 2 반성 3 등불, 어둠, 악수 4 고백, 대립 5 성찰

1 ③　　**2** ④　　**3** ②　　**4** ④

1 답 ③

○정답 풀이

(가)에는 산길을 따라 걸으며 깨달음을 얻은 화자가 주저앉아서는 안 된다는 다짐이 나타난다. (나)에는 나라를 빼앗긴 식민지의 유학생 신분인 화자가 현재 상황에서 부끄럽지 않게 살고자 하는 내적 다짐이 나타난다.

2 답 ④

[전국 연합 기출]

○정답 풀이

(가)의 화자는 평범한 사람들의 발걸음이 모여 길을 만들듯, 민중의 삶이 모여 역사를 만든다는 것을 깨닫고 있다. 따라서 화자는 한 걸음, 한 걸음이 '부질없는 되풀이'라 하더라도 가치 있다고 보고 있으므로, 힘없는 자들에 대한 화자의 믿음이 현실의 고통으로 꺾일 수 있다는 것은 적절하지 않다.

✗오답 풀이

① '이 길'은 화자가 걷고 있는 산길을 의미하며, 민중의 역사를 함축하고 있다.

② '바람'과 '풀꽃'은 화자보다 먼저 길을 걸어간 사람들을 상징하는 시어로 화자의 가슴을 벅차게 했다는 것으로 보아 애정과 믿음의 대상으로 볼 수 있다.

③ 화자는 '나는 안다'를 반복하여 힘겹게 살아가는 민중의 삶에서 깨달음을 얻고 있음을 표현하였다.

⑤ 화자는 자신이 걷고 있는 발걸음도 뒤에 올 사람들에게 길이 될 것이라는 사실을 깨달았다. 따라서 자신의 삶이 민중의 역사를 형성하는 데 기여하고 있다는 역사의식과 관련이 있다고 할 수 있다.

3 답 ②

[전국 연합 기출]

○정답 풀이

'홀로 침전하는 것'은 일제 강점기의 어두운 현실을 살아가는 무기력한 자아의 모습을 표현한 것으로 고결함을 유지하고자 하는 화자의 의지와는 거리가 멀다.

✗오답 풀이

① 일제 강점기에 쓴 작품이라는 〈보기〉의 내용을 고려할 때, '육첩방은 남의 나라'는 화자가 처해 있는 부정적인 현실을 의미하는 것으로 볼 수 있다.

③ 화자는 자아 성찰을 통해 현실을 극복하려는 의지를 가지게 되었다는 〈보기〉의 내용을 고려할 때, '등불을 밝혀 어둠을 조금 내몰고'에서는 현실 상황을 극복하려는 화자의 의지를 읽어 낼 수 있다.

④ 화자가 희망적인 미래에 대한 확신을 가지고 있다는 〈보기〉의 내용을 고려할 때, '시대처럼 올 아침'은 긍정적인 미래에 대한 화자의

확고한 인식을 드러낸다고 볼 수 있다.

⑤ 현실적 자아와 이상적 자아가 갈등을 해소하고 화해를 이루었다는 〈보기〉의 내용을 고려할 때, '최초의 악수'는 두 자아가 화해에 이르렀음을 나타낸다고 볼 수 있다.

4 답 ④

● 정답 풀이

(가)의 ㉠은 '맡고 싶어', '신명나지 않았더냐'라는 서술어를 통해 화자를 신명나게 하는 것임을 알 수 있다. (나)의 ㉡은 부모님의 노고와 사랑에 부응하지 못하고 있는 화자 자신에 대해 자책감을 불러일으키고 있다.

 08 접동새 / 전라도 가시내

p. 33~35

| 감상 매뉴얼 | **가** 1 누나 3 접동새 4 설화, 애상 |
| | **나** 1 북간도 술막 2 연민 3 함경도 사내 4 서사, 방언 |

1 ②　　**2** ⑤　　**3** ①　　**4** ⑤　　**5** ③

1 답 ②

● 정답 풀이

(가)는 '오오 불설워'에서 영탄적 표현을 사용하여 화자의 고조된 감정을 드러내고 있지만, (나)는 영탄적 표현을 사용하지 않았다.

✕ 오답 풀이

① (나)는 함경도 사내인 '나'가 전라도 가시내인 '너'에게 말을 건네는 어투를 사용하여 시상을 전개하고 있지만, (가)에는 청자가 명시적으로 드러나 있지 않다.

③ (나)는 '남실남실', '차알삭'과 같은 음성 상징어를 사용하고 있고, (가) 역시 접동새의 울음소리인 '접동'을 사용하여 시적 분위기를 생동감 있게 전달하고 있다.

④ (가)에는 죽은 누이에 대한 화자의 슬픔과 그리움의 정서가 드러나 있는데, 공간의 이동에 따라 화자의 정서가 변화하고 있지는 않다. (나)에는 화자가 전라도 가시내와 만나 이야기를 듣고 연민을 느끼는 과정이 시간의 흐름에 따라 제시되어 있지만, 시간의 흐름에 따라 화자의 정서가 변화하고 있지는 않다.

⑤ (나)는 마지막 부분에서 '~ 나설 게다', '~ 사라질 게다' 등의 반복을 통해 암담한 역사와 맞서려는 함경도 사내의 비장한 태도를 부각하고 있지만, (가)는 '접동'을 반복하여 애상적인 분위기를 조성할 뿐 현실에 맞서려는 화자의 태도를 부각하고 있지 않다.

2 답 ⑤

● 정답 풀이

(가)에 청유형 문장은 사용되고 있지 않다.

✕ 오답 풀이

① 죽은 누나가 혈육의 정을 잊지 못해 접동새가 되어 찾아왔다는 비

극적 이야기를 애상적 어조로 노래하고 있다.

② 작가의 의도에 따라 행의 길이가 다양하게 변주되고 있다.

③ 접동새의 울음소리를 활용하여 애절한 혈육의 정이라는 주제 의식을 부각하고 있다.

④ '진두강 가람 가', '진두강 앞마을' 등의 구체적 지명을 활용하여 향토적 정서를 불러일으키고 있다.

3 답 ①

[평가원 기출]

● 정답 풀이

〈보기〉에 따르면 체념해야 할 상황에서도 미련을 버리지 못할 때 한이 생긴다고 했다. 5연을 보면 죽어서도 동생들을 '차마' 못 잊어, 밤이 깊으면 이 산 저 산을 옮아 가며 슬피 운다고 했다. 이것은 죽음이라는 체념적 상황에서도 동생들에 대한 미련을 버리지 못한 '누나'의 한에 해당한다.

✕ 오답 풀이

② '시샘'이 '시새움'으로 변주되고 있는 것은 맞지만, '누나'와 의붓어미와의 갈등이 깊어지고 있을 때 한이 맺힌 것인지는 시에 나타나 있지 않다.

③ '이 산 저 산' 떠도는 새의 모습은 동생들을 잊지 못하는 '누나'를 의미하므로 모든 희망을 버리고 방황하며 체념하는 것으로 볼 수 없다. 또한 〈보기〉에 따르면 체념하고 있을 때는 한이 생긴다고 볼 수 없다.

④ '누나'가 '야삼경'에도 잠들지 못하는 것은 자신의 심정이 어떤 상태인지 파악하지 못하여서가 아니라, 죽어서도 동생들을 잊지 못하기 때문이다.

⑤ '오랩동생'과 이별하는 '누나'의 심경은 '죽어서도 못 잊어 차마 못 잊어' '슬피' 우는 것으로 드러나는데, 이를 '누나'가 자신을 자책하고 있는 행동이나 태도로 보기는 어렵다.

4 답 ⑤

● 정답 풀이

화자인 '나'는 '너'에게 연민을 느끼며 '너'가 다시 자신의 조국(고향)으로 돌아가기를 바라고 있을 뿐, '너'와 함께 가고자 하는 의도는 찾아볼 수 없다.

✕ 오답 풀이

① 1연의 '나는 발을 얼구며 / 무쇠 다리를 건너온 함경도 사내'에서 확인할 수 있다.

② 4연의 '네 두만강을 건너왔다는 석 달 전이면'에서 확인할 수 있다.

③ 3연에서 화자는 전라도 가시내의 슬프고 어두운 과거 이야기를 듣고 있는데, '가난한 이야기에 고이 잠겨 다오'에서 화자가 전라도 가시내와 유대감을 느끼고 있음을 알 수 있다.

④ 4연의 '두 낮 두 밤을 두루미처럼 울어 울어'에서 확인할 수 있다.

5 답 ③

[전국 연합 기출]

● 정답 풀이

'단풍이 물들어 천 리 천 리 또 천 리 산마다 불탔을 겐데'는 이어지는 시구인 '외로워서 슬퍼서'와 연관하여 볼 때 '가시내'의 슬픔을 더욱 강조하는 역할을 할 뿐, '가시내'의 삶이 미래에는 나아질 것이라는 '나'의 확신을 나타내고 있지는 않다.

① '알룩조개'는 바닷가를 연상시키며, '자랐나'라는 표현을 통해 '가시내'가 과거에 바닷가에 살았다는 것을 '나'가 추측하고 있음을 알 수 있다.
② '흉참한 기별'은 흉악하고 참혹한 소식이라는 뜻으로, '나'가 현재 편한 마음 상태가 아님을 알 수 있다.
④ '싸늘한 웃음'은 자신의 처지에 대한 가시내의 자조적인 반응으로, 가시내의 한스러운 심리 상태를 보여 준다.
⑤ '눈포래 휘감아치는 벌판'은 매우 혹독한 상황으로 이 벌판으로 화자가 '우줄우줄 나설 게다'는 것은 고난에 맞서 나가겠다는 의지와 미래의 행동을 표현한 것이다.

③ '낡은 거미집'은 화자가 처한 암담한 현실, 곧 일제 강점기의 비참한 삶의 모습을 형상화한 표현이다.
④ '호수 속 깊이 거꾸러져'는 부정적 현실로 인해 자신의 의지를 지키지 못할 상황에 이르면 차라리 죽음을 택하겠다는 화자의 비장함이 느껴지는 표현이다.
⑤ '바람'은 일제의 유혹이나 압력, 즉 화자의 저항 의지를 꺾으려고 하는 존재를 의미하는 표현이다.

---

09 교목 / 누군가 나에게 물었다

p. 36~37

> **감상 매뉴얼** **가** 1 교목 3 푸른 하늘, 검은 그림자, 바람 4 부정어, 남성 5 의지
> **나** 1 시 2 깨달음 3 고귀한 인류, 시인 4 경험, 공간 5 성실
>
> 1 ⑤   2 ②   3 ②   4 ③

1 답 ⑤

○ 정답 풀이

(나)는 시의 의미를 몰랐던 화자가 무교동, 종로, 명동, 남산, 서울역 앞 등을 걷다가 남대문 시장에서 깨달음을 얻기까지의 과정을 시간의 흐름에 따라 제시하고 있다. 하지만 (가)는 암담한 현실에 굴하지 않는 화자의 강인한 의지를 남성적 어조로 노래하고 있을 뿐 시간의 흐름에 따라 내용을 전개하고 있지 않다.

① (나)에는 서민들의 삶 속에서 시의 의미를 찾는 화자의 체험이 형상화되어 있지만, (가)에는 화자의 체험이 드러나 있지 않다.
② (가)는 자연물인 교목을 의인화하여 화자의 강인한 의지를 강조하고 있지만, (나)는 자연물을 의인화하고 있지 않다.
③ (가)에는 '푸른 하늘'과 '검은 그림자'에 색채 대비가 나타난다고 볼 수도 있지만, (나)에는 색채 대비가 나타나 있지 않다.
④ (가)와 (나)에는 모두 원경에서 근경으로 이동하는 화자의 시선이 나타나 있지 않다.

2 답 ②

○ 정답 풀이

1연의 '차라리 봄도 꽃 피진 말아라'는 부정적 현실에 영합하여 개인적인 행복을 누리지는 않겠다는 결연한 의지를 드러내고 있는 표현이다. 여기에서 '봄'은 개인적인 부귀나 영화를 의미하므로, '봄'이 이상적 세계를 의미한다는 설명은 적절하지 않다.

① '우뚝'은 조국 광복을 향한 화자의 곧은 의지와 신념을 강조하는 표현이다.

3 답 ②

○ 정답 풀이

설의적 표현은 의문문 형식을 이용하여 누구나 알고 있거나 예측되는 결과를 표현하는 방법이다. (가)에서는 설의적 표현이 사용된 부분을 찾을 수 없다.

① 화자는 의지적이고 강인한 남성적 어조를 통해 자신의 의지를 드러내고 있다.
③ '우뚝', '차라리', '아예', '마침내', '차마'와 같은 부사어를 사용하여 화자의 단호한 의지를 강조하고 있다.
④ 이상과 염원의 세계를 상징하는 '푸른 하늘', 부정적 현실을 상징하는 '낡은 거미집'과 '검은 그림자' 등 상징성이 강한 시어와 시구를 사용하여 주제를 형상화하고 있다.
⑤ 각 연의 마지막을 '말아라', '아니라', '못해라'와 같은 부정어로 종결함으로써 부정적 현실에 저항하겠다는 단호한 태도를 드러내고 있다.

4 답 ③

[전국 연합 기출]

○ 정답 풀이

(나)의 화자는 '누군가'의 '시가 뭐냐'라는 질문에 대한 답을 찾는 과정에서, 고통스럽지만 착하고 인정 있게 사는 서민들의 고귀한 삶의 가치를 인식한다. 이때 ㉰는 화자가 질문에 대한 답을 찾게 되는 곳이자, 시인으로서의 삶을 성찰하게 되는 공간이다. 따라서 ③에서처럼 ㉰를 돌아다니는 동안 ㉱의 물음에 대해 반감을 갖게 되었다는 해석은 적절하지 않다.

① 화자는 시인의 사회적 책무와 서민들의 삶의 가치를 깨닫고 있는데, 이는 작가의 깨달음이 시의 내용으로 표현된 것이라고 볼 수 있다.
② 시가 뭐냐는 '누군가'의 질문은, 화자로 하여금 시인으로서의 삶과 서민들의 삶의 가치를 생각하게 하는 계기를 제공하고 있다.
④. ⑤ 화자는 고생스럽지만 성실하고 건강하게 살아가는 서민들의 모습에서 고귀한 삶의 가치를 발견하고 있다.

---

10 조찬 / 농무

p. 38~39

> **감상 매뉴얼** **가** 1 저항 3 서러운 새 4 선경후정, 이입 5 서러움
> **나** 1 농무 2 울분 3 운동장, 도수장, 신명 4 이동, 역설 5 울분
>
> 1 ②   2 ⑤   3 ③   4 ③

1 답 ②

○정답 풀이

(가)는 제목인 '조찬'과 '해ㅅ살 피어 / 이윽한 후'라는 시구에서 알 수 있듯이 비 온 뒤 아침의 맑고 고요한 풍경을 감각적으로 드러내고 있고, (나)는 '보름달'이라는 시어에서 알 수 있듯이 농무가 끝난 저녁부터 밤까지의 시간을 통해 농촌 현실에 대한 화자의 쓸쓸함과 울분을 드러내고 있다.

✗오답 풀이

① (나)에서는 피폐한 농촌 현실에 대한 농민들의 분노와 한(恨)이 공간적 배경의 이동을 통해 서사적으로 제시되고 있으나, (가)에서는 서사적 구성이 드러나지 않는다.

③ (가)에서는 '서러운 새'라는 표현을 통해 화자의 감정이 이입된 대상을 찾을 수 있으나, (나)에서는 감정 이입이 드러나지 않는다.

④ (가)와 (나)에서는 모두 감각이 전이된 표현이 드러나지 않는다. '물소리에 이가 시리다'에서 청각과 촉각적 이미지가 나타나나, 이를 공감각적 이미지로 보는 것은 적절하지 않다.

⑤ (가)와 (나)에서는 모두 시상의 반전을 찾아볼 수 없다.

2 답 ⑤

○정답 풀이

(가)에서 '서러운 새'는 화자의 감정이 이입된 대상으로, 양지에서 쪼그리고 앉아 밥알을 쪼는 모습과 같이 초라하고 서러운 화자의 처지를 나타내고 있다. 또한 '흰 밥알을 쫓다'는 부조리한 현실에 저항하지 못하는 화자 또는 당대 지식인의 초라한 모습을 상징하고 있다.

3 답 ③

○정답 풀이

(나)는 농민들의 신명과 생명력을 표현하는 '농무'를 통해, 산업화 과정에서 소외되고 피폐해진 농촌 현실에 대한 울분과 한을 역설적으로 표출하고 있는 작품이다. 처음에 '막이 내렸다'로 시작하는 것은 농민들의 흥겨운 감정을 나타내기 위해서가 아니라, 농촌의 피폐한 현실에 대한 농민들의 허탈한 감정을 나타내기 위함이다.

4 답 ③

[전국 연합 기출]

○정답 풀이

ⓒ의 '꽹과리를 앞장세워 장거리로 나서'는 것은, 농민들의 풀리지 않은 울분과 한을 표출하고자 하는 것으로, 근대화 과정에서 사라져 가는 농촌의 전통 풍속을 되살리려는 의지와는 거리가 멀다.

✗오답 풀이

① ⓐ의 '텅 빈 운동장'은 농무의 흥겨움보다는 산업화로 인해 허탈해진 농민의 슬픔과 한을 상징하는 공간이라고 할 수 있다.

② ⓑ의 '술을 마신다'는 문장을 지우기도 전에 소줏집으로 몰려가 자신들이 현실에서 느끼는 고뇌를 술로 달래려는 농민의 모습이라 할 수 있다.

④ ⓓ는 산업화로 인한 농촌 사회의 경제적 불평등과 구조적 모순을 단적으로 보여 주고 있다.

⑤ ⓔ는 삶의 고통을 농무를 통해 극복하려 하는 한(恨)의 승화 과정으로, 농민들의 울분을 역설적으로 보여 주는 것이라 할 수 있다.

---

11 고향 앞에서 / 저문 강에 삽을 씻고

p.40~41

감상 매뉴얼				
가	2 그리움	3 나룻가, 고향 가차운 주막	5 고향	
나	1 삽	2 소극적	3 삽, 달	4 자연물	5 노동자
1 ①	2 ②	3 ②	4 ④	

1 답 ①

○정답 풀이

(가)에서는 '산짐승의 우는 소리'를 부르는 '강바람'과 '잔나비 우는 산기슭' 등의 자연물을 통해 고향에 가지 못하는 화자의 쓸쓸한 정서를 보여 주고 있다. (나)에서는 흐르는 '강물'과 썩은 강물에 뜬 '달' 등의 자연물을 통해 암담한 현실 속에서 희망 없이 힘들게 살아가는 무기력한 노동자의 정서를 보여 주고 있다.

2 답 ②

[전국 연합 기출]

○정답 풀이

[B]의 '다 녹지 않은 얼음장 울멍울멍 떠내려간다'는 봄이 되어서 얼음장이 녹아 떠내려가는 정경을 표현한 것이므로, 현실과 대비된 과거의 삶을 회상하는 화자의 태도를 나타낸 것으로 볼 수 없다.

✗오답 풀이

① '흙이 풀리는 내음새'는 겨울에서 봄으로 계절이 변하고 있음을 표현한 것이다.

③ '행인'은 화자가 만나고 싶어 하는 고향 사람이며, '손을 쥐면 따뜻하리라'는 것은 행인의 손이라도 잡고 고향의 따뜻한 온기를 느끼고 싶은 화자의 바람을 나타낸 것이다.

④ '잔나비(원숭이)' 울음소리는 쓸쓸하고 적막한 분위기를 형성하는 소재이며, 고향을 그리워하는 화자의 마음을 심화시킨다.

⑤ '누룩을 디디는 소리'라는 청각적 이미지와 '누룩이 뜨는 내음새'라는 후각적 이미지는 화자의 기억에 남아 있는 지난날 고향의 모습으로 화자의 절실한 그리움을 나타낸 것이다.

3 답 ②

[전국 연합 기출]

○정답 풀이

(나)에서 '스스로 깊어 가는 강'은 해가 저물어 점점 더 깊어 보이는 강의 모습과 삶에 지친 노동자의 비애가 깊어 가는 것을 표현한 것이다. 따라서 화자가 해 질 녘 강을 바라보는 행위를 산업화 과정에서 소외된 자기 자신을 자책하는 행위로 보는 것은 적절하지 않다.

✗오답 풀이

① 화자가 강물에 삽을 씻는 행위는 흐르는 강물에 삶의 슬픔과 비애도 씻어 버리고자 하는 것이다. 따라서 화자의 이러한 행동은 불순하거나 더러운 것을 깨끗하게 하려는 일종의 '정화 의식'으로 볼 수 있다.

③ '담배나 피우고'의 보조사 '-나'를 통해 '담배'가 '마음에 차지 아니하는 선택'이나 '최소한 허용되어야 할 선택'임을 알 수 있다. 즉 (나)의 화자는 암담한 자신의 삶을 되돌아보며 담배를 피우는 것밖에 할 수 없는 무기력하고 체념적인 태도를 드러내고 있다.

④ '돌아갈 뿐이다'에서 의존 명사 '뿐'은 '다만 어떠하거나 어찌할 따름'이라는 뜻으로 사용되어 화자가 현실을 체념하고 있음을 나타낸다. '돌아가야 한다'에서 보조 용언 '하다'는 '앞말이 뜻하는 행동을 하거나 앞말이 뜻하는 상태가 되는 것이 필요함'의 뜻으로 사용되어 가난한 현실을 체념하고 수용하는 화자의 태도를 나타낸다. 따라서 이 두 개의 표현에는 희망 없는 삶이 반복될 수밖에 없다는 화자의 인식이 담겨 있는 것으로 볼 수 있다.

⑤ '샛강 바닥 썩은 물'은 도시화와 산업화로 인해 오염된 환경을 의미하는 것으로, 이를 통해 화자가 산업화를 부정적으로 인식하고 있음을 알 수 있다.

4 답 ④

○정답 풀이

'삽자루에 맡긴 한 생애'는 노동자로 살아온 화자의 삶을 의미한다. 화자는 노동자로 살아가는 삶의 비애에서 벗어나고자 삽을 씻으며 슬픔도 함께 버리려 한다. 그러나 현실을 변화시키기 위해 노력하는 모습이 아니라, 쭈그려 앉아 담배를 피우고 돌아가며 현실을 수용하고 체념하는 소극적 모습을 보이고 있다.

✕오답 풀이

① (가)의 화자가 나룻가에서 서성거리는 것은 고향에 대한 그리움과 고향을 등진 자책감에 망설이고 있는 것으로 이해할 수 있다.

② (가)에는 고향 소식을 듣기 위해 고향 가까운 주막에 들른 화자의 모습이 드러나 있다.

③ (가)의 '아직도 무덤 속에 조상이 잠자고' 있다는 표현은 존재의 근원으로서의 고향의 모습을 나타낸 것이라고 할 수 있다.

⑤ (나)의 '다시 어두워 돌아가야 한다'는 표현에는 희망 없는 삶이 반복될 수밖에 없다는 화자의 인식이 내재되어 있으므로 현실을 수용하는 체념적 태도가 드러난다고 볼 수 있다.

12 별 헤는 밤 / 알 수 없어요

p. 42~44

감상 매뉴얼	가 1 별 2 그리움 3 별, 겨울, 풀
	나 1 등불 2 구도 3 오동잎, 밤, 희생정신 4 의인화, 경어체
	5 구도

| 1 ④ | 2 ④ | 3 ③ | 4 ① | 5 ③ |

1 답 ④

○정답 풀이

(가)는 일제 강점기의 암울한 현실을 상징하는 '겨울'과 조국 광복을 상징하는 '봄'을 대조하고 있으며, 죽음을 의미하는 '무덤'과 부활 또는 소생을 의미하는 '파란 잔디'를 대조하고 있는데, 이를 통해 새로운 미래에 대한 희망을 드러내고 있다. (나)는 세속적인 번뇌와 고통을 의미하는 '검은 구름'과 절대자의 모습을 의미하는 '푸른 하늘'을 대조하여 절대적 존재에 대한 깨달음을 드러내고 있다.

2 답 ④
[전국 연합 기출]

○정답 풀이

(가)에서 '별'은 아름답고 순수한 존재이자, 화자가 그리는 이상향을 의미한다. 또한 화자가 별을 보면서 과거를 회상하고 그리운 대상들을 떠올린다는 점에서, '별'은 과거 회상의 매개체로도 볼 수 있다. 하지만 '별'에 화자의 현실 극복 의지가 담겨 있지는 않다.

✕오답 풀이

① 5연의 내용을 통해, 화자가 별을 보며 유년 시절을 추억하고 있음을 알 수 있다.

② 8~9연의 내용을 통해, 별을 매개로 하여 과거를 추억하던 화자가 자신의 부끄러운 삶에 대해 성찰하고 있음을 알 수 있다.

③ 마지막 연에서 겨울이 지나고 나의 별에도 봄이 오기를 바란다는 내용을 통해, 별에는 화자가 소망하는 세계가 투영되어 있음을 알 수 있다.

⑤ 4~7연에서 추억 속의 존재들이 너무나 멀리 있다는 내용을 통해, 별을 헤는 행위에 담겨 있는 화자의 애틋한 마음을 확인할 수 있다.

3 답 ③

○정답 풀이

(가)는 현재(1~3연), 과거(4~7연), 현재(8~9연), 미래(10연)로 이어지는 시간의 흐름에 따라 시상이 전개되는데, 이에 따라 시적 화자의 정서도 그리움, 부끄러움, 희망 등 다양하게 변하고 있다. [C]에서 화자가 '이름자를 써 보고, 흙으로 덮어 버'린 것은 자신의 삶을 성찰하고 부끄러움을 느꼈기 때문이다. 화자가 느끼는 부끄러움은 과거의 추억과는 아무런 관련이 없다.

4 답 ①

○정답 풀이

(나)는 절대적 존재를 향한 구도의 자세를 노래하고 있는 작품으로, 화자는 일상적인 자연 현상에서 절대적 존재의 흔적을 찾아내고 있다. ㉮는 화자로 하여금 절대적 존재를 인식할 수 있게 만든 자연 현상일 뿐, 화자가 겪는 고뇌의 과정을 보여 주는 것은 아니다.

✕오답 풀이

② ㉯는 절대적 존재를 깨닫게 하는 자연 현상들로, '오동잎', '푸른 하늘', '저녁놀'은 시각적 이미지로, '향기'는 후각적 이미지로, '작은 시내'는 청각적 이미지로 형상화되어 있다.

③ ㉰의 뒤에서는 경어체를 사용하여 절대자에 대한 경외감과 경건한 구도의 자세를 드러내고 있다.

④ ㉱는 '누구'의 모습을 나타내는 원관념이며, ㉲는 '누구'의 모습을 자연 현상에 빗댄 보조 관념이다.

⑤ 화자는 ㉮, ㉯의 자연 현상에서 ㉲와 같은 '누구'의 모습을 발견하고 있으며, 자신의 모든 것을 희생해서라도 절대적 존재에 대한 추구를 계속하겠다는 구도의 정신을 드러내고 있다.

5 답 ③
[평가원 기출]

○정답 풀이

〈보기〉에서는 〈알 수 없어요〉를 물음의 방식으로 '절대자'의 존재를 탐구하며 구도자로서 자기를 정립, 극복하는 시라고 설명하고 있다. 이런 관점에서 보았을 때 ⓒ '알 수 없는 향기'는 '누구의 입김입니까'라는 물음에 대한 것으로 절대자의 숨결로 해석될 수 있으며, 절대자의 존재에 대한 화자의 회의적인 태도는 찾아보기 어렵다.

✕ 오답 풀이
① ㉠ '누구의 발자취'는 절대자의 존재 방식을 알려 주고 있다.
② ㉡ '무서운 검은 구름'은 '푸른 하늘'과 대조적 이미지를 형성하며, 절대자의 존재를 드러내는 '푸른 하늘'을 가리고 있으므로 화자와 절대자 사이를 가로막는 장애물로 볼 수 있다.
④ ㉣ '끝없는 하늘을 만지면서'는 '저녁놀'의 모습으로 무한 공간에 걸쳐 있는 절대자의 면모로 이해할 수 있다.
⑤ ㉤ '약한 등불'은 구도자로서 자신을 정립하고자 하는 화자의 의지와 열망을 역설적으로 드러낸 것으로 볼 수 있다.

13 모닥불 / 우라지오 가까운 항구에서

p.45~47

┌───┐
│ 감상 매뉴얼 가 1 모닥불 3 모닥불, 우리 민족 4 향토 5 공동체 │
│   나 1 고향 3 고향, 멧비둘기, 두껍다 4 역순행, 대비 5 절망감 │
│   │
│ 1 ①   2 ⑤   3 ④   4 ③   │
└───┘

1 답 ①
○정답 풀이
(가)는 3연에서 할아버지의 슬픈 생애를 회상하고 있으며, 이를 통해 서글픈 우리 민족의 역사가 서려 있는 모닥불의 의미를 심화하고 있다. (나)는 3~4연에서 어린 시절을 회상하고 있으며, 이를 통해 고향에 대한 그리움과 고향으로 갈 수 없는 현실에 대한 절망감을 심화하고 있다.

2 답 ⑤
○정답 풀이
3연에 나타난 할아버지의 삶은 '어미아비 없는 서러운 아이로 불상하니도 몽둥발이가 된' 삶이었다. 이는 우리 민족이 겪어야 했던 고통의 역사를 상징하는 것이므로, 이를 유년 시절에 대한 그리움의 표출로 보는 것은 적절하지 않다.

✕ 오답 풀이
① 1연에서는 '새끼오리, 소똥, 개니빠디' 등의 토속적 어휘를 사용하여 향토적 정감을 형성하고 있다.
② 1연에서는 사소하고 보잘것없는 재료들이 모여 모닥불을 만드는 모습을 통해, 보잘것없다고 생각되는 것들도 소중한 것이 될 수 있다고 여기는 작가의 인식을 드러내고 있다.
③, ④ 2연에서는 각계각층의 사람들과 동물들이 차별 없이 뒤섞여 모닥불을 쬐고 있는데, 이를 통해 화자가 조화와 평등의 공동체를 꿈꾸고 있음을 알 수 있다.

3 답 ④
[전국 연합 기출]
○정답 풀이
[C]의 '날고 싶어 날고 싶어'는 고향으로 돌아가고 싶은 화자의 마음을 표현한 구절로, 시구의 반복을 통해 고향에 대한 그리움이 심화되고 있음을 드러내고 있다. 반면 [A]의 '하얀 눈이 무겁지 않고나'는 시련이 와도 두렵지 않다는 화자의 당당한 삶의 태도를 보여 주는 구절일 뿐, 고향에 대한 그리움을 표현하고 있지는 않다.

✕ 오답 풀이
① 〈보기〉에서 '항구에서 화자는 후회 없는 자신의 지난 삶을 돌아보고' 있다고 하였다. 이는 [A]의 '걸어온 길가에 찔레 한 송이 없었대도 / 나의 아롱범은 / 자옥 자옥을 뉘우칠 줄 모른다'와 대응되어, 그만큼 화자가 과거의 삶에 당당한 태도를 지니고 있음을 보여 준다.
② 화자는 어머니가 들려주는 우라지오의 이야기를 '졸음졸음 귀 밝히는 누이 잠들 때꺼정', '등불이 깜빡 저절로 눈 감을 때꺼정' 들었다고 하였다. 즉 늦은 밤까지 우라지오의 이야기를 들었던 것으로 보아, 어린 화자에게 '우라지오'가 동경의 공간이었음을 짐작할 수 있다.
③ 이 시의 화자는 고향에 가고 싶지만 '우라지오의 바다는 얼음이 두'꺼워서 '가도오도' 하지 못하는 처지에 있다. 이를 통해 화자가 현실적인 제약으로 인해 고향에 갈 수 없는 자신의 처지를 비관적으로 인식하고 있음을 추측할 수 있다.
⑤ [B]는 어머니로부터 우라지오의 이야기를 전해 들었던 어린 시절에 대한 회상의 내용이고, [C]에서 화자는 '그 모두를 살뜰히 담았으니'라고 하였다. 따라서 ⑤의 진술은 적절하다.

4 답 ③
[전국 연합 기출]
○정답 풀이
㉠은 이국땅에서의 외로움이 심화되는 시간으로 화자는 고향에 대한 그리움으로 '부두'로 온다. 따라서 ㉠은 현재 화자의 행동을 유발하는 시간으로 볼 수 있다. ㉡은 어머니에게 '우라지오의 이야길 캐고 싶던 밤'이며 '우라지오'는 어린 시절 화자의 동경의 공간이다. 따라서 ㉡은 과거 속 화자의 기대가 높았던 시간으로 볼 수 있다.

14 묘비명 / 전문가

p.48~49

┌───┐
│ 감상 매뉴얼 가 1 묘비명 3 시, 물질 4 반어 5 비판 │
│   나 1 골목 3 아이들, 유리 담장 4 상징적 5 권력자 │
│   │
│ 1 ②   2 ③   3 ④   4 ③   │
└───┘

1 답 ②
○정답 풀이
(나)는 3연에서 '얘들아, 상관없다 ~ 골목에서 놀렴'과 같이 '그'의 말을 직접 인용하여 제시하고 있다. 이는 아이들을 길들이기 위해 하는 교묘한 말로, 위선적인 '그'의 성격을 부각하는 효과가 있다.

2 답 ③

○ 정답 풀이

(가)에서 '어느 유명한 문인'은 물질적으로 성공을 거둔 '그'를 기리는 묘비명을 남겼다. 이를 통해 '문인'은 물질적 가치, 세속적 명예나 권위 등에 종속되어 있음을 짐작할 수 있으므로, 정신적 가치를 지키기 위해 노력하고 있다고 볼 수 없다.

✕ 오답 풀이

① '시', '소설' 등 정신적 가치를 의미하는 시어들과 '많은 돈', '높은 자리' 등 물질적 가치를 의미하는 시어들이 대비되고 있다.

② '그'는 많은 재산과 높은 지위 덕에 '훌륭한 비석'을 남긴 것일 뿐 인품이 훌륭했다고 볼 수는 없다. 또한 (가)에서 '훌륭한 비석'은 반어적 표현으로, 결코 훌륭하다고 평가할 수 없는 '그'의 모습을 비판하기 위한 의도로 사용되었다.

④ '그'는 '한 줄의 시'나 '한 권의 소설'도 읽지 않았다고 하였으므로 정신적 가치를 추구한 바가 없으며, '많은 돈'과 '높은 자리'로 대표되는 물질적 가치를 추구하는 삶을 살았다고 볼 수 있다.

⑤ '시인은 어디에 무덤을 남길 것이냐'라는 구절을 통해, 정신적 가치를 추구하는 '시인'과 같은 사람은 무덤을 남길 자리조차 찾기 어려울 정도로 물질적 가치만을 중시하는 세태를 비판하고 있다.

3 답 ④

[평가원 기출 변형]

○ 정답 풀이

㉠은 아이들이 놀다가 매일같이 유리 담장을 깨뜨렸던 공간이다. 그 과정에서 아이들은 '그'의 충실한 부하가 되어 묵묵히 벽돌을 나르게 되었다. 따라서 ㉠은 '아이들'의 놀이가 사라지고 벽돌을 나르는 노동만이 남은 공간이다.

✕ 오답 풀이

① 의견이 다른 아이가 추방되고 다른 아이들은 일렬로 서서 일을 하고 있으므로, '그 골목'은 이탈이 허용된 공간이라고 볼 수 없다.

② '그'가 아이들의 실수를 너그럽게 받아 주는 척한 것은 아이들을 길들이기 위해서이므로, '그 골목'은 아이들의 실수를 용납해 주는 해방의 공간이라고 볼 수 없다.

③ '그 골목'에서 아이들이 반성을 하거나 깨달음을 얻는 내용은 나타나 있지 않다.

⑤ 아이들이 '그'의 부하가 되어 그에게 복종하고 있으므로, '아이들'과 '그'는 상생 관계라고 볼 수 없다.

4 답 ③

[평가원 기출 변형]

○ 정답 풀이

(나)에서 '주장하는 아이'가 추방된 일은 다른 생각을 용납하지 않고 획일적으로 통제하는 사회의 모습을 상징적으로 드러낸 것으로, 권력의 기만적 통치술이 갖는 한계를 보여 주는 사건이라고 볼 수 없다.

✕ 오답 풀이

① (가)에서 '한 줄의 시', '한 권의 소설'도 읽은 바 없이 많은 돈을 벌고 높은 자리에 올랐다는 것은 물질적 가치만 추구하고 정신적 가치는 경시하는 삶의 태도로, 화자가 비판하는 대상에 해당한다.

② (가)에서 '귀중한 사료'는 물질적 가치에 종속된 인물과 세태를 효과적으로 비판하기 위한 반어적 표현이다.

④ (나)에서 골목은 원래 '가장 햇빛이 안 드는 곳'인데 권력자가 '유리 담장'을 통해 이를 은폐한 것이므로, '유리 담장'은 권력자가 대중을 기만하기 위해 사용한 환영의 장치라고 볼 수 있다.

⑤ (나)에서 유리 담장이 사라지고 나서 아이들이 '일렬로' 서서 '묵묵히' 벽돌을 나르는 모습은 권력에 종속되어 자유를 잃어버린 채 살아가는 대중의 모습을 나타낸 것이다.

15 거문고 / 대설주의보

p. 50~51

감상 매뉴얼 **가** 2 안타까움 3 기린, 밤 4 의인화 5 비극
나 3 눈발(눈보라), 굴뚝새, 솔개 4 시각, 대립 5 비판

1 ⑤	2 ④	3 ②	4 ⑤

1 답 ⑤

○ 정답 풀이

(가)와 (나)에서는 모두 현재형 어미를 사용하고 있는데, 이를 통해 (가)에서는 '기린(거문고)'이 울지 못하는 상황을, (나)에서는 눈보라 속에서 '굴뚝새'가 처한 상황을 부각하고 있다.

✕ 오답 풀이

① (가)에서 점층적 표현은 나타나지 않는다.

② (나)의 '백색의 계엄령' 등에서 명사형 종결을 확인할 수 있으나, 이를 통해 현실 극복의 의지를 드러내는 것은 아니다.

③ (나)에서 '눈보라'에 대한 의인화는 나타나고 있으나, 이를 통해 친근감을 불러일으키고 있지는 않다.

④ (가)의 1, 4연에서는 시적 대상인 '기린'의 비극적 상황이 해가 바뀌어도 크게 바뀌지 않았음을 강조하고 있다.

2 답 ④

○ 정답 풀이

'노인'은 과거 자유를 잃기 전 '기린'을 연주했던 존재로, 화자가 그리워하고 바라는 존재이다.

✕ 오답 풀이

① '검은 벽'은 일제 강점기라는 부정적 시대 상황을 의미하는 시어로, 암울한 시대 상황을 눈에 보이는 것처럼 시각적으로 형상화한 표현이다.

②, ③ '영영 울지를 못'하는 '기린'은 거문고를 나타내는 동시에 시적 화자의 처지를 상징하고 있다. (가)는 영영 울 기미를 보이지 않는 상황에 놓여 있는 거문고의 처지에 빗대어 일제 강점기라는 암울한 시대 상황에서 맘 놓고 소리를 내지 못하는 화자의 답답함과 비애감을 드러내고 있다.

⑤ '이리 떼'와 '잔나비 떼'는 자유를 억압하는 부정적 세력을 의미한다.

3 답 ②

○ 정답 풀이

'눈보라 속'으로 날아가는 '굴뚝새'는 독재 권력의 억압을 받는 민

중의 모습을 상징적으로 나타낼 뿐, 권력에 맞서는 민중의 의지를 드러낸다고 볼 수 없다.

✗ 오답 풀이

① 부정적 속성의 '눈'을 치울 수 있는 '제설차'가 오지 못하는 상황은 강압적인 통치가 이어지는 현실을 타개할 방법이 없음을 의미한다.

③ '눈보라'를 군사 용어인 '군단'으로 표현한 것은 군부 독재 정권의 부정적 속성과 폭력적 이미지를 강조하기 위한 것이다.

④ '솔개'와 같은 위협적인 존재를 피하기 위해 '굴뚝새'가 뒷간에 몸을 감춘다는 것은 폭압적인 권력 집단으로부터 피하고자 하는 심리를 반영한 것이다.

⑤ 소나무 가지들을 부러뜨릴 정도의 '눈더미의 무게'는 독재 권력의 강압적인 통치에 짓눌린 민중의 압박감을 의미한다.

4 달 ⑤ [평가원 기출]

◐ 정답 풀이

[A]에서는 화자의 상황이 '문 아주 굳이 닫고 벽에 기대선 채' 울고 싶어도 울지 못하는 '기린'의 상황으로 나타나고 있다. 따라서 [A]의 공간은 화자 스스로가 선택한 은거의 공간이라 할 수 있다. [B]에서는 '산짐승'들로 하여금 길 잃고 굶주리게 하며, '소나무 가지'를 부러뜨리려는 눈보라가 내리치는 상황이 나타나고 있다. 따라서 [B]의 공간은 눈보라에 의해 생명이 위협받는 고립의 공간이라 할 수 있다.

16 나무의 수사학 1 / 그 복숭아나무 곁으로

p. 52~53

> **감상 매뉴얼** **가** **1** 적응 **3** 나무, 불면증 **4** 의인화 **5** 도시의 삶
> **나** **1** 선입견 **2** 이해 **3** 그 복숭아나무, 수천의 빛깔, 그늘 **4** 의인화, 반복 **5** 깨달음

| **1** ⑤ | **2** ⑤ | **3** ④ | **4** ② |

1 달 ⑤

◐ 정답 풀이

(가)는 '붕붕거린다는 것', '아삭아삭 / 뜯어 먹는다는 것', '도로변 시끄러운 가로등 곁' 등에서 청각적 이미지를 활용하여 '나무'가 처한 상황을 부각하고 있다. 그리고 (나)는 '흰꽃과 분홍꽃 사이에 수천의 빛깔이 있다' 등에서 시각적 이미지를 활용하여 '복숭아나무'가 지닌 본질에 대한 깨달음을 형상화하고 있다.

✗ 오답 풀이

① (가)는 '나무는 나의 스승', '그가 견딜 수 없는 건' 등에서 나무를 의인화하였고, (나)는 '너무도 여러 겹의 마음을 가진', '그래서 외로웠을 것이지만' 등에서 복숭아나무를 의인화하였다. 하지만 (가)와 (나) 모두 이러한 대상을 청자로 설정하여 화자의 소망을 전달하고 있지는 않다.

② (가)는 '참을 수 없다 나무는'에서 도치법을 사용하였고, (나)는 '가만히 들었습니다 저녁이 오는 소리를'에서 도치법을 사용하였다. 하지

만 (가)와 (나) 모두 이를 통해 부정적 현실에 대한 극복 의지를 강조하고 있지는 않다.

③ (가)는 '도로변 시끄러운 가로등 곁'에서 공간적 배경을 확인할 수 있으나 공간의 이동이 나타나 있지는 않다. (나)는 시선의 이동이 아니라 시간의 경과에 따른 화자의 인식 변화가 나타나 있다.

④ (가)는 체념적 어조가 아니라 단정적 진술을 활용하여 도시의 삶에 대한 비판을 드러내고 있고, (나)는 단정적 진술이 아니라 고백적 어조를 활용하여 시적 대상인 '복숭아나무'에 대한 태도를 드러내고 있다.

2 달 ⑤ [평가원 기출]

◐ 정답 풀이

〈보기〉에서는 (가)의 화자가 도시에 제대로 뿌리박지 못하면서도 도시 환경에 적응하여 꽃을 피우는 나무에서 치욕을 읽어 냈다고 하였다. 따라서 '치욕으로 푸르다'는 나무를 비판하는 표현이 아니라, 나무가 도구적 가치로 평가받기 위해 삭막한 도시 환경에 적응하여 꽃을 피워야 하는 상황을 비판하는 표현으로 해석할 수 있다.

✗ 오답 풀이

① 〈보기〉에서는 화자가 나무에 대해 동질감을 느낀다고 하였다. 화자가 도시에 제대로 뿌리박지 못하면서도 꽃을 피운 나무를 보고 자신도 '들뜬 뿌리라도 내리자'고 말하는 것은 나무가 처한 상황에 대한 화자의 동질감을 반영한 것으로 볼 수 있다.

② 〈보기〉에서는 나무가 도시 환경에 적응하여 꽃을 피운 것이라고 하였다. '내성이 생긴 이파리'는 나무가 도시에 적응하면서 지니게 된 성질을 보여 준다고 볼 수 있다.

③ 〈보기〉에서는 나무가 삭막한 도시 환경에도 불구하고 고통을 참아내며 꽃을 피웠다고 하였다. '시끄러운 가로등 곁'은 나무가 꽃을 피우며 참아 내야 하는 삭막한 도시 환경을 드러낸다고 볼 수 있다.

④ 〈보기〉에서는 나무가 고통을 참아 내며 꽃을 피웠다고 하였다. 허구한 날 나무를 시달리게 한 '신경증과 불면증'은 나무가 도시에 적응하기 위해 견뎌 내야 할 고통이라고 볼 수 있다.

3 달 ④ [평가원 기출]

◐ 정답 풀이

[D]에는 대상에 대한 새로운 이해가 나타난다. '피우고 싶은 꽃빛이 너무 많은'과 '외로웠을 것이지만 외로운 줄도 몰랐을'에 드러난 '그 나무'는 이전의 '흰꽃'과 '분홍꽃'으로만 인식된 '그 나무'와 구별되기 때문이다. 그러나 '피우고 싶은 꽃빛'을 화자가 외로움을 이겨 낸 상황으로 보기는 어렵다. '피우고 싶은 꽃빛'은 대상의 본질적 모습에 해당하는 '수천의 빛깔'과 관련지어 해석하는 것이 타당하다.

✗ 오답 풀이

① [A]의 '나는 왠지 가까이 가고 싶지 않았습니다'에는 '그 복숭아나무'에 대해 거리를 두는 화자의 태도가 나타나는데, 그 이유는 '그 복숭아나무'가 '너무도 여러 겹의 마음'을 지닌 존재이기 때문이다.

② [B]에서는 '그 복숭아나무'에 대한 화자의 심리적 거리감으로 인해 화자가 그 나무를 피하고 있음이 드러난다. 그 나무의 '그늘'에 앉지 않고, '멀리로 멀리로만' 지나쳐 가는 모습에서 이를 확인할 수 있다. 따라서 대상에 대한 감정이 행동으로 구체화되고 있다고 볼 수 있다.

③ [C]에서 '그 복숭아나무'는 '흰꽃과 분홍꽃 사이에 수천의 빛깔'을 가

진 존재로 제시되고 있다. 그런데 [B]에서 그 나무는 '흰꽃과 분홍꽃을 나란히 피우고' 있는 존재였다. 따라서 [C]는 대상에 대한 인식이 전환되는 부분이며, '눈부셔 눈부셔'라는 표현은 화자의 인식이 전환되는 순간을 감각적으로 드러낸 것이다.

⑤ 화자는 '그 복숭아나무'에게 수천의 빛깔이 있다는 것을 늦게야 깨달았는데, [E]에서 정작 그 꽃잎들은 이제 저 버린 '흩어진 꽃잎들'임을 알 수 있다. 따라서 '조금은 심심한 얼굴'은 '그 복숭아나무'의 또 다른 모습으로, 꽃잎이 진 '그 복숭아나무'를 가리킨다.

4 답 ②

○정답 풀이

ⓒ은 나무가 삭막한 도시 환경에 적응하여 고통을 참아 내며 피운 것이다. 이는 나무가 생명체의 본질을 잃고 도시의 가로수라는 기능적인 역할을 수행한 결과물로 볼 수 있다.

✕ 오답 풀이

① ⓐ은 척박한 도시 환경에서 고통을 겪고 있어 도시의 이주민인 화자가 자신과 동일시하는 대상이다.

③ ⓒ은 화자가 편견 때문에 거리를 두고 싶어 하는 대상이다.

④ ⓓ은 화자가 외적으로 파악한 복숭아나무의 표면적이고 피상적인 모습이다.

⑤ ⓔ은 화자가 '그 나무'에 수천의 빛깔이 있다는 것을 깨달은 후에 소통과 교감을 이루는 공간이다.

 17 고향 / 동물원의 오후

p. 54~55

> **감상 매뉴얼** **가** 1 고향 2 상실 3 흰 점 꽃, 떠도는 구름, 메마른 입술에 쓰디쓰다 4 수미상관, 대조
> **나** 1 동물원 2 비애 3 동물원, 철책, 나라 없는 시인 4 배경, 전도
> 5 비애
>
> 1 ①   2 ⑤   3 ④   4 ⑤

1 답 ①

○정답 풀이

(가)에서는 수미상관과 대조, 다양한 감각적 이미지의 활용 등은 나타나지만, 반어적 표현은 사용되고 있지 않다.

✕ 오답 풀이

② (가)는 1연과 6연에 유사한 구조가 반복되는 수미상관의 형식을 취하고 있다.

③ (나)에는 동물원 우리에 갇힌 짐승을 통해 망국민임을 인식하는 화자의 내면 심리가 드러나 있다.

④ (나)는 '간다, 읽는다, 들여다본다'와 같은 현재형 표현을 통해 현장감을 살리고 있다.

⑤ (가)는 '산꿩, 뻐꾸기, 흰 점 꽃, 하늘' 등의 자연물을 이용하여 마음속의 고향을 잃어버린 화자의 상실감을 부각하고 있으며, (나)는 '동물원'이라는 배경을 이용하여 나라를 잃은 시인의 비애를 부각하고 있다.

2 답 ⑤

[전국 연합 기출]

○정답 풀이

(가)의 ⓐ는 현실의 고향이고, ⓑ는 마음속에 그리움으로 남아 있는 고향이다. '고향에 고향에 돌아와도 / 그리던 고향은 아니러뇨'라는 표현을 통해 화자가 각 '고향'의 의미를 다르게 인식하고 있음을 알 수 있다. 따라서 '구름'은 현실의 고향과 마음속 고향의 괴리로 인해 방황하는 화자의 심리를 반영한 소재임을 알 수 있다.

3 답 ④

[전국 연합 기출]

○정답 풀이

〈보기〉의 공간 Ⅰ은 화자가 처해 있는 현실, 공간 Ⅱ는 동물원, 공간 Ⅲ은 동물원의 철책 안이다. 화자는 식민지 지식인으로서의 슬픔을 달래기 위해 공간 Ⅱ를 찾았으나, 그 의도와 달리 오히려 자신이 망국민임을 자각하게 된다. 그리고 화자는 동물원의 철책 안에 갇힌 것이 짐승이 아니라 화자 자신이라고, 즉 공간 Ⅱ에 있는 자신과 공간 Ⅲ에 있는 짐승이 전도된 위치에 있다고 생각하게 된다. 하지만 이것이 세상과의 단절을 지향하는 것은 아니다.

✕ 오답 풀이

① 2연의 '사람으로 더불어 말할 수 없는 슬픔'과 3연의 '혼자서 숨어 앉아 시(詩)를 써도 / 읽어 줄 사람이 있어야지'를 통해 공간 Ⅰ은 화자에게 소통이 제한된 억압적 상황이라는 것을 알 수 있다.

② 2연의 '사람으로 더불어 말할 수 없는 슬픔을 / 짐승에게라도 하소해야지'를 통해 공간 Ⅱ는 화자가 슬픔을 달래기 위해 찾아간 공간이라는 것을 알 수 있다.

③ 화자는 공간 Ⅱ에서 철책 안에 갇혀 있는 동물들을 보며 망국민으로서의 자신의 처지를 깨닫고 있으므로, ③은 적절한 설명이다.

⑤ 공간 Ⅰ에서 식민지 지식인으로서의 슬픔을 느낀 화자는 이를 달래기 위해 공간 Ⅱ를 찾아갔으나, 그곳에서 '철책 안에 갇힌 것'은 자신임을 인식하게 된다. 그리고 공간 Ⅲ에 갇혀 있는 동물들을 통해 망국민으로서의 자신의 처지를 깨닫고, 통곡과도 같은 심정을 느끼고 있다. 따라서 공간 Ⅰ ~ 공간 Ⅲ은 현실에 대한 화자의 비극적 인식이 심화됨을 보여 준다고 할 수 있다.

4 답 ⑤

○정답 풀이

㉠을 통해 어린 시절과 달리 변해 버린 화자의 현재 상황을, ㉡을 통해 망국민으로서의 화자의 상황을 부각하고 있다.

✕ 오답 풀이

① ㉠은 과거와 달리 변해 버린 화자의 마음을, ㉡은 화자의 망국민으로서의 자기 인식을 환기하고 있을 뿐, 갈등의 심화나 해소와는 관련이 없다.

② ㉠과 ㉡ 모두 적절하지 않은 설명이다.

③ ㉠은 고향에 대한 화자의 상실감, ㉡은 망국의 처지로 인한 화자의 비애를 드러내고 있다.

④ ㉠과 ㉡ 모두 각성의 계기와는 관련이 없다.

18 님의 침묵 / 모란이 피기까지는

p. 56~57

> **감상 매뉴얼** **가** 1 이별 2 의지 3 님, 침묵 4 역설 5 사랑
> **나** 1 모란 2 기다림 3 모란, 봄, 삼백예순 날 4 수미상관, 역설
> 5 기다림
>
> 1 ④ 2 ② 3 ⑤ 4 ⑤

1 답 ④

○ 정답 풀이

(가)에서는 임과 사랑할 때의 희망의 정서를 '푸른 산빛', '황금의 꽃같이 굳고 빛나던 옛 맹서'로, 이와 상반되는 임과 이별할 때의 절망감을 '단풍나무 숲', '차디찬 티끌'로 제시하고 있다. (나)에서는 모란이 피고 지는 대조적인 상황을 제시하여 모란이 필 때의 기쁨과 모란이 질 때의 슬픔을 드러내고 있다.

✕ 오답 풀이

① (나)는 '나는 아직 기다리고 있을 테요, 찬란한 슬픔의 봄을'에서 도치법을 사용하여 봄을 기다리겠다는 화자의 의지를 부각하고 있지만, (가)에는 도치법이 사용되지 않았다.

② (가)는 '그러나'에서 시상의 전환을 통해 이별의 슬픔이 새로운 희망으로 바뀌는 화자의 인식 변화를 드러내고 있지만, (나)에는 시상의 전환이 나타나 있지 않다.

③ (가)는 '-ㅂ니다'라는 종결 어미를 반복하여 임에 대한 공손한 태도를 나타내고 있고, (나) 역시 '-ㄹ 테요'라는 종결 어미를 반복하여 모란의 개화에 대한 간절한 소망을 나타내고 있다.

⑤ (가)는 '나는 향기로운 님의 말소리에 귀먹고, 꽃다운 님의 얼굴에 눈멀었습니다.'와 '님은 갔지만은 나는 님을 보내지 아니하였습니다.'에서 역설적 표현을 사용하였고, (나)는 '찬란한 슬픔의 봄을'에서 역설적 표현을 사용하였다. 하지만 (가)와 (나)에는 실제 의도와 반대되게 표현하는 반어적 표현이 사용되지 않았다.

2 답 ②

○ 정답 풀이

(가)에 나타난 화자의 재회에 대한 확신을 고려할 때 ②의 '막연한 기다림'은 적절하지 않다. '님'을 '사랑하는 연인'으로 본다면, '임을 향한 영원한 사랑'이 작품의 주제로 적절하다.

3 답 ⑤

○ 정답 풀이

ⓜ에서는 '아직'이라는 시어를 통해 '모란'이 다시 필 봄을 기다리는 것이 화자의 숙명임을 강조하고 있다. 이는 절대적 가치에 대한 기다림의 의지를 드러낸 표현으로 볼 수 있으며, 막막함과 괴로움의 정서와는 거리가 멀다.

4 답 ⑤

○ 정답 풀이

(나)는 실재하는 자연의 꽃인 동시에 지상에 존재하는 모든 아름다움을 대표하는 '모란'을 소재로 하여, 한시적인 아름다움의 소

멸을 바라보는 화자의 비애감을 노래하고 있다. (나)에서 아름다움이 사라져 버리는 순간은 나타나지만, 아름다움이 드러나는 순간과 그렇지 않은 순간을 대비하고 있는 부분은 나타나 있지 않다.

✕ 오답 풀이

① '봄'이라는 특정한 계절을 배경으로 모란의 아름다움을 표현하고 있다.

② 모란이 피어 있는 시간은 '봄'으로 한정되어 있으며, 모란의 소멸로 인한 화자의 깊은 절망감이 모란의 아름다움을 보다 강화한다.

③ 모란의 아름다움을 경험하고 있는 '나'라는 주체가 직접 노출되어 있다.

④ (나)는 〈보기〉의 설명처럼 '모란'이라는 대상 자체보다 대상에서 촉발된 정서 표현에 중점을 두고 있으며 이러한 정서가 집약된 표현이 바로 '찬란한 슬픔'이다.

19 추일서정 / 아마존 수족관

p. 58~59

> **감상 매뉴얼** **가** 1 가을날 2 고독 3 돌팔매 4 선경후정, 소멸, 비유 5 고독감
> **나** 1 수족관 2 비판 3 열대어, 아마존 강, 시 4 대립, 역설 5 생명력
>
> 1 ③ 2 ⑤ 3 ② 4 ③

1 답 ③

[전국 연합 기출]

○ 정답 풀이

(가)는 '낙엽', '도룬 시의 가을 하늘'이라는 시어를 통해 '가을'이라는 계절적 배경을 알 수 있고, 이러한 계절적 배경은 쓸쓸하고 황량한 분위기를 환기하고 있다. (나)는 '여름밤'이라는 시어의 반복을 통해 '여름'이라는 계절적 배경을 알 수 있고, 이러한 계절적 배경은 생명력을 상실한 도시 문명의 분위기를 환기하고 있다.

✕ 오답 풀이

① (나)는 '열대어들은 수족관 속에서 목마르다'에서 역설적 표현이 나타나지만, (가)에서는 역설적 표현이 나타나지 않는다.

② (가)에는 시어의 반복과 변형이 나타나지 않으며, (나)에서는 '여름밤'이 반복되기는 하지만, 시어의 변형은 나타나지 않는다.

④ (나)는 생명력을 상실한 도시의 삶을 비판하고 있는데, 14~16행에서 아름다운 아마존 강의 넘치는 생명력을 보여 주면서 시상을 반전하여 전반부의 도시의 비생명성과 대조를 이루고 있다. 그러나 (가)에서는 시상의 반전이 나타나지 않는다.

⑤ (나)에서는 '수족관'과 '아마존 강'이라는 공간의 대비를 통해 생명력 회복을 지향하는 화자의 태도가 드러나지만, (가)에서는 공간의 대비가 나타나지 않는다.

2 답 ⑤

○ 정답 풀이

노란 달이 아마존 강물 속에 향기롭게 출렁이는 모습은 화자가 소망하는 생명력이 회복된 도시의 모습이다. 따라서 이 모습이

훼손되어 가는 인간의 삶을 뒷받침한다는 설명은 적절하지 않다.

✕ 오답 풀이

① 길을 '구겨진 넥타이'처럼 풀어져 있다고 표현하여 시각적 이미지를 통해 회화성을 강조하고 있다.

② 공장의 지붕이 '흰 이빨'을 드러내었다는 표현은 삭막한 도시의 모습을 나타낸 것으로, 현대 문명의 불모성을 시각적으로 형상화했다고 할 수 있다.

③ 급격한 산업화 과정에서 인위적이고 규격화된 삶의 모습을 열대어가 '유리벽에 끼여 헤엄'친다고 표현하고 있다.

④ '열난 기계들이 길을 끓'인다는 표현은 기계 문명의 발달로 인한 도시의 숨막히는 열기를 나타낸 것이다.

3　🈺 ②

[전국 연합 기출]

◯ 정답 풀이

(가)에서 '폴란드 망명 정부'라는 1930년대의 역사적 사실을 작품의 소재로 사용하기는 하였지만, 이것은 역사적 사건에 대한 비판적 인식을 드러내는 것이 아니라, 대상의 이미지와 그에 대한 화자의 정서를 효과적으로 드러내기 위한 것이다.

✕ 오답 풀이

① (가)는 '낙엽'이 떨어지는 모습, '포플라나무'가 서 있는 모습을 통해 근경이 나타나고, '급행열차'가 들을 달리는 모습, 하늘에 떠 있는 '구름'을 통해 '원경'이 나타나고 있다.

③ '흰 이빨'를 드러낸 '공장의 지붕'은 퇴색한 공장 지붕을 비유한 것으로, 이를 통해 화자의 황량한 정서를 드러내고 있다. 그리고 황량한 현실에서 벗어나고자 던진 돌이 잠기어 가는 모습을 통해 화자가 황량하고 고독한 정서에서 벗어나지 못하고 있음을 알 수 있다.

④ 비유의 아름다움을 실현하기 위해 구름을 '셀로판지'에 비유하였다.

⑤ '자욱한 풀벌레 소리'는 청각을 시각화한 공감각적 심상이 드러나는 표현으로 회화성을 형성하고 있다.

4　🈺 ③

[전국 연합 기출]

◯ 정답 풀이

ⓒ의 '열대어들은 수족관 속에서 목마르다'는 표현은 원시 자연의 생명력이 결핍되어 갈증을 느끼는 현대인을 비유한 표현으로, 물질에 대한 욕망을 추구하는 모습으로 보는 것은 적절하지 않다.

✕ 오답 풀이

① '아스팔트'는 도시 문명을 연상시키는 소재이고, '고무 탄내'는 불쾌함을 환기하는 소재이므로, ⓐ은 현대 도시의 부정적 이미지를 형상화한 것으로 볼 수 있다.

② 도시 건물의 철근은 아마존의 열대 우림을, 간판이 발산하는 열기는 아마존의 열대 기후를 연상하게 만든다.

④ '시'를 선물하니 아름답고 생명력이 넘치는 세계의 모습이 나타나는 것으로 미루어 볼 때, '시'는 현대인의 생명력을 회복시킬 수 있는 정신적 가치로 해석할 수 있다.

⑤ '후리지아꽃들이 만발'한 모습은 원시 자연의 왕성한 생명력을 드러내는 것으로, 화자가 추구하는 아름답고 생명력이 넘치는 세계를 의미한다.

20　들길에 서서 / 떨어져도 튀는 공처럼

p. 60~61

> **감상 매뉴얼**　**⑦** 1 희망　2 희망　3 푸른 별, 저문 들길　4 대비
> 5 희망
> **⑭** 1 공　3 공, 탄력의 나라의 왕자　4 속성, 도치　5 좌절

1 ①	2 ③	3 ③	4 ③

1　🈺 ①

◯ 정답 풀이

(가)는 '푸른 산', '푸른 하늘'이 지닌 '희망과 이상'이라는 속성을 통해 희망을 잃지 않고 살아가겠다는 화자의 의지를 드러내고 있다. (나)는 '튀는 공', '둥근 공'의 '굴하지 않고 변화하고 움직이는' 속성을 통해 시련에 좌절하지 않고 살아가려는 화자의 모습을 제시하고 있다.

2　🈺 ③

[전국 연합 기출]

◯ 정답 풀이

〈보기〉에서 (가)의 화자는 자연과 마주하며 기쁨을 얻을 뿐만 아니라, 당대의 어두운 역사에서 벗어날 수 있다는 숭고하고 거룩한 이상도 자연물에서 찾아내고 있다고 하였다. 따라서 자연에 은거하여 시대적 아픔을 잊으려고 한다고 보는 것은 적절하지 않다.

✕ 오답 풀이

① '푸른 하늘'이 언제나 '머리 위에' 있다는 인식은 자연과 마주하며 숭고하고 거룩한 이상을 지향하는 화자의 태도와 연관되므로, 미래에 대한 희망과 의지를 갖고 있음을 알 수 있다.

② '산림처럼 두 팔을 드러낼 수 있는 것'은 자연과 교감하려는 행위이며, 화자는 이런 행위를 '숭고한 일'이라고 하였으므로 자연물과 자신을 동일시하는 것으로 볼 수 있다.

④ '저문 들길'은 '푸른 별'과 대비되는 시어로 일제 강점기의 어두운 시대적 분위기를 상징하는 시어이다.

⑤ '별을 바라보는' 행위는 숭고하고 거룩한 이상을 지향하는 화자의 태도를 의미한다.

3　🈺 ③

◯ 정답 풀이

(나)에는 시각적 이미지를 통한 대상의 움직임이 드러나고 있으나, 공감각적 이미지는 사용되지 않았다.

✕ 오답 풀이

① (나)에는 '살아 봐야지', '공이 되어' 등의 시구를 반복하여 형성된 운율이 나타난다.

② '쓰러지는 법이 없는 둥근 / 공처럼', '탄력의 나라의 / 왕자처럼', '지금의 네 모습처럼' 등에서 직유법을 사용하여 화자가 지향하는 삶의 속성을 구체화하고 있다.

④ (나)에서는 '튀는', '떠올라야지' 등의 상승적 이미지의 시어를 통해 대상의 움직임을 감각적으로 형상화하고 있다.

⑤ (나)는 '–지'라는 종결 어미를 반복하여 화자의 의지를 강조하고 있다.

4 답 ③

[전국 연합 기출]

정답 풀이

〈보기 1〉과 (나)를 통해 볼 때, '공'은 '화자가 닮고자 하는 최선의 존재'로 볼 수 있다. 또한 (가)에서 '지구'는 '부절히 움직이는' 존재로, (나)에서 '공'은 '떨어져도 튀는', '곧 움직일 준비되어 있는' 것으로 형상화되어 있으므로, '지구'와 '공'은 모두 운동성을 가진 대상으로 볼 수 있다.

✕ 오답 풀이

ㄴ: (가)에서 '지구'는 화자가 든든하게 살 수 있는 기반을 마련해 주는 존재로 형상화되었지만, 화자가 이런 지구의 모습에서 원만함을 이끌어 내고 있지는 않다.

ㄷ: 본모습을 쉽게 회복하는 속성을 가진 것으로 나타나는 것은 (나)의 '공'이다.

21 봄 / 절정

p. 62~63

감상 매뉴얼	가 1 봄	2 예찬	3 너, 바람	4 의인화	5 믿음
	나 1 초극	3 고원, 겨울은 강철로 된 무지개	4 역설, 의지	5 의지	
	1 ④	2 ④	3 ④	4 ①	

1 답 ④

정답 풀이

(가)에서는 '뻘밭 구석', '썩은 물 웅덩이'와 같은 표현을 통해, (나)에서는 '매운 계절의 채찍', '북방', '고원', '서릿발 칼날진 그 위', '겨울'과 같은 표현을 통해 역경과 시련의 현실 상황을 나타내고 있다.

✕ 오답 풀이

① (가)와 (나)는 모두 자기 성찰(자기의 마음을 반성하고 살핌)을 통한 부끄러움의 정서가 나타나지 않는다.

② (가)와 (나)는 모두 색채어가 사용되지 않았다.

③ (가)는 '봄의 도래에 대한 믿음 → 봄이 오기까지의 과정 → 봄을 맞는 감격'의 순서로, (나)는 '가혹한 외적 상황 → 화자의 극복 의지'의 순서로 시상이 전개되고 있다.

⑤ (가)와 (나)는 모두 설의적 표현이 사용되지 않았다.

2 답 ④

정답 풀이

㉣은 어렵고 힘든 과정을 이겨 내고 온 '봄'을 맞이하는 화자의 기쁨과 감격을 표현한 것으로, 기쁨을 상실한 화자의 경직된 심리 상태를 짐작하게 한다는 설명은 적절하지 않다.

3 답 ④

정답 풀이

작품을 감상하는 관점에는 내재적 관점과 외재적 관점이 있다. 내재적 관점은 운율, 시어의 의미, 시상 전개 방식, 화자의 태도 등의 작품 내적 요소를 근거로 감상하는 방법이며, 외재적 관점은 작품과 관련을 맺는 작가, 시대적 상황, 독자 등의 작품 외적 요소를 근거로 감상하는 방법이다. ④는 작품이 독자에게 미칠 영향에 대해 생각해 보는 것이므로, 외재적 관점 중 효용론적 관점에 해당한다.

✕ 오답 풀이

①은 시상 전개 방식의 특징을, ②와 ⑤는 시구의 의미와 표현상의 특징을, ③은 화자의 정서를 중심으로 감상한 것으로, 모두 내재적 관점에 해당한다.

4 답 ①

정답 풀이

일반적으로 '고원(높은 곳)'은 노력을 통해 도달했을 경우, 성취를 표상하는 긍정적 속성을 지닌 시어이다. 하지만 (나)에서 '고원'은 화자가 원해서 도달한 곳이 아닌, 극한의 상황에서 어쩔 수 없이 떠밀려 온 공간으로 더 이상 나아갈 수 없는 절정의 한계 상황으로 해석된다.

✕ 오답 풀이

② '서릿발 칼날진 그 위'는 '북방', '고원'과 마찬가지로 생존의 극한 상황을 의미한다.

③ '겨울'은 부정적이고 절망적인 현실을 의미한다.

④, ⑤ '겨울은 강철로 된 무지갠가 보다'는 '강철'의 차갑고 비정한 금속성의 이미지와 '무지개'의 희망적이고 황홀한 이미지를 결합하여 극한 상황에 대한 화자의 초극 의지를 나타내고 있는 표현이다. 따라서 '강철'과 '무지개'는 현실을 수용하거나 외면하고자 하는 태도와는 관련이 없다.

22 빈집 / 삼수갑산

p. 64~65

감상 매뉴얼	가 1 사랑	2 상실	3 장님, 빈집	4 빈집, 나열	5 공허함
	나 1 고향	2 절망	3 삼수갑산, 내 고향	4 반복	5 절망
	1 ②	2 ④	3 ④	4 ①	

1 답 ②

정답 풀이

(가)의 '빈집'은 사랑을 상실한 화자의 공허하고 절망적인 내면을 상징하는 폐쇄적 공간으로, 사랑을 잃은 뒤 느끼는 화자의 상실감과 슬픔을 부각하는 역할을 하고 있다. (나)의 '삼수갑산'은 화자가 갇혀서 벗어나지 못하는 공간으로, 일제 강점기 시대에 고향을 등진 암울한 상황을 반영하고 있다. 이로 볼 때 (가)와 (나)는 '빈집'과 '삼수갑산'이라는 공간의 특성을 바탕으로 시상이 전개되고 있다고 볼 수 있다.

2 답 ④

○정답 풀이

㉠은 사랑을 잃은 화자가 사랑할 때 접했던 모든 것들에게 이별을 고하면서 느끼는 내면의 공허함을 형상화한 공간이고, ㉡은 고향으로 가는 길을 가로막은 장애물들로 인해 고향으로 돌아갈 수 없어 절망하는 화자의 내면을 형상화한 공간이다.

3 답 ④

○정답 풀이

(가)에서는 화자가 사랑을 할 때 접했던 과거의 것들을 나열함으로써 현재의 상실감을 강조하고 있을 뿐, 현재의 상황에 대한 극복 의지는 드러나지 않는다.

✗오답 풀이

① 사랑을 상실한 화자의 처지를 '장님'에 비유하여 표현하고 있고, 사랑을 잃고 상실감으로 가득 찬 화자의 내면을 '빈집'이라는 상징적 소재를 통해 드러내고 있다.

② '밤', '겨울 안개', '촛불', '흰 종이' 등의 사물들을 의인화하여, 이들에게 이별의 인사를 건네는 형식으로 시상이 전개되고 있다.

③ '사랑을 잃고'라는 시구에서 화자가 처한 상황을 직접 제시함으로써 이별의 슬픔을 더욱 부각하고 있다.

⑤ '잘 있거라'라는 시구의 반복을 통해 운율을 형성하면서 이별의 안타까움을 강조하고 있다.

4 답 ① [전국 연합 기출]

○정답 풀이

(나)의 '물도 많고 산 첩첩'은 '삼수갑산'의 험한 지형적 특성을 표현한 시구이다. 이 시에서 '삼수갑산'은 화자가 고향에 갈 수 없도록 가로막은 장애물이므로, '물도 많고 산 첩첩'이라는 표현이 고향의 아름다움을 형상화했다고 보기 어렵다.

✗오답 풀이

② '촉도지난(蜀道之難)'은 중국의 시인 이백(李白)이 지은 악부(樂府)인 〈촉도난(蜀道難)〉의 한 구절로, 고향에 돌아가는 것이 매우 힘들다는 의미이다. 따라서 이 말은 고향에 돌아갈 수 없는 실향민(고향을 잃고 타향에서 지내는 백성)의 처지를 드러내기 위해 사용한 표현으로 볼 수 있다.

③ 3연에서 화자는 '새가 되면 (고향으로) 떠 가리라'라고 표현하였는데, 이는 현실적으로 불가능한 것이다. 따라서 화자는 불가능한 상황을 제시하여, 고향에 돌아갈 수 없는 자신의 처지와 절망적인 심리 상태를 강조하고 있는 것으로 볼 수 있다.

④ 4연에서 '삼수갑산이 날 가두었네'는 대상과 화자의 입장을 전도시킨 주객전도(主客顚倒)의 표현으로, '삼수갑산'으로 상징되는 현실적 제약 때문에 고향에 돌아갈 수 없는 화자의 안타까운 처지를 강조하고 있다.

⑤ 5연의 '못 벗어난다'라는 표현은 화자가 고향에 돌아가는 것이 불가능한 상황에 대해 느끼는 절망적 심리를 단정적 어조로 드러낸 것이며, 이것은 희망을 기대할 수 없을 만큼 화자가 처한 현실이 부정적이라는 인식을 보여 준다고 할 수 있다.

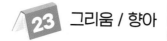

23 그리움 / 향아

p.66~67

감상 매뉴얼	**가** 1 눈 3 눈, 작은 마을 4 의문, 수미상관 5 그리움
	나 1 권유 3 미개지, 기생충 4 청유형, 대조적 5 물질문명
1 ①	2 ②	3 ④	4 ⑤

1 답 ①

○정답 풀이

(가)는 '내리는가'라는 시어를 반복하여 고향과 그곳에 있는 가족을 그리워하는 화자의 정서를 강조하고 있다. 그리고 (나)는 '가자', '돌아가자' 등의 시어를 반복하여 순수했던 농촌 공동체로 돌아가기를 바라는 화자의 정서를 강조하고 있다.

✗오답 풀이

② (나)는 청자인 '향'에게 말을 건네는 방식을 취하고 있지만, (가)에는 말을 건네는 방식이 사용되지 않았다.

③ (나)는 청유형 어미 '-자'를 사용하여 순수했던 과거의 삶으로 돌아가고자 하는 화자의 의도를 부각하고 있지만, (가)에는 청유형 문장이 사용되지 않았다.

④ (나)는 '수수밭', '호미와 바구니', '정자나무 마을' 등과 같은 토속적 소재를 활용하여 순수했던 농촌 공동체에 대한 화자의 지향을 드러내고 있지만, (가)에는 토속적 소재가 활용되지 않았다.

⑤ (가)는 '오는가', '내리는가' 등의 의문형 진술을 통해 화자의 그리움을 드러내고 있을 뿐, 화자가 내적으로 갈등하는 모습을 보이고 있지는 않다. (나)에는 의문형 진술이 사용되지 않았다.

2 답 ② [전국 연합 기출]

○정답 풀이

(가)에서 고향 마을로 가는 길에 보게 되는 '화물차의 검은 지붕'은 '눈'과 색채 이미지의 대비를 이루고 있는데, 이것은 고향을 떠올리게 하는 소재로 볼 수 있다. 그러나 문명에 대한 화자의 비판적 인식과는 관련이 없다.

✗오답 풀이

① [A]에서 '북쪽'은 '북쪽에 있는 고향'으로, 내리는 '눈'을 바라보는 화자는 북쪽에도 눈이 내리는지 궁금해하며 고향을 그리워하고 있다.

③ [B]에서 '너'가 있는 '작은 마을'은 고향을 의미하고, '복된 눈'에는 고향에 두고 온 사랑하는 사람이 축복받기를 바라는 화자의 마음이 드러나 있다.

④ [C]에서 한밤중에 잠을 깬 화자가 잉크병이 얼어들 정도의 추위를 더욱 혹독하게 느끼는 이유는 고향에 대한 그리움으로 잠을 이루지 못하고 있기 때문이다.

⑤ [D]에서는 1연의 내용을 반복한 수미상관 구조를 통하여 고향과 가족에 대한 화자의 그리움과 사랑을 강조하며, 고향에도 '복된 눈'이 내리기를 바라는 화자의 마음을 드러내고 있다.

3 답 ④ [평가원 기출 변형]

○정답 풀이

화자가 돌아가자고 한 '미개지'는 소박한 태도로 순수하고 건강한 삶을 살던 공간이다. 〈보기〉를 참고할 때 화자가 '차라리 그 미개지으로 가자'고 한 것은 허위와 병폐에 물들어 가는 공동체가 건강한 생명력과 순수성을 회복하기를 소망하는 마음을 드러낸 것이지, 공동체의 터전을 확장하려는 의식을 표현한 것은 아니다.

✗ 오답 풀이
① 농민들이 수수밭에서 환한 얼굴로 농사를 짓고 아낙네들이 냇물가에서 맨발을 담그고 빨래를 하던 '전설 같은 풍속'은 화자가 회복하기를 소망하는 공동체의 모습을 보여 준다.
② 화자는 '정자나무 마을'로 돌아가자고 말하며 그곳이 기생충의 생리와 허식에 인이 배기기 전의 공간이라고 하였다. 따라서 '기생충의 생리'는 농경 문화 전통에 반(反)하는 문명의 병폐를 보여 준다.
③ 화자는 '얼굴 생김새 맞지 않는 발돋움의 흉낼랑 그만 내자'고 말하고 있는데, 본성에 맞지 않는 '발돋움의 흉내'를 내는 것은 물질문명의 허위에 물들어 가는 상황을 보여 준다.
⑤ 명절밤 비단치마를 나부끼며 '떼지어 춤추던' 모습은 농경 문화의 전통에 바탕을 둔 공동체의 건강한 모습을 형상화한 것이다.

4 답 ⑤
○ 정답 풀이
㉠은 가족이 있는 고향으로, 화자는 고향을 생각하며 그리움과 애틋한 감정을 느끼고 있다. ㉡은 '호미와 바구니를 든 환한 얼굴'이 있고 '명절밤 비단치마를 나부끼며 떼지어 춤추던' 곳으로, 노동과 놀이가 공존하던 건강하고 생명력이 넘치는 농촌 공동체를 의미한다.

24 당신을 보았습니다 / 노신
p.68~69

감상 매뉴얼 가 1 당신 2 희망 3 민적 없는 자, 주인, 칼과 황금
4 상징, 인용, 반복 5 의지
나 1 시인 3 서른 먹은 사내, 등불 4 담담한 5 극복 의지

| 1 ④ | 2 ③ | 3 ③ | 4 ④ |

1 답 ④
○ 정답 풀이
(가)에서 화자는 부정적 상황에 절망하다가 '당신'이란 존재를 깨닫고 새롭게 삶에 대한 희망과 의지를 품게 되었고, (나)에서 화자는 가난한 시인으로 살아가는 삶에 피곤해 하지만 어려운 상황에서도 신념을 지켰던 '노신'을 떠올리며 현실 극복 의지를 다지고 있다.

✗ 오답 풀이
① (가)는 이웃집 주인, 능욕하려는 장군과 관련된 일화를 병치하여 '당신'의 존재감을 강조하고 있다. 하지만 (나)는 '노신'의 존재감을 강조하고 있다고 볼 수 있지만 일화를 병치하고 있지는 않다.
② (가)는 화자가 자신을 객관화하거나 지나온 삶을 성찰하고 있지 않

다. (나)는 화자가 자신을 '서른 먹은 사내'로 객관화하고 있지만 지나온 삶을 성찰하고 있지는 않다.
③ (가)에는 대상에 대한 호명이 나타나 있지 않고, (나)에는 '노신이여'에서 대상에 대한 호명이 나타나지만 이를 통해 경외감을 드러내고 있다고 보기는 어렵다.
⑤ (가)와 (나)는 모두 과거와 현재를 대비하고 있지 않다.

2 답 ③
○ 정답 풀이
'남에게 대한 격분이 스스로의 슬픔으로 화(化)'하는 것은, 일제에 대한 분노가 나라를 지키지 못했다는 자책감으로 변하는 절망적인 순간을 의미한다. 따라서 화자가 일제의 억압으로 인한 비참한 현실을 수용하려고 하고 있다는 ③의 설명은 적절하지 않다.

✗ 오답 풀이
① '갈고 심을 땅이 없'는 것은 일제의 식민 통치로 인해 생활 터전을 빼앗기고 경제적으로 궁핍하게 살아가는 우리 민족의 삶을 보여 준다.
② '민적'은 그 나라 국민임을 나타내는 호적이다. 그런데 (가)의 화자는 민적을 잃었으므로, 이는 일제에 나라를 빼앗겨 주권을 상실하고 식민지 백성이 된 우리 민족의 상황을 상징한다고 볼 수 있다.
④ '영원의 사랑을 받을까'는 초월적 세계나 죽음으로의 도피를 의미하고, '인간 역사의 첫 페이지에 잉크칠을 할까'는 인간 역사에 대한 부정을 의미한다. 그리고 '술을 마실까'는 자포자기와 절망의 심정을 나타낸다. 이러한 망설임을 통해, 민족의 비참한 현실에 대한 화자의 고뇌를 느낄 수 있다.
⑤ 화자는 '쏟아지는 눈물 속에서', '남에게 대한 격분이 스스로의 슬픔으로 화(化)하는 찰나에', '망설일 때에' 당신을 보았다고 하였다. 즉 절망감과 자포자기의 상황에서 '당신'을 발견하고, 그를 통해 비참한 민족 현실을 극복할 수 있는 희망을 얻고 있는 것이다.

3 답 ③
○ 정답 풀이
(나)의 '쓸쓸히 앉아 지키던 등불 / 등불이 나에게 속삭인다'에서 등불을 생명력 있는 대상으로 표현하고 있음을 알 수 있다. '등불'은 힘겨운 상황에서도 굳세게 살았던 '노신'을 떠올리게 하는 소재로, 이를 통해 생활의 어려움을 이겨 내고자 하는 화자의 상황을 짐작할 수 있다.

4 답 ④
○ 정답 풀이
'이런 밤'은 바로 뒤의 '온 – 세계가 눈물에 젖어 있는 밤'을 고려할 때, 삶의 고통이 심화되어 견디기 힘든 시간이자, 예술가로서의 신념과 현실의 고통이 충돌하는 시간이다. 화자의 고뇌와 현실적 고통이 해소되는 시간을 의미하지 않는다.

25 추억 / 어머니와 할머니의 실루엣

p. 70~72

감상 매뉴얼 ㉮ **1** 꿈 **2** 회상적 **3** 갈매기 **4** 시간, 대비 **5** 그리움
㉯ **1** 회상 **3** 칸델라불 **4** 시간, 통사 구조 **5** 그리움

1 ① **2** ③ **3** ④ **4** ②

1 답 ①

[전국 연합 기출]

○ **정답 풀이**

(가)는 '제비 같은 이야기', '곰팡이처럼 얼룩진 수염' 등에서, (나)는 '칠흑 같은 어둠'에서 직유법을 활용하여 대상을 구체화하고 있다.

✖ **오답 풀이**

② (나)는 유년 시절부터 자라면서 '대처'로 나와 '먼 세상'으로 날아 가면서 겪게 되는 화자의 다양한 경험을 점층적인 방식으로 전개했다고 볼 수도 있지만, (가)에는 점층적인 방식이 사용되지 않았다.
③ (가)는 '소년일 수 없고나'에서 영탄적 표현을 통해 화자의 안타까움을 드러내고 있지만, (나)에는 영탄적 표현이 사용되지 않았다.
④ (가)와 (나)에는 모두 명령형 어미가 사용되지 않았다.
⑤ (나)는 '하지만 멀리 다닐수록, 많이 보고 들을수록 / 이상하게도 내 시야는 차츰 좁아져'에서 역설적 표현을 사용하였으나, (가)에는 역설적 표현이 사용되지 않았다.

2 답 ③

○ **정답 풀이**

3연에서는 꿈이 많았던 과거에서 꿈이 없는 현재로 시상이 전환되고 있다. 하지만 어린 시절의 꿈을 상실한 현재의 모습을 보여 주고 있을 뿐, 잃어버린 꿈을 되찾고자 하는 다짐을 드러내고 있지는 않다.

✖ **오답 풀이**

① '종다리 뜨는 아침'이라는 상승적 이미지의 시간적 배경을 활용하여 꿈 많았던 소년 시절의 밝고 희망적인 분위기를 조성하고 있다.
② 화자와 대비되는 '게으른 갈매기'라는 소재를 활용하여 꿈 많고 지칠 줄 모르던 어린 시절 화자의 정서를 부각하고 있다.
④ '곰팡이처럼 얼룩진 수염'과 같은 부정적 외양 묘사를 통해 어른이 되어 꿈을 상실한 화자가 꿈 많았던 과거로 돌아가는 것이 불가능함을 드러내고 있다.
⑤ 1, 2연에 나타난 꿈 많았던 과거 화자의 모습과 3, 4연에 나타난 꿈을 상실한 현재 화자의 모습을 대비하여 '꿈 많았던 어린 시절에 대한 그리움'이라는 주제 의식을 드러내고 있다.

3 답 ④

[전국 연합 기출 변형]

○ **정답 풀이**

화자가 어려서 '램프불 밑'에서 본 것은 '재봉틀을 돌리는 젊은 어머니'와 '실을 감는 주름진 할머니'뿐이었고, 조금 자라서 '칸델라불 밑'에서 본 것은 '험상궂은 금점꾼들'과 그 '아내들'의 모습이었으며, 소년이 되어 '전등불 밑'에서 본 것은 '가설극장의 화려한 간판'과 '가겟방의 휘황한 불빛'이었다. 화자는 이렇게 점점 자라

면서 세상이 넓다는 것을 알았다고 하였다. 따라서 '램프불 밑에서 자랐다', '칸델라불 밑에서 놀았다', '전등불 밑에서 보냈다'의 변화와 그 순차적 배치는, 화자의 성장 과정에 따라 화자의 인식이 달라졌음을 보여 주는 것이다.

4 답 ②

[전국 연합 기출]

○ **정답 풀이**

(가)에서 화자가 '또다시 가슴이 둥근 소년일 수 없'다고 한 것에서 과거의 소년 시절로 되돌아갈 수 없다는 단절감과 그에 따른 안타까움이 드러나고 있다. 그러나 (나)의 '다시 이것이 세상의 전부가 되었다'는 것은 화자가 모성의 이미지로 대표되는 유년 시절의 가치로 회귀하고자 하는 모습이 드러날 뿐, 넓은 세상에 대한 화자의 동경이 나타난다고 볼 수는 없다.

✖ **오답 풀이**

① (가)는 '그날'과 '오늘'에서, (나)는 '어려서'와 '조금 자라서', '소년 시절'에서 시간의 흐름에 따라 내용이 전개되고 있음을 알 수 있다.
③ (가)의 '제비 같은 이야기는 바다 건너로만 날'렸던 모습과 '봉해진 입술에는 바다 건너 이야기가 없'는 모습에서 화자의 꿈 많았던 소년 시절과 그렇지 못한 현재 모습이 대비되고 있다.
④ (나)에서 어린 시절의 화자는 성장하면서 '칸델라불 밑', '전등불 밑', '대처'에서 다양한 경험을 하고 있다.
⑤ (나)의 '젊은 어머니'와 '주름진 할머니의 실루엣'은 화자가 경험한, 모성의 이미지로 대표되는 유년 시절의 가치를 나타낸다고 할 수 있다. 따라서 '젊은 어머니'와 '주름진 할머니의 실루엣만 남았다'는 것은 화자가 유년 시절의 가치로 회귀하고자 하는 모습으로 볼 수 있다.

26 무서운 밤 / 귀농

p. 73~75

감상 매뉴얼 ㉮ **1** 희망 **3** 눈보라 **4** 대조적, 띄어쓰기 **5** 저항
㉯ **1** 기대감 **3** 백구둔, 석상디기 밭 **4** 운율감, 대구적 **5** 전원

1 ① **2** ④ **3** ⑤ **4** ⑤

1 답 ①

○ **정답 풀이**

(나)는 '장글장글, 솔솔, 챙챙, 웅성웅성, 디벅디벅, 터벅터벅' 등과 같이 음성 상징어를 사용하여 운율감을 형성하고 있지만, (가)에는 음성 상징어가 사용되지 않았다. (가)는 '굳게굳게', '무서웁게무서웁게'와 같이 시어의 반복을 통해 운율감을 형성하고 있다.

✖ **오답 풀이**

② (가)는 행과 연의 구분, 띄어쓰기와 같은 일반적인 형식을 파괴하여 부정적 현실에 처한 화자의 답답한 정서를 드러내고 있지만, (나)에는 이러한 형식 파괴가 나타나 있지 않다.
③ (가)는 '하늬바람, 눈보라, 어두운바깥'과 '붉은순정의등불'을 대조하

여 부정적 현실에 대한 대결 의지를 형상화하고 있지만, (나)에는 부정적 현실에 대한 대결 의지가 나타나 있지 않다.

④ (나)는 4연의 '수박이 열면 ~ 걷어가는 대로 두어두고' 등에서 유사한 통사 구조를 반복하여 무위자연의 삶의 자세를 제시하고 있지만, (가)에는 유사한 통사 구조의 반복이 나타나 있지 않다.

⑤ (나)는 4연의 '아, 노왕, 나는 이렇게 생각하노라'에서 청자인 노왕에게 말을 건네는 어투를 사용하여 화자의 생각을 드러내고 있지만, (가)에는 청자에게 말을 건네는 어투가 사용되지 않았다.

2 답 ④
◯정답 풀이
꺼질 줄을 모르는 '붉은순정의등불'은 외부의 시련에 좌절하거나 절망하지 않는 화자의 의지와 희망을 의미한다. 따라서 시련을 막기에 역부족이었던 화자의 처지를 드러낸다는 설명은 적절하지 않다.

✕오답 풀이
① '하늬바람'은 사납게 몸부림치고 '눈보라'는 미친 듯 몰아친다고 하였으므로, 이들은 화자의 삶을 위협하는 대상을 의미한다고 볼 수 있다.
② '연약한'과 '가난한'이라는 수식어를 통해, '연약한바람벽'과 '가난한 볏짚이엉'은 화자의 궁핍한 현실을 암시한다는 것을 알 수 있다.
③ 외부의 시련에 증오의 시선을 보내며 창을 굳게 닫고 있다고 하였으므로, '굳게닫힌운증오의창'은 시련에 좌절하지 않는 화자의 각오를 담고 있다고 볼 수 있다.
⑤ '어두운바깥'을 노려 보며 날카롭게 빛났다고 하였으므로, '날카로운 적-은눈동자들'은 희망의 끈을 놓지 않으려고 노력하는 화자의 모습을 의미한다고 볼 수 있다.

3 답 ⑤
◯정답 풀이
(나)에서 중국인 지주인 '노왕'은 힘겨운 농사일을 그만두고 여유로운 생활을 즐기기 위해 밭을 빌려 주고, 소작농인 화자는 유유자적한 농촌 생활을 영위하기 위해 노왕에게 밭을 빌리며 갈등 없이 평화롭게 지내고 있다. 5연에서 '팔짱'을 낀 '노왕'과 '뒷짐'을 진 '나'의 모습은 두 사람이 착취와 피착취의 관계가 아니라 서로 수평적인 관계라는 것을 나타내고 있다.

✕오답 풀이
① '석상디기 밭'은 귀농한 화자가 노왕에게 빌린 것으로, 번거로운 일상에서 벗어나 유유자적하게 살고자 하는 화자의 이상이 담긴 공간이다.
② 노왕은 '채매'가 힘이 들어 밭을 빌려 준다고 하였고 '나'는 마음 놓고 '낮잠'을 자고 싶어서 밭을 빌린다고 하였으므로, '채매'와 '낮잠'은 밭을 빌려 주고 빌리는 이유 중의 일부에 해당한다.
③ 화자는 '측량'과 '문서'가 싫증이 나서 '아전 노릇'을 그만두고 밭을 얻는다고 하였으므로, '측량'과 '문서'에 대한 싫증이 '백구둔'으로 귀농한 계기라고 할 수 있다.
④ '돌벌기'가 먹어도 그냥 두고 '도적'이 걷어 가도 그냥 두는 모습에서 자신이 가꾼 곡식을 다른 사람이나 생명체와 공유하겠다는 무소유의 삶의 태도를 엿볼 수 있다.

4 답 ⑤
◯정답 풀이
(가)에서 화자는 '눈보라'가 몰아치는 '어두운바깥'을 무섭게 노려보고 있으므로, 부정적인 외부 상황에 대해 대결 의식을 드러내고 있다고 볼 수 있다. 하지만 (나)에서 화자는 '귀치않은 측량도 문서도 싫증이 나서 '아전 노릇'을 그만두고 백구둔으로 귀농했으므로, '아전 노릇'에 대해 우호적 태도를 드러내고 있다고 볼 수 없다.

27 춘설 / 아침 이미지 1
p. 76~77

> 감상 매뉴얼 ㉮ 1 봄 3 설어라 4 영탄적 5 생명력
> ㉯ 1 아침 3 어둠, 개벽 4 시간 5 생동감
>
> 1 ⑤   2 ④   3 ⑤   4 ③

1 답 ⑤
◯정답 풀이
(가)는 '-라'라는 종결 어미를 반복하여 운율을 형성하고 있고, (나)는 '낳고', '아침이면' 등의 시어를 반복하여 운율을 형성하고 있다.

✕오답 풀이
① (가)는 '선뜻!', '아아'와 감탄형 어미를 활용한 영탄적 표현을 통해 이른 봄에 눈 내린 풍경을 대하는 화자의 정서를 드러내고 있지만, (나)에는 영탄적 표현이 사용되지 않았다.
② (가)와 (나)에는 모두 대조적 의미의 시어가 나타나 있지 않다.
③ (가)와 (나)에는 모두 음성 상징어가 사용되지 않았다.
④ (가)는 '고기 입이 오물거리는' 등에서 부분적으로 동적인 이미지가 나타나지만 전체적으로는 정적인 이미지가 강하고, (나)는 물상들의 움직임을 제시하고 있으므로 동적인 이미지를 중심으로 시상을 전개하고 있다고 볼 수 있다.

2 답 ④
[전국 연합 기출]
◯정답 풀이
화자는 [D]에서 만물이 꿈틀거리며 살아난 모습을 '꿈 같기에 설어'하고 있을 뿐 옹송그리고 살아온 자신을 돌아보지 않았으며, [C]에서 보인 태도를 허무하게 여기고 있지도 않다.

✕오답 풀이
① [A]에서는 갑자기 찾아온 봄기운에 놀란 화자의 마음을 '선뜻!'이라고 표현하고 있다.
② [B]에서는 눈 덮인 산의 서늘한 기운이 이마에 닿을 듯이 가까이 느껴지는 것을 '이마받이'로 표현하고 있다.
③ [C]에서는 얼음이 녹고 바람이 부는 모습을 통해 봄을 맞아 생동감 있게 변화하는 자연의 모습을 그리고 있다.
⑤ [E]에서는 미나리가 파릇하게 새순이 돋는 모습과 고기의 입이 오물거리는 모습을 통해 생동하는 봄의 모습을 제시하고 있다.

3 답 ⑤

○정답 풀이

'세상은 개벽을 한다'는 마치 새로운 세상이 열리는 것처럼 생동감 넘치고 신선한 아침의 이미지를 표현한 것으로, 생동감 넘치는 아침의 모습에 대한 화자의 경이감이 담겨 있다.

4 답 ③　　　　　　　　　　　　　　　　　　　[전국 연합 기출 변형]

○정답 풀이

'봄'과 '눈'이 어울리지 않는다는 점에서 '꽃 피기 전 철 아닌 눈'을 이질적인 대상 간의 결합으로 볼 수 있지만, 이는 봄기운에 대한 반가움을 나타낸 것이므로 다시 돌아올 겨울에 대한 기대감을 드러내고 있다고 볼 수 없다.

✘오답 풀이

① '먼 산이 이마에 차라'는 시각적 요소와 촉각적 요소를 결합한 공감각적 표현으로 먼 산의 차가움이 이마에 와 닿는 느낌을 나타낸 것이다.

② '흰 옷고름 절로 향기로워라'는 시각을 후각화한 공감각적 표현으로 봄이 되어 변화하는 자연의 모습을 나타낸 것이다.

④ '어둠은 새를 낳고, 돌을 / 낳고, 꽃을 낳는다'는 추상적 대상인 '어둠'을 사물을 잉태하고 출산하는 존재에 빗대어 아침이 밝아 오는 모습을 나타낸 것이다.

⑤ '아침이면 / 세상은 개벽을 한다'는 앞에 쓰인 시행을 반복, 변형하여 생동감 넘치는 아침의 모습에 대한 화자의 인식을 집약하여 나타낸 것이다.

고독으로 인한 슬픔의 감정이 이입된 대상으로 볼 수 있다. 따라서 사랑의 결실을 얻게 되는 기쁨을 노래한다는 설명은 적절하지 않다.

3 답 ④　　　　　　　　　　　　　　　　　　　　　[전국 연합 기출]

○정답 풀이

[D]에서의 '눈짓'은 '나'와 '너'가 '우리'가 되어 서로가 서로에게 의미 있는 존재가 된 상태를 의미한다. 따라서 서로의 본질을 인식하기 이전의 상태를 의미한다는 ④는 적절하지 않다.

✘오답 풀이

① '몸짓'은 이름을 불러 주기 전의 의미 없는 존재를 의미한다.

② '꽃'은 명명 행위에 의해 의미를 부여받은 존재를 의미한다.

③ '빛깔과 향기'는 어떤 존재가 지니고 있는 본질을 의미한다.

⑤ 이 시는 존재의 참된 모습을 인식해 나가는 과정을 통해, 진정한 인간관계 형성에 대한 소망을 표현하고 있다.

4 답 ②　　　　　　　　　　　　　　　　　　　　　[전국 연합 기출]

○정답 풀이

'이름'을 불러 주는 것은 의미 없는 존재에게 의미를 부여하여 존재의 본질을 인식하는 행위이다. 〈보기〉에서 뒤샹은 의미 없는 기성품에 〈샘〉이라는 '제목'을 붙여 의미를 부여함으로써 예술품의 경지에까지 올려놓을 수 있었던 것이다.

 산유화 / 꽃

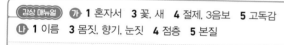

감상 매뉴얼　**가** 1 혼자서　3 꽃, 새　4 절제, 3음보　5 고독감
나 1 이름　3 몸짓, 향기, 눈짓　4 점층　5 본질

p. 78~79

1 ④　　　2 ③　　　3 ④　　　4 ②

1 답 ④

○정답 풀이

(가)에서는 의도적으로 시행을 나누거나 유사한 통사 구조를 반복하여 화자의 정서를 강조하고는 있으나, 어순을 도치한 표현은 나타나 있지 않다.

✘오답 풀이

① 1연과 4연에 가을을 '갈'로 변형한 시적 허용이 나타나 있다.

② 2연의 '작은 새'는 화자의 감정 이입 대상이 되고 있다.

③ (가)는 꽃이 피고 지는 모습을 통해 존재가 지니는 근원적인 고독을 노래한 작품이다.

⑤ 수미상관식 구성을 통해 운율을 형성하고 시적 안정감을 주고 있다.

2 답 ③

○정답 풀이

3연의 '작은 새'는 '우는'이라는 시어를 통해 볼 때 존재의 근원적

대장간의 유혹 / 종가

감상 매뉴얼　**가** 1 가치　2 소망　3 대장간, 똥덩이, 무쇠낫　4 대립, −고 싶다　5 가치
나 1 종가　3 기와집, 신주　4 대비, 희화화　5 몰락

p. 80~81

1 ⑤　　　2 ⑤　　　3 ②　　　4 ②

1 답 ⑤

○정답 풀이

(가)는 가치 없는 삶을 뜻하는 '플라스틱 물건', '똥덩이'와 가치 있는 삶을 뜻하는 '시퍼런 무쇠낫', '꼬부랑 호미'를 대조하여 가치 있는 삶의 회복이라는 주제 의식을 강조하고 있고, (나)는 권위가 살아 있던 과거 종가의 모습과 권위를 잃은 현재 종가의 모습을 대비하여 봉건 질서의 몰락이라는 주제 의식을 강조하고 있다.

✘오답 풀이

① (나)는 '신주들은 대머리에 곰팡이가 나도록 알리어지지는 않아도', '제삿날이면 갑자기 높아 제상 위에 날름히 올라앉는다' 등에서 대상을 희화화하고 있지만, (가)에는 대상에 대한 희화화가 나타나 있지 않다.

② (나)는 신주가 '제상 위에 날름히 올라앉는다'라는 표현에서 활유법을 사용하여 대상에 생동감을 주고 있지만, (가)에는 활유법이 사용되지 않았다.

③ (가)는 '플라스틱 물건처럼'과 '똥덩이처럼'에서, (나)는 '거미 알 터지
듯'과 '무기처럼'에서 비유적 표현을 활용하여 대상의 이미지를 구
체적으로 표현하고 있다.
④ (가)는 '시퍼런 무쇠낫'에서, (나)는 '검은 기와집'에서 각각 색채어를
활용하여 대상의 속성을 부각하고 있다.

2 답 ⑤
○ 정답 풀이
'대장간'이 무가치한 삶을 가치 있게 단련하는 곳이라면, '직지사
해우소'는 단련하는 곳이 아니라 부정적인 자아를 버리는 곳이므
로, 두 공간이 같은 의미의 공간이라고 할 수 없다.

✕ 오답 풀이
① '플라스틱 물건'은 쉽게 만들어지고 쉽게 버릴 수 있는 산업화된 자
본주의 시대를 대표하는 상품으로, 무가치한 삶을 비유적으로 표현
한 것이다.
② 가치 있는 것을 만들어 내던 '대장간'이 사라지고 지어진 '현대 아
파트'는 산업화된 도시의 산물로, 화자가 부정적으로 인식하는 대
상이다.
③ '대장간'은 무쇠를 이글거리는 불에 달구고, 벼리고, 숫돌에 갈아 '가
치 있는' 물건을 만드는 곳으로, 화자는 무가치하다고 느끼는 자신의
삶을 단련하여 '가치 있는' 삶을 되찾고 싶은 소망을 드러내고 있다.
④ '무쇠낫'과 '꼬부랑 호미'는 무쇠를 단련하여 만들어 낸 가치 있는 물
건으로, 화자는 자신의 삶도 이렇게 가치 있게 만들고 싶다고 말하
고 있다.

3 답 ②
[평가원 기출]
○ 정답 풀이
'신주'는 종가의 권위를 상징하는 소재이다. 그런데 종가에서 평
소에는 신주를 '곰팡이가 나도록' 방치해 두다가 '제삿날'이 되면
'갑자기' '제상 위에 날름히 올라앉'도록 하여 귀하게 대접한다고
하였다. 이는 종가의 권위를 상징하는 신주를 희화화함으로써 종
가에 대한 풍자적 태도를 드러낸 것이다.

4 답 ②
○ 정답 풀이
(가)에서 '현대 아파트'는 산업화된 현대 사회의 단면을 보여 주는
공간으로 통과 제의적 공간이 아니다. 화자를 단련하여 새롭게
거듭나게 하는 통과 제의적 공간은 '대장간'이다.

✕ 오답 풀이
① (가)는 플라스틱 물건처럼 느껴질 때 '버스에서 뛰어내리고 싶다'고
표현함으로써 쉽게 쓰고 쉽게 버려지는 현대 사회에 대한 문제 의
식을 드러내고 있다.
③ (나)는 '모말굴림도 시키고 주릿대를 앵기었다'고 '동네 백성들'이 받
은 상처를 보여 줌으로써의 종가의 부당한 횡포를 비판하고 있다.
④ (나)는 '닝닝거린다', '살아 나간다'와 같이 현재 시제를 사용하여 종
가 구성원들의 행동을 생동감 있게 서술하고 있다.
⑤ (가)는 '대장간 벽에 걸리고 싶다'는 표현을 통해 사물을 단련하여
가치 있는 것으로 만드는 '털보네 대장간'에 대한 긍정적 인식을 나
타내고 있고, (나)는 '검은 기와집'이라는 표현을 통해 폐쇄적이고 권
위적인 모습의 '종가'에 대한 부정적 인식을 나타내고 있다.

30 출생기 / 연륜
p. 82~83

감상 매뉴얼 　가 1 출생 3 신월, 돌메 4 과거 시제 5 암울함
나 1 열정적 3 연륜, 섬 4 대조 5 의지

| 1 ① | 2 ② | 3 ④ | 4 ⑤ |

1 답 ①
○ 정답 풀이
(가)에는 '까마귀', '부엉이', '박년출', '석류꽃' 등 여러 자연물이
나타나지만, 이러한 자연물에 인격을 부여하여 대상과의 교감을
드러내고 있는 부분은 찾을 수 없다.

✕ 오답 풀이
② (가)는 '불어오던', '지니셨고', '읽으셨다' 등과 같은 과거 시제를 사
용하여 화자의 출생과 관련된 서사적 사건을 들려주는 형식을 취하
고 있다.
③ (나)는 '휘날려 발 아래 깔리는 / 서른 나문 해야'와 '한 금 두 금 곱
다랗게 감기는 연륜'에서 '서른 나문 해'와 '연륜'이라는 추상적인 대
상을 구체화하여 꿈을 잃고 살아온 과거의 삶을 나타내고 있다.
④ (나)는 부정적 공간을 의미하는 '육지'와 화자가 지향하는 공간을 의
미하는 '섬'을 대조하여 화자가 지향하는 가치를 부각하고 있다.
⑤ (가)는 '검정 포대기'에서 '검정'이라는 색채어를 사용하여 부정적인
분위기를 형성하고 있고, (나)는 '비취빛', '눈빛' 등의 색채어를 사용
하여 이상적인 공간의 환상적인 분위기를 형성하고 있다.

2 답 ②
○ 정답 풀이
(가)에서 화자는 '스스로' 고고의 곡성을 지른 것이 아니라고 하였
다. '고고의 곡성'은 시대 상황으로 인해 출생의 울음소리가 슬프
게 느껴진다는 의미이므로, 이 슬픔은 일제 강점 직전이라는 시
대 상황에서 비롯되었다고 할 수 있다.

✕ 오답 풀이
① (가)에서는 '짐짓'이라는 시어를 통해 화자를 위해 태교에 힘쓰는 어
머니의 노력을 부각하고 있다.
③ (나)에서는 '날로'라는 시어를 통해 뜻을 펴지 못하고 무기력하게 나이
만 먹는 부정적 상황이 지속적으로 심화되고 있음을 강조하고 있다.
④ (나)에서 화자는 '불꽃'처럼 열정적으로 살겠다고 다짐하고 있으므
로, '또한'이라는 시어는 긍정적인 존재인 '불꽃'과 화자의 동질성을
부각한다고 볼 수 있다.
⑤ (나)에서는 '열렬히'라는 시어를 통해 열정적인 삶을 살겠다는 화자
의 적극적인 태도를 드러내고 있다.

3 답 ④
[평가원 기출]
○ 정답 풀이
[D]는 화자가 태어난 날의 상황을 구체적으로 서술한 것으로 볼
수 있다. 하지만 '왕고못댁 제삿날 밤'에 태어났다거나 '욕된 후
예'로 세상에 떨어졌다는 등의 내용으로 볼 때 출생에 대한 감격
을 드러내고 있는 것으로 볼 수는 없다.

① [A]의 '검정 포대기 같은 까마귀 울음소리'에서 청각(까마귀 울음소리)의 시각화(검정 포대기)가 나타나며, 이를 통해 암울하고 음산한 시대적 분위기를 조성하고 있다.

② [B]에서는 1연의 암울하고 음산한 분위기와 달리, '박넌출 남풍에 자라고', '푸른 하늘엔 석류꽃 피 뱉은 듯 피어'와 같이 생명력 넘치는 자연의 모습을 표현하고 있다.

③ [C]에서는 '나를 잉태한 어머니는 ~ 다듬어 지니셨고'와 '젊은 의원인 아버지는 ~ 글 읽으셨다'라는 대구 형식을 활용하여 화자의 출생을 앞둔 집안의 분위기를 드러내고 있다.

⑤ [E]에서는 이제 막 태어나 우는 아이의 울음소리인 '고고'와 사람이 죽었을 때 슬퍼서 우는 소리인 '곡성'을 연결하여, 명이나 길었으면 하는 바람에서 화자의 이름이 '돌메'로 지어졌음을 제시하고 있다.

4 답 ⑤

[평가원 기출 변형]

○ 정답 풀이

'주름 잡히는 연륜'은 뜻을 펼치지 못하고 무기력하게 나이만 들어가는 모습을 나타낸 것이다. 그리고 '불꽃'은 화자가 추구하려는 열정적 삶의 태도를 의미한다. 화자는 '주름 잡히는 연륜마저 끊어버리고' 나서 '불꽃처럼 열렬히 살리라'라고 하였으므로 '불꽃'이 '연륜'에 결핍되어 있는 속성을 끊을 수 있는 수단이라고 보기는 어렵다.

① 무너지고 깔리는 '꽃 이파리'의 모습은 과거의 삶에 대한 부정적 인식을 드러낸 것으로, 이는 화자가 자신이 살아온 일상을 결핍이 지속되어 온 나날로 재해석한 것이다.

② '서른 나문 해'는 화자가 지금까지 살아온 날을 의미하는데, 이를 '초라한 경력'이라고 표현한 것은 화자가 자신의 지난 인생을 초라하고 변변치 않은 경험으로 재해석한 것이다.

③ 화자가 꿈을 잃고 살아온 과거의 삶에서 벗어나 '섬'으로 가자고 한 것은, '섬'을 결핍을 해소할 수 있는 이상적 공간으로 재해석한 것이다.

④ 화자가 자신의 지난 삶을 '육지'에 막아 두고 새로운 삶을 살기 위해 '섬'으로 가려고 한 것은, '육지'를 결핍을 느끼는 부정적 공간으로 재해석한 것이다.

31 장수산 1 / 거제도 둔덕골

p. 84~85

감상 매뉴얼 (가) 1 고요한 3 웃절 중, 장수산 4 예스러운, 감각적
5 탈속적
(나) 1 거제도 둔덕골 2 의지 3 거제도 둔덕골 4 사투리, 영탄
5 고향

1 ⑤	2 ①	3 ③	4 ⑤

1 답 ⑤

○ 정답 풀이

(가)는 '장수산'이라는 공간을 통해 시름을 극복하고 무욕의 삶을

살고자 하는 화자의 삶의 자세를 드러내고 있고, (나)는 고향인 '거제도 둔덕골'이라는 공간을 통해 자연의 순리에 따라 소박한 삶을 살고자 하는 화자의 삶의 자세를 드러내고 있다.

① (나)는 2연의 '그러나'에서 시상을 전환하여 전통적 삶의 방식을 이어 가겠다는 화자의 정서를 심화하고 있지만, (가)에는 시상의 전환이 나타나 있지 않다.

② (가)와 (나)는 모두 자연물을 대화의 상대로 삼고 있지 않다.

③ (가)와 (나)에는 모두 공감각적 표현이 사용되지 않았다.

④ (가)는 '겨울'이라는 계절적 배경이 나타나지만 이를 통해 애상적 분위기를 환기하고 있지 않고, (나)에는 계절적 배경이 나타나 있지 않다.

2 답 ①

[전국 연합 기출]

○ 정답 풀이

'아름드리 큰 솔'이 '베어짐직도 하이'라고 한 것은 깊은 산속에서 큰 나무들이 베어지며 내는 소리를 환기하여 깊은 산속의 고요를 부각하기 위한 것이다. 인간에게 아낌없이 내어 주는 자연의 속성을 환기하고 있다는 것은 적절하지 않다.

② '다람쥐'가 움직이지 않고 '멧새'도 울지 않는 모습을 통해 장수산의 고요한 분위기를 부각하고 있다.

③ 여러 판을 지고도 불만 없이 웃고 올라간 '웃절 중'의 행동을 통해 세속적 욕망과 집착에서 벗어난 인물의 모습을 드러내고 있다.

④ '바람도 일지 않는' 고요한 장수산의 모습과 시름으로 '심히 흔들리'고 있는 화자의 모습을 대비하여 장수산의 고요함에 동화되지 못하고 시름에 젖어 있는 화자의 내적 고뇌를 강조하고 있다.

⑤ '오오 견디랸다'와 '차고 올연히'를 연결하여 장수산의 고요함에 묻혀 홀로 우뚝하게 시름을 견디고자 하는 화자의 의지를 드러내고 있다.

3 답 ③

○ 정답 풀이

ⓒ에서 왕고못댁 왕고모부는 '갓망건'은 벗었지만 여전히 '새끼 꼬며 시서(詩書)와 천하를 논하는' 모습을 보이고 있다. 이를 통해 왕고모부는 비록 입는 옷은 이전과 달라졌지만 가치관이나 생활 방식은 전통적인 방식을 유지하며 의연하게 살아가는 인물임을 알 수 있다. 따라서 ⓒ은 여전히 전통적인 삶의 방식을 고수하는 모습으로 이해하는 것이 적절하다.

① '팔대(八代)로 내려 나의 부조(父祖)의 살으신 곳'이라는 시구를 함께 고려하면, ㉠은 마을 사람들이 전통적인 삶의 방식을 유지한 채 대를 이어 가면서 한곳에서 살아왔음을 표현하는 것임을 알 수 있다.

② ㉡은 물질적 풍요를 누려 보지 못했던 마을 사람들의 삶을 설의적으로 표현한 것이다.

④ ㉣은 척박한 환경에서 가난하게 사는 삶을 벗어나기 위해 고향을 떠난 젊은 세대의 모습을 드러내고 있는 것이다.

⑤ ㉤은 할아버지와 아버지의 무덤이 있는 곳에 그들처럼 묻히게 될 것이라는 뜻이다. 따라서 ㉤은 조상들의 삶의 방식을 이어받아 이

전과 다름없는 삶을 지속할 것이라는 화자의 심리를 드러내고 있는
것이다.

4 ☑ ⑤
○정답 풀이
(나)의 '시방도 신농적 베틀에 질쌈하고'는 옷감을 만드는 전통
적 방식인 길쌈의 사투리 '질쌈'을 통해 '둔덕골'이 아직도 옛날
방식대로 살아가고 있는 곳이라는 의미를 드러냈을 뿐, 자연의
순리에 따르며 살고자 하는 의지를 드러낸 것은 아니다.

✕오답 풀이
① (가)의 '고요가 차라리 뼈를 저리우는데'는 뼈에 사무치는 적막감을
   나타낸 표현으로, 촉각적 심상을 활용하여 '장수산'의 고요한 모습을
   형상화한 것이다.
② (가)의 '눈과 밤이 종이보담 희고녀'는 '-고녀'라는 고풍스런 종결 어
   미를 사용하여 장수산이 동양적 신비로움을 지닌 공간이라는 점을
   부각한 것이다.
③ (가)의 '오오 견디랸다'는 적막한 겨울 장수산에서 화자가 고요를 통
   해 슬픔을 견디고자 하는 의지를 표출한 것이다.
④ (나)의 '팔대로 내려 나의 부조의 살으신 곳'은 '둔덕골'이 팔대에 걸
   쳐 조상들이 살아온 곳임을 밝혀 화자에게 근원적 공간으로서의 의
   미가 있다는 점을 나타낸 것이다.

 바다와 나비 / 소년

p. 86~87

감상 매뉴얼 **가** 1 냉혹한 3 나비, 바다, 청무우밭 4 색채 5 동경
나 1 소년 3 단풍잎, 순이 4 연쇄, 계절 5 그리움

1 ③　　2 ④　　3 ②　　4 ②

1 ☑ ③
○정답 풀이
(가)는 '흰나비'와 '바다'에서 흰색과 푸른색의 대비를 통해 냉혹
한 현실에 좌절하는 연약한 나비의 모습을 보여 주고 있고, (나)
는 '파란 물감'에서 색채 이미지를 활용한 시적 대상의 연쇄적 연
결을 통해 순이에 대한 소년의 사랑과 그리움을 표현하고 있다.

✕오답 풀이
① (나)는 '하늘', '눈썹', '손바닥', '손금', '맑은 강물', '순이의 얼굴'로
   이어지는 시어의 연쇄적 연결을 통해 시상을 전개하고 있지만, (가)
   에는 시어의 연쇄적 연결이 나타나 있지 않다.
② (나)는 '뚝뚝'이라는 음성 상징어를 활용하여 소년의 상실감을 부각
   하고 있지만, (가)에는 음성 상징어가 사용되지 않았다.
④ (가)는 '새파란 초생달이 시리다'에서 시각을 촉각화한 공감각적 이
   미지가 나타나지만, (나)에는 공감각적 이미지가 나타나 있지 않다.
⑤ (나)는 '단풍잎 같은 슬픈 가을이 뚝뚝 떨어진다'에서 계절적 배경
   을 나타내는 시어를 통해 애상적 분위기를 조성하고 있지만, (가)에
   는 계절적 배경을 나타내는 시어가 쓰이지 않았다.

---

2 ☑ ④
○정답 풀이
'공주'는 '나비'를 비유한 시어로, 세상 물정을 모르고 겁 없이 바
다에 뛰어들려 했던 나비의 순진함을 표현하기 위해 사용된 소재
이다.

✕오답 풀이
① 〈보기〉에서 '바다'는 냉혹하고 거친 현실을 의미한다고 하였으므로,
   '수심' 역시 바다의 냉혹하고 거친 속성을 의미하는 시어라고 볼 수
   있다.
② 〈보기〉에서 '나비'는 현실의 냉혹한 속성을 인지하지 못하는 순진한
   존재라고 하였으므로, 나비는 바다가 거칠고 냉혹하다는 사실을 모
   르기 때문에 바다를 무서워하지 않은 것이라고 이해할 수 있다.
③ '청무우밭'은 '나비'가 동경하는 세계로, 순진한 존재인 나비는 바다
   도 청무우밭처럼 낭만적이고 평화로울 것이라고 생각하고 내려갔다
   가 냉혹한 현실을 경험하고 있다.
⑤ '새파란 초생달이 시리다'는 냉혹한 현실로 인해 꿈이 좌절된 나비
   의 서글픔을 형상화한 표현이다.

---

3 ☑ ②

[전국 연합 기출]

○정답 풀이
파란 '하늘'로 인해 소년의 '눈썹'과 '따뜻한 볼'에 파란 물감이 물
든 것은 맞지만, 자연과의 합일이 소년을 황홀하게 만들었다고
볼 수는 없다. 소년이 황홀함을 느낀 것은 맑은 강물을 통해 '순
이의 얼굴'을 떠올렸기 때문이다.

✕오답 풀이
① 파란 '하늘'이 소년의 '눈썹'을 파랗게 만들었으므로, 하늘이라는 자
   연물이 소년의 몸에 영향을 준 것으로 볼 수 있다.
③ '파란 물감'이 소년의 '손바닥'에 묻고 그 손바닥의 '손금'이 다시 '맑
   은 강물'로 변했으므로, '파란 물감'이 '맑은 강물'로 변용되었다고
   할 수 있다.
④ 소년이 '맑은 강물'에서 그리운 '순이의 얼굴'을 본 것은 '아름다운
   순이'가 강물의 '맑은' 속성과 조응했기 때문이라고 볼 수 있다.
⑤ 소년이 본 '맑은 강물'은 소년의 내면이라고 할 수 있다. 그러한 맑
   은 강물에 눈을 감아도 '순이'가 떠오른다는 것은 '순이'가 소년의 내
   면에 자리 잡은 대상임을 보여 주는 것이다.

---

4 ☑ ②
○정답 풀이
㉠은 냉혹한 현실로 인한 나비의 좌절감을 공감각적 이미지로
표현한 것이고, ㉡은 부재하는 대상으로 인한 상실감을 추상적
관념의 구체화를 통해 표현한 것이다.

33 만술 아비의 축문 / 백화보서

p. 90~91

감상 매뉴얼	카 1 제사 2 감동 3 소금에 밥, 밤이슬 4 사투리, 화자, 반복 5 정성
	나 1 벽(癖) 2 꽃 3 개척 4 사례, 비판 5 긍정적

1 ②	2 ②	3 ③	4 ④

1 답 ②

○ 정답 풀이

(가)는 시적 화자를 '만술 아비'(1연)에서 '만술 아비의 정성을 평가하는 제3자'(2연)로 교체하고 있다. 이를 통해 죽은 아버지에 대한 아들의 애틋한 마음과 정성을 강조하고 있을 뿐, 인식의 전환을 드러내고 있는 것은 아니다.

✕ 오답 풀이

① (가)는 '아배요', '알지러요', '당한기요' 등의 사투리를 적절히 사용하여 토속적 정감을 환기하는 동시에 화자의 소박한 정서를 잘 드러내고 있다.

③ (나)는 '벌벌', '깜짝' 등의 음성 상징어를 사용하여 상황을 생동감 있게 표현하고 있다.

④ (나)는 '김 군'에 대한 구체적인 일화를 제시하여 사람들이 부정적으로 생각하는 '벽(癖)'에 대한 긍정적인 시각을 보여 주고 있다.

⑤ (가)는 '눌러 눌러', '묵고 묵고' 등과 같이 시어를 반복하여 아버지에 대한 정성과 애틋함을 부각하고 있고, (나)는 벽을 가진 김 군과 벽이 없음을 뽐내는 위인들을 대조하여 '벽'의 긍정적 가치를 부각하고 있다.

2 답 ②

○ 정답 풀이

(가)에서 화자인 만술 아비는 '등잔불도 없는 제사상에 / 축문이 당한기요.'라며, 궁핍한 삶에 축문은 가당치 않다는 생각을 드러내고 있다. 그러나 죽은 아버지에 대한 만술 아비의 태도로 볼 때, '축문'은 가난하고 무지한 자신의 처지로 인해 격식을 갖춰 제사를 지낼 수 없는 안타까움과 한이 드러나는 소재로 볼 수 있다. 따라서 ②의 설명은 적절하지 않다.

✕ 오답 풀이

① '소금에 밥'밖에 차려 놓지 못한 초라한 제사상의 모습을 통해 만술 아비가 가난한 형편임을 알 수 있다.

③ '소금에 밥'은 가난한 처지인 만술 아비가 현재 마련할 수 있는 최고의 음식이다. 그리고 '소금에 밥이나마 많이 묵고 묵고 가이소'에서 보잘것없는 음식이나마 망령(아버지의 혼)이 배불리 먹고 가기를 바라는 만술 아비의 정성 어린 마음이 드러나고 있다.

④ '보릿고개'는 쌀이 떨어지고 보리는 수확되기 이전의 힘든 시기를 의미한다. 이를 통해 '윤사월'은 등잔불조차 켤 수 없이 가난한 만술 아비의 힘겨움이 더욱 심해지는 시간적 배경임을 알 수 있다.

⑤ '간고등어 한 손이믄 / 아배 소원 풀어드리련만'에서는 생전에 아배가 좋아하셨던 간고등어를 제사상에 올리지 못한 만술 아비의 안타까움이 드러난다. 또한 만술 아비가 제사상에 고등어를 올리지 못하는 것은 가난한 형편에서 비롯된 것이므로, '간고등어'는 만술 아비의 현재 처지를 부각하는 소재로 볼 수 있다.

3 답 ③

[전국 연합 기출]

○ 정답 풀이

김 군은 손님이 와도 말 한마디 건네지 않을 만큼 ㉠(꽃)을 관찰하는 데 열중하고 있으므로, 김 군은 ㉠(꽃)에 대한 '편벽된 병'을 지녔다고 할 수 있다. 그 결과 김 군은 꽃의 역사에 기록될 만한 업적물인 ㉡(『백화보』)을 내놓게 되므로, ㉡(『백화보』)은 '꽃'에 대한 편벽된 병의 결과인 '벽의 공훈'이라고 할 수 있다. 따라서 ㉠(꽃)에 대한 편벽된 병이 ㉡(『백화보』)과 같은 벽의 공훈을 이루어내는 원동력이 되었다는 설명은 적절하다.

✕ 오답 풀이

①, ④ ㉡(『백화보』)과 같은 벽의 공훈을 얻기 위해서는 ㉠(꽃)에 대한 끊임없는 탐구, 즉 편벽된 병이 필요하다.

② 김 군은 ㉡(『백화보』)에 대한 '편벽된 병'을 극복하기 위해 ㉠(꽃)을 가꾼 것이 아니다.

⑤ ㉠(꽃)을 탐구하는 김 군에 대한 사람들의 비웃음이 ㉡(『백화보』)과 같은 벽의 공훈을 이루도록 이끈 것은 아니다.

4 답 ④

○ 정답 풀이

'벽'을 지닌다고 해서 만물의 이치를 깨닫게 된다고 볼 수는 없다. '만물을 마음의 스승으로 삼고 있다.'는 꽃을 탐구하는 김 군의 특성이지, '벽'의 특성으로 보기 어렵다. '편벽된 병'이라는 '벽'의 의미를 고려할 때, '벽'을 지니면 관심을 둔 분야에 대한 전문적인 지식이나 기예를 익힐 수는 있지만, 만물의 이치를 깨닫게 된다고 보는 것은 적절하지 않다. 문맥상 '벽의 공훈'은 꽃에 대한 벽을 지닌 김 군이 『백화보』를 지은 것을 의미한다.

✕ 오답 풀이

① 꽃에 대한 벽을 지닌 김 군을 손가락질하고 비웃는 사람들의 태도와 '아아! 벌벌 떨고 게으름이나 피우면서 ~ 편벽된 병이 없음을 뻐기고 있다.'라는 진술을 고려할 때, 세상 사람들은 일반적으로 '벽'을 한쪽으로 치우친 태도로만 보고 부정적으로 인식함을 알 수 있다. 그러나 글쓴이는 ⓐ에서 벽이 없는 사람은 버림받은 자라고 하며 '벽'을 긍정적으로 인식하고 있다.

② 글쓴이는 ⓑ에서 벽을 지닌 사람만이 이전에 없던 새로운 것을 개척할 수 있으며, 그 분야에 대한 전문 기예를 익힐 수 있다고 단정적으로 주장하고 있다.

③ ⓒ에서 꽃에 대한 '벽'이 있는 김 군은 일상적인 생활에도 무관심할 정도로 꽃에만 집중하는 모습을 보여 주고 있는데, 이는 '벽'을 가진 사람들의 일반적인 특성으로 볼 수 있다.

⑤ ⓓ에서 '벌벌 떨고 게으름이나 피우면서 천하의 대사를 그르치는 위인들'은 '벽'이 없는 것을 자랑으로 여기며 '벽'을 지닌 사람들을 무시하는 이들로 볼 수 있는데, 글쓴이는 이런 사람들에 대해 비판적인 인식을 드러내고 있다.

34 강 건너간 노래 / 다방찬

p. 92~94

감상 매뉴얼 **가** 1 회상 3 노래, 사막 4 과거, 반복 5 희망
나 1 다방 2 효용성 4 나열, 흥미

1 ① 　　2 ③ 　　3 ④ 　　4 ③

1 답 ①
○정답 풀이
(가)에는 청자가 분명하게 나타나 있지 않고, 풍자적인 표현도 사용되지 않았다.

✕오답 풀이
② (가)는 첫 연의 3행 '내가 부른 노래는 강 건너 갔소'와 마지막 연의 3행 '내가 부른 노래는 그 밤에 강 건너 갔소'와 같이 유사한 시행을 반복하여 의미를 강조하고 있다.
③ (나)는 '오피스로부터 풀려나오는 길이라도 좋다. ~ 영화를 보고 나오던 길이라도 좋다.'에서 '~ 길이라도 좋다'라는 문장 구조를 반복하여 어떤 경우에도 부담 없이 들를 수 있는 다방의 장점을 부각하고 있다.
④ (나)는 '고마운 물건이 아닐 수 없다.'에서 이중 부정을 사용하여 다방에 대한 글쓴이의 긍정적인 인식을 드러내고 있다.
⑤ (가)는 '내 노래는 제비같이 날아서 갔소'에서 직유법과 활유법을 사용하여 '노래'에 생명력을 부여하고 있고, (나)는 다방인종을 비유한 표현인 '벽화', '금붕어'를 통해 다방에 오래 머물고 다방을 돌아다니며 물만 먹는 인물의 특성을 제시하고 있다.

2 답 ③
○정답 풀이
(나)에서 '다방인종'을 '벽화', '금붕어'로 지칭하며 조롱한 것은 '첨구거사들'이며, 작가는 다방의 장점을 나열하면서 다방을 긍정적 시선으로 바라보고 있다.

✕오답 풀이
① (가)에서 '계집애'는 일제 강점기에 삶의 터전을 잃은 우리 민족을 의미하므로, '못 잊을 계집애 집조차 없다기에 / 가기는 갔지만'은 우리 민족에 대한 작가의 애정을 드러낸 것이다.
② (가)에서 '한 가락 여기 두고 또 한 가락 어디멘가'는 부정적 현실에도 노래를 계속할 것이라는 작가의 소명 의식을 드러낸 것이다.
④ (나)에서 작가는 '명곡 한 곡조를 듣는 안일과 그 맛'이 도회인만이 누릴 수 있는 낙이라고 하며 '다방'을 긍정적으로 평가하고 있다.
⑤ (나)에서 작가는 다방에 오래 있는 사람을 조롱하는 일부 사람들과 달리 '다방'을 '다시없이 고마운 물건'이라고 하며 예찬적 태도를 보이고 있다.

3 답 ④
[평가원 기출]
○정답 풀이
ⓔ은 〈보기〉의 관점에 따르면 '일상적 진실'을 보여 주는 것으로, '눈물', '죽음', '밤' 등의 이미지를 통해 화자가 일상적 현실을 부정적으로 인식하고 있음을 보여 주고 있다. 따라서 ⓔ은 자연물

에 대한 화자의 태도가 변화한 것이 아니며, 일상적 현실이 희망적으로 바뀐 것도 아니다.

✕오답 풀이
① ㉠은 〈보기〉의 관점에 따르면 '일상적 진실'을 보여 주는 것으로, '쨍쨍 얼어 조이던 밤'이라는 시간적 배경을 통해 화자가 처해 있는 상황이 암울하고 냉혹함을 드러내고 있다.
② ㉡은 〈보기〉의 관점에 따르면 '일상적 진실'을 보여 주는 것으로, 강 건너 도착하게 될 공간을 '사막'으로 표상하여 화자가 직면하게 될 상황이 삭막하고 척박할 것임을 드러내고 있다.
③ ㉢은 〈보기〉의 관점에 따르면 '일상적 진실'을 보여 주는 것으로, 화자의 소망과 바람이 반영된 '노래'가 모래불에 떨어져 죽을 것이라고 가정하여 화자가 처한 현실이 절망적임을 드러내고 있다.
⑤ ㉤은 〈보기〉의 관점에 따르면 '당위적 진실'을 보여 주는 것으로, 부정적 이미지인 '밤'과 희망의 이미지인 '무지개'를 대응하여 부정적 상황을 극복하고자 하는 화자의 소망을 드러내고 있다.

4 답 ③
[전국 연합 기출]
○정답 풀이
글쓴이는 다방에서 틀어 주는 음악에 명곡이 많다고 하였다. ⓒ에서 '귀가 서툴러 못 알아들을 지경'이라고 한 것은 다방에서 틀어 주는 음악의 수준이 높다고 여기는 글쓴이의 생각을 드러낸 것이다.

35 떠나가는 배 / 탄궁가

p. 95~97

감상 매뉴얼 **가** 1 고향 3 항구, 언덕 4 띄어쓰기, 수미상관 5 슬픔
나 1 운명 3 환곡 장리, 가난귀신 4 고사, 의인화 5 수용

1 ④ 　　2 ⑤ 　　3 ⑤ 　　4 ③

1 답 ④
○정답 풀이
(가)는 '눈물로야 보낼 거냐', '아늑한 이 항구인들 손쉽게야 버릴 거냐' 등에서 설의법을 사용하여 떠나고 싶지 않지만 고향을 떠나야만 하는 화자의 상황을 강조하고 있다. (나)는 '겨울을 덥다 한들 몸을 어이 가릴꼬', '원근 친척 손님들은 어이하여 접대할꼬' 등에서 설의법을 사용하여 화자의 가난한 상황을 강조하고 있다.

✕오답 풀이
① (가)에는 계절적 배경이 드러나 있지 않고, (나)에는 '봄날'이라는 계절적 배경이 드러나지만 이를 통해 역동적인 분위기를 자아내고 있지는 않다.
② (가)에는 고사가 나타나 있지 않고, (나)에는 '안표가 자주 빈들'과 '원헌의 가난'에서 고사가 나타나지만 이를 통해 바람직한 삶의 자세를 드러내고 있지는 않다.
③ (가)는 수미상관의 기법을 활용하여 구조적 안정감을 주고 있지만, (나)에는 수미상관의 기법이 사용되지 않았다.
⑤ (가)와 (나)는 모두 역설적 표현을 사용하지 않았다.

2 답 ⑤

○ 정답 풀이

3연의 '돌아다보는 구름에는 바람이 희살 짓는다'는 바람의 훼방으로 고향의 모습을 제대로 볼 수 없는 화자의 절망적 현실을 드러낸 것이지, 고향에 대한 미련을 버리려는 화자의 의지를 드러낸 것이 아니다.

✗ 오답 풀이

① '나 두 야'에서 의도적으로 띄어쓰기를 하여 고향을 떠나기를 망설이는 화자의 아쉬움을 드러내고 있다.

② '묏부리 모양'은 조국의 국토를 의미하는 것으로, '안개같이 물 어린 눈'은 이를 바라보는 화자의 눈에 눈물이 고였다는 의미이다. 이를 통해 고향을 떠나는 화자의 슬픔을 드러내고 있다.

③ '아 — 사랑하던 사람들'에서는 '아 —'라는 감탄사를 사용하여 헤어져야만 하는 우리 민족에 대한 애정을 드러내고 있다.

④ '못 잊는 마음'과 '쫓겨 가는 마음'을 통해 잊을 수 없는 고향을 어쩔 수 없이 떠나야 하는 화자의 처지를 드러내고 있다.

3 답 ⑤

[평가원 기출]

○ 정답 풀이

[A]에는 가난을 극복할 수 있는 방법인 농사마저 짓기 어려운 힘든 현실에 대한 화자의 탄식이 나타나 있고, [B]에는 가난을 의인화한 '가난귀신'과 화자와의 대화가 나타나 있다.

4 답 ③

[전국 연합 기출]

○ 정답 풀이

'이 원수 가난귀신 어이하여 여의려뇨'는 가난에서 벗어나고 싶은 화자의 마음을 드러낸 것일 뿐, 화자가 가난한 상황을 미리 대비하지 못한 무능함을 자책하고 있는 것은 아니다.

✗ 오답 풀이

① '죽 웃물 상전 먹고 건더기 건져 종을 주니'는 농사일을 하는 종에게 건더기를 주고 주인인 자신은 물만 먹는 상황을 나타낸 것이다. 이를 통해 자신이 부리는 종에게 권위를 내세울 수 없을 정도로 몰락한 사대부의 처지를 확인할 수 있다.

② '세시 삭망 명일 기제는 무엇으로 제사하며'는 사대부임에도 불구하고 세시 절기와 명절의 제사를 지낼 수 없는 가난한 형편을 나타낸 것으로, 이에 대한 화자의 안타까움과 한탄이 드러나 있다.

④ '무정한 세상은 다 나를 버리거늘'은 경제적으로 힘든 상황을 해결할 수 없다고 여기는 화자의 비관적 현실 인식을 나타낸 것이다.

⑤ '빈천도 내 분수니 서러워해 무엇하리'는 가난을 자신의 분수로 여기며 서러워도 어쩔 수 없이 궁핍한 현실을 수용하려는 화자의 체념적 자세를 나타낸 것이다.

36 자연적 시간과 문학적 시간 / 고풍 의상 / 결빙의 아버지

p. 98~100

감상 매뉴얼 **나** 1 고풍 의상   2 도취   3 호접   4 시선, 색채어   5 의상
다 1 회상   3 외풍, 얼음   4 대화체, 시간   5 아버지

1 ②	2 ②	3 ③	4 ②

1 답 ②

○ 정답 풀이

(나)에서는 '파르란 구슬빛 바탕에 자줏빛 호장', '하얀 동정', '흰 손' 등에서 색채어를 활용하여 대상을 선명하게 제시하고 있다. (다)에서도 역시 '붉은 흙', '하얗게 얼음으로 엎드려 있던' 등에서 색채어를 활용하여 대상을 선명하게 제시하고 있다.

✗ 오답 풀이

① (나)에서는 '곱아라 고아라 진정 아름다운지고'에서 영탄적 표현을 사용하여 대상을 보는 화자의 심리를 강조하고 있다.

③ (다)에서는 '어머니'라는 구체적인 청자를 상정한 대화체를 활용하여 화자의 내면을 고백하듯이 진솔하게 드러내고 있다.

④ (다)는 '겨울', '외풍', '추운 밤', '영하', '혹한' 등 차가움의 의미를 지니는 시어들과, '가랭이 사이', '가슴팍', '이불깃', '잔등', '얼음' 등 따뜻함의 의미를 지니는 시어들을 대조하여 아버지의 희생적인 사랑을 그리워하는 화자의 정서를 부각하고 있다.

⑤ (나)에서는 '아른아른', '사르르', (다)에서는 '꽝 꽝'이라는 음성 상징어를 통해 대상을 생생하고 실감나게 묘사하고 있다.

2 답 ②

○ 정답 풀이

ⓐ(봄밤)는 화자가 전통 의상을 입은 여인의 아름다움에 완전히 도취되어 몰입하는 시간으로 볼 수 있고, ⓑ(겨울밤)는 화자가 얼어붙은 한강을 보면서 어린 시절 추위를 막아 주던 아버지의 희생적인 사랑을 다시금 떠올리며 재인식하는 시간으로 볼 수 있다.

3 답 ③

○ 정답 풀이

'이 밤'을 통해 볼 때, '가락에 맞추어 흰 손을 흔들어지이다'는 전통 의상을 입고 있는 '그대'가 한 마리 나비같이 춤을 추고 있는 현재의 사건을 현재형으로 표현하여 동작을 실감 나게 나타낸 것으로 볼 수 있다.

✗ 오답 풀이

① (나)에서 '두견이 소리처럼 깊어 가는 밤'은 작가가 자연적 시간인 봄밤이 깊어 가는 것을 적막한 밤에 들려오는 '두견이 소리'라는 청각적 이미지에 빗대어 재구성한 것이므로, 자연적 시간을 의도적으로 문학적 시간으로 재구성하여 미적 효과를 드러낸 표현으로 볼 수 있다.

② (나)에서 화자는 전통 의상을 입은 '그대'가 춤을 추는 모습을 보고

있다. 그리고 이 상황을 '이 밤에 옛날에 살아'라고 나타냈는데, 이는 '이 밤'이라는 현재의 순간에 '옛날'이라는 과거의 경험들이 공존해 있는 것이므로, 과거와 현재를 시적 현재로 통합함으로써 시간을 모호하게 드러낸 표현으로 볼 수 있다.

④ (다)에서 화자는 예닐곱 살 적 겨울에 추위 때문에 밤마다 벌벌 떨면서 아버지의 가슴팍에 얼굴을 묻은 채 겨우 잠이 들곤 했다고 하였다. 따라서 '밤마다 나는 벌벌 떨면서' 아버지의 품에서 '겨우 잠이 들곤 했었지요'라는 표현은 화자의 삶의 과정과 시간의 흐름을 담은 사건을 과거형으로 나타낸 것으로 볼 수 있다.

⑤ (다)에서 화자가 '아이들 이불깃을 덮어 주는' 상황은 현재이고, '그런 추억'은 화자의 어렸을 적 아버지에 대한 추억이다. 따라서 현재의 화자가 '늘 그런 추억'으로 마음이 아프다고 한 표현에는 현재의 순간에 과거의 경험이 공존해 있는 것으로 볼 수 있다.

4 답 ②
[평가원 기출]

○ 정답 풀이
[A]에서 서정시는 현재의 순간에 과거의 경험들이 공존해 있다는 점에서 시간의 모호성이 두드러진다고 하였다. (다)의 1연에서 '제 예닐곱 살 적 겨울은 / 목조 적산 가옥 이층 다다미방의 / 벌거숭이 유리창 깨질 듯 울어 대던 외풍 탓으로 / 한없이 추웠지요'라고 하였다. 따라서 '목조 적산 가옥 이층 다다미방'은 화자의 현재 위치가 아니라 화자가 '예닐곱 살 적 겨울'에 경험했던 과거의 공간이라는 것을 알 수 있다.

✗ 오답 풀이
① (다)의 1연과 3연에서 화자는 '어머님'에게 '예닐곱 살 적 겨울'에 '아버지'와 겪었던 유년 시절의 경험과 추억들을 들려주고 있다. 이러한 시상 전개 방식은 화자가 겪었던 과거와 화자가 그때의 '아버지'를 회상하고 있는 현재의 시간을 이어 준다고 볼 수 있다.
③ (다)의 2연에서 화자는 '옛날처럼 나는 다시 아버지 곁에 눕고 싶습니다'라며, 현재의 시점에서 아버지와 함께했던 유년 시절의 경험들을 그리워하고 있다. 이는 현재의 순간에 과거의 경험들이 공존해 있는 시적 상황이라고 할 수 있다.
④ [A]에서 서정시는 과거와 현재를 분리하지 않고 시적 현재로 통합하는 시간의 의도적 변형이 드러난다고 하였다. (다)의 3연에서 화자는 현재 '영하의 한강교를 지나면서' 과거의 '예닐곱 살 그 겨울밤'을 떠올리고 있으므로, 과거와 현재가 시적 현재로 통합되고 있음을 알 수 있다.
⑤ (다)의 3연에서는 '그 겨울밤의 아버지'가 '이승의 물로 화신'해 있음을 보았다고 하였다. 이는 과거의 추웠던 겨울밤에 추위를 막기 위해 화자를 따뜻하게 안아 주었던 '그 겨울밤의 아버지'가, 현재에는 강물 아래의 물살이 바다로 흘러갈 수 있도록 '꽝 꽝 얼어붙은 잔등'으로 혹한을 막으며 '하얗게 얼음으로' 엎드려 있는 '이승의 물로 화신'하였다고 표현한 것이다. 따라서 과거와 현재를 분리하지 않고 시적 현재로 통합하는 시간의 모호성이 드러난다고 할 수 있다.

---

37 집 생각 / 포화옥기

p. 101~103

> 감상 매뉴얼 ② 1 타향 3 백열 리, 구름, 까투리 4 이입, 대비
> 5 고향
> ④ 1 여관집 노비의 삶 2 나그네 4 깨달음, 대조 5 만족
>
> | 1 ③ | 2 ④ | 3 ④ | 4 ④ |

1 답 ③

○ 정답 풀이
(나)는 세상을 잠시 머물다 가는 '여관'에 빗대어, 주어진 삶에 만족하며 살아야 한다는 삶의 태도를 이끌어 내고 있다.

✗ 오답 풀이
① (가)는 '객선만 둥둥…… 떠나간다'라는 시행을 반복하여 고향에 갈 수 없는 화자의 안타까움을 드러내고 있을 뿐, 현실 극복 의지를 나타내고 있지는 않다.
② (가)에는 '산'에서 '들'로의 공간의 이동이 나타나지만, 화자의 심리가 변화하지 않고 고향에 대한 그리움의 정서가 일관되게 나타나 있다.
④ (나)에는 미래의 상황을 가정한 표현이 나타나 있지 않다.
⑤ (가)는 '나 어찌 갈까'에서 설의적 표현을 사용했지만 이를 통해 깨달음을 제시하고 있지는 않으며, (나)에는 설의적 표현이 사용되지 않았다.

2 답 ④

○ 정답 풀이
'까투리도'에서는 이미 어떤 것이 포함되고 그 위에 더함의 뜻을 나타내는 보조사 '도'를 활용하여, 타관만리에 와 있는 까투리와 타지에서 고향을 그리워하는 화자의 처지가 같음을 표현하고 있다.

✗ 오답 풀이
① '산에나'에 사용된 '나'는 마음에 차지 아니하는 선택을 나타내는 보조사로, 고향을 그리워하는 화자가 취할 수 있는 행동이 제한적임을 드러내고 있다.
② '객선만'에 사용된 '만'은 대상을 한정하는 보조사로, 고향으로 가지 못하는 화자와 달리 떠나가는 '객선'을 보여 줌으로써 화자의 처지를 부각하고 있다.
③ '사면에'에 사용된 '에'는 앞말이 처소의 부사어임을 나타내는 격 조사로, 고향은 보이지 않고 물소리만 들리는 '사면'에서 단절감을 느끼는 화자의 상황을 드러내고 있다.
⑤ '해님과 달님'에 사용된 '과'는 둘 이상의 사물이나 사람을 같은 자격으로 이어 주는 접속 조사로, '해님과 달님' 모두가 화자에게는 부러움의 대상임을 나타내고 있다.

3 답 ④

○ 정답 풀이
'부지런히 소나 말처럼 분주히 오가며 일을 하지요.'를 통해 '여관집 노비'가 근면한 생활 습관을 가졌음을 알 수 있다. 하지만 '여관집 노비'가 신분 차별로 고통받았는지는 이 글에서 확인할 수

없다.

✗ 오답 풀이

① '나'는 한여름에 햇볕이 내리쬐는 문제를 해결하기 위해 둘러친 담장 밑에 박을 심었다.

② 장사를 하러 여러 곳을 떠돌던 '나그네'는 신분에 따라 차등적으로 잠자리가 정해지는 것을 본 경험을 '나'에게 말해 주었다.

③ '나그네'는 주어진 삶에 만족하며 살아가는 여관집 노비의 이야기를 바탕으로 자신이 처한 환경에 대해 불평하는 '나'의 태도 변화를 촉구하고 있다.

⑤ '나'는 열악한 주거 환경을 견디지 못하고 병을 얻었지만, '여관집 노비'는 열악한 환경에도 불구하고 이에 만족하며 편하게 잠을 잤다.

4 답 ④

[전국 연합 기출]

○정답 풀이

②에서 나그네는 세상은 여관과 같다는 인생관을 바탕으로, 글쓴이가 사는 곳이 잠시 머무는 곳임을 일깨우고 있다. 따라서 ②에는 현재의 삶에 만족하고 이를 수용하라는 의미가 담겨 있을 뿐, 글쓴이의 처지가 개선될 것이라는 의미가 담겨 있다고 볼 수 없다.

✗ 오답 풀이

① ㉠에서 글쓴이는 '소갈증이 심해지고 가슴도 막힌 듯 답답'하다는 병의 증상을 언급하며 유배 생활의 어려움을 드러내고 있다.

② ㉡에서 나그네는 자신이 직접 겪은 경험을 바탕으로 공간의 특성을 설명하고 있다.

③ ㉢에서 여관집의 노비는 지금의 삶을 본래 정해진 운명이라고 여기며 이에 순응하는 삶의 태도를 드러내고 있다.

⑤ ㉣에서 글쓴이는 나그네의 이야기를 통해 얻은 교훈을 오래 간직하기 위해 나그네가 들려준 이야기를 기록하고 있다.

38 청명 / 산촌 여정

p. **104~106**

> **감상 매뉴얼** **가** **1** 가을 아침 **3** 가장 고웁지 못한 노래꾼 **4** 감각적, 교감 **5** 청명한
> **나** **1** 산촌 **2** 도시 **3** 가족 **4** 서간체, 이국적
>
> **1** ④　　**2** ⑤　　**3** ④　　**4** ③

1 답 ④

○정답 풀이

(가)는 청명한 가을 아침에 젖어 든 마음을 표현한 작품으로, 4연의 '오! 그 빛남 그 고요함'에서는 영탄적 표현을 사용하여 가을 풍경에 대한 화자의 감탄을 나타내고 있다. 하지만 시간의 경과에 따라 화자의 정서가 달라지지 않았으므로, ④는 적절하지 않다.

✗ 오답 풀이

① 1연에서는 '호르 호르르 호르르르'와 같은 의성어를 사용하여 청명한 가을 아침에 대한 화자의 인상을 표현하고 있다.

② 2연에서는 '~의 ~을/를 알 수 있다'라는 문장 구조를 반복하여 화자가 수풀. 벌레 등의 자연물과 교감하고 있음을 드러내고 있다.

③ 3연에서는 '수풀과 벌레'를 '자고 깨인 어린애'로 의인화하여 밤새 빨고 남은 이슬이 있으면 달라고 함으로써 자연을 마음껏 누리고자 하는 화자의 열망을 부각하고 있다.

⑤ 5연에서는 청명한 가을날에 느낀 감흥을 낯익은 고향을 찾은 것에 비유하여 구체화하고 있다.

2 답 ⑤

[전국 연합 기출]

○정답 풀이

㉤에서 글쓴이는 꿈속에서 본 도회 소녀의 생김새를 '파라마운트' 회사 상표에 비유하여 이국적인 언어로 표현하고 있다. 이는 글쓴이가 낯선 산촌에서의 체험과 정서를 '도시적이고 이국적인 언어'를 통해 표현한 것일 뿐, 이국적인 삶에 대한 동경을 드러낸 것은 아니다.

✗ 오답 풀이

① ㉠은 도시의 인공적인 '동물원'이 글쓴이에게 더 친숙하게 느껴지고, 노루. 멧돼지. 곰 등의 짐승들이 살고 있는 산촌의 풍경이 낯설게 느껴짐을 드러낸 것이다.

② ㉡은 산촌의 객줏집 '석유 등잔'의 석유 냄새를 글쓴이가 도시에서 접했던 '석간' 신문의 냄새에 비유한 것으로, 글쓴이는 이를 통해 '소년 시대의 꿈'을 떠올리고 있다.

③ ㉢은 베짱이 울음소리를 글쓴이가 도시에서 자주 접해 익숙한 '여차장이 차표 찍는 소리', '이발소 가위 소리'에 비유한 것이다.

④ ㉣은 가을이 오는 것을 '엽서 한 장에 적을 만큼씩'이라고 표현한 것으로, 추상적인 대상을 마치 눈에 보이는 것처럼 시각적으로 나타낸 것이다.

3 답 ④

○정답 풀이

③에서 화자는 자연과 교감하는 지금과 다르게 자연과 단절된 채 답답한 생활을 하고 있으므로, ③는 화자의 현재 상황과 대비되는 공간이다. ⓑ에서 글쓴이는 '석유 등잔'의 석유 냄새를 맡으며 도회지의 기억을 떠올리고 베짱이 울음소리에 대한 상념을 늘어놓고 있으므로, ⓑ는 글쓴이의 상념이 자유롭게 펼쳐지는 공간이다.

4 답 ③

[평가원 기출 변형]

○정답 풀이

(가)에서 '동백 한 알'이 떨어지는 모습에서 '하늘'의 '별살'을 떠올린 것은 대상끼리 서로 유사성을 가지고 있기 때문이다. 이는 생명의 탄생을 계기로 순환하는 생태계의 질서와는 관련이 없다.

✗ 오답 풀이

① (가)에서 화자가 '온 살결 터럭 끝'을 '눈'과 '입'으로 삼아 '수풀의 정'과 '벌레의 예지'를 알 수 있다고 한 것은 인간인 화자와 자연 간의 교감을 드러낸 것이다.

② (가)에서 화자가 '수풀'과 '벌레'의 소리를 듣고 '고웁지 못한 노래꾼'이 된다고 한 것은 자연과 교감하고 소통하며 유대감을 느꼈기 때문이다.

④ (나)에서 글쓴이가 산촌의 맑은 공기와 밝은 별빛 아래에서 자신이 좋아하는 누가복음을 읽을 수 있을 것 같다고 한 것은 자연을 편안히 쉴 수 있는 안식의 공간으로 여기고 있기 때문이다.

⑤ (나)에서 글쓴이가 도시에 남겨 두고 온 가난한 식구들의 모습을 포로들의 사진에 빗대어 표현한 것은 떨어져 있는 식구들에 대한 걱정과 우려를 드러낸 것이다.

39 사랑의 측량 / 규원가

p. 107~109

감상 매뉴얼 가 **1** 측정 **3** 적은 사랑, 많은 사랑 **4** 경어체, 추상적
5 사랑
나 **1** 남편 **3** 궂은비, 실솔 **4** 대비 **5** 한

1 ③ **2** ② **3** ② **4** ⑤

1 답 ③

◎정답 풀이

(가)는 거리가 멀고 가까운 상황을 대비하여 당신과의 거리가 멀어질수록 오히려 사랑이 깊어진다는 역설적 인식을 강조하고 있고, (나)는 아름다운 모습으로 임과 백년가약을 맺던 과거와 나이가 들어 볼품없어진 현재를 대비하여 화자의 한스러운 처지를 강조하고 있다.

2 답 ②

◎정답 풀이

(가)는 경어체를 사용하여 사랑하는 당신에 대한 공경의 자세와 절대적인 사랑을 드러내고 있으므로, 당신에 대한 거리감을 드러내고 있다는 설명은 적절하지 않다.

✗오답 풀이

① (가)는 추상적 개념인 '사랑'의 양을 '거리'를 통해 구체적으로 측정할 수 있다고 표현함으로써 참된 사랑의 의미라는 주제 의식을 부각하고 있다.

③ (나)는 '자최눈', '궂은비', '실솔', '새'와 같은 자연물을 활용하여 화자의 쓸쓸한 정서를 드러내는 한편 애상적 분위기를 조성하고 있다.

④ (나)는 청자를 특정하지 않고 화자의 독백을 통해 시상을 전개하면서 독수공방하는 여인의 한을 드러내고 있다.

⑤ (나)는 '내 얼굴 내 보거니 어느 임이 날 괼소냐', '도로혀 풀쳐 혜니 이리하여 어이하리', '박명한 홍안이야 나 같은 이 또 있을까' 등에서 의문형 문장을 활용하여 화자의 자괴감과 체념적 정서를 드러내고 있다.

3 답 ②

[평가원 기출]

◎정답 풀이

(나)의 화자는 아무리 기다려도 돌아오지 않는 남편을 꿈속에서나마 만나겠다고 생각하고 있다. 따라서 ⓒ은 현실에서 문제를 해결하지 못한 화자가 임을 만나기 위해 선택한 방법으로 볼 수 있다.

✗오답 풀이

① ㉠은 화자가 남편을 만나 혼인했던 과거를 회상한 것으로, 흐릿한 기억 때문에 혼란스러운 심정을 나타낸 것이 아니다.

③ ㉠은 과거를 회상한 것일 뿐 임과의 만남에 대한 기대에서 비롯된 것이 아니고, ⓒ은 꿈에서나마 임을 만나고 싶은 마음을 표현한 것일 뿐 이별에 대한 망각에서 비롯된 것이 아니다.

④ ㉠은 과거에 있었던 일을 회상한 것이 맞지만, ⓒ은 곧 일어날 일에 대해 단정하고 있는 것이 아니다.

⑤ ㉠은 '삼생의 원업'이나 '월하의 연분'을 고려할 때 남편과의 인연이 운명으로 정해져 있다는 의미를 담고 있으므로 인연의 우연성이나 그에 대한 우려를 드러낸 것이 아니다. ⓒ은 꿈에서나마 임을 만나고 싶다는 마음을 담고 있는 것일 뿐 재회의 필연성이나 그에 대한 우려를 드러낸 것이 아니다.

4 답 ⑤

[평가원 기출 변형]

◎정답 풀이

(나)에서 '부용장 적막하니 뉘 귀에 들리소니'는 화자가 연주하는 거문고 소리를 들어줄 사람이 없다는 뜻이다. 따라서 이는 독수공방하는 화자의 쓸쓸한 처지를 나타내는 것일 뿐, 화자가 외부와의 교감을 거부하고 내면에 몰입하는 모습을 드러내는 것이 아니다.

✗오답 풀이

① (가)에서는 '사람이 멀어지면', '당신이 가신 뒤로' 등을 통해 사랑하는 당신과 이별한 화자의 처지를 알 수 있다. (나)에서는 '소식이야 더욱 알랴', '우리 임 가신 후는' 등을 통해 집으로 돌아오지 않는 임으로 인해 임과 이별하여 독수공방하는 화자의 처지를 알 수 있다.

② (가)에서는 '즐겁고 아름다운 일은 양이 많을수록 좋은 것입니다'라는 사람들의 일반적인 생각을 먼저 보여 주고, 이를 뒤집는 역설적 인식을 제시하는 방식으로 시상을 전개하고 있다.

③ (가)에서 화자는 당신과 멀어진 거리만큼 오히려 사랑이 깊어진다는 역설적 인식을 바탕으로 이별의 상황에 대처하고 있다.

④ (나)에서 '실솔'은 화자의 슬픈 감정이 이입된 자연물로, 화자가 자신의 슬픔을 주변으로 확장했음을 보여 주는 것이다.

40 바람이 불어 / 새 / 노마설

p. 110~112

감상 매뉴얼 가 **1** 괴로움 **3** 강물, 반석 **4** 대립 **5** 성찰
나 **1** 현대인 **3** 새, 날개 **4** 새장, 단정 **5** 성찰
다 **1** 항변 **2** 대화 **3** 비판 **4** 반박

1 ① **2** ④ **3** ④ **4** ⑤

1 답 ①

◎정답 풀이

(가)는 '자꾸'라는 부사어의 반복을 통해 끊임없이 움직이는 대상의 속성과 화자의 성찰적 자세를 강조하고 있고, (다)는 '장차'라는

부사어의 반복을 통해 늙은 말은 쓸모없다는 인물의 생각을 강조하고 있다. 하지만 (나)에는 부사어의 반복이 나타나 있지 않다.

✗ 오답 풀이

② (가)는 '바람', '강물'과 같은 동적 이미지와 '반석', '언덕'과 같은 정적 이미지의 대립을 통해 변화하지 않고 현실에 안주하는 삶에 대한 화자의 반성적 태도를 부각하고 있지만, (나)에는 동적 이미지와 정적 이미지의 대립이 나타나 있지 않다.

③ (가)는 '나'와 같이 화자가 겉으로 드러나 있지만, (나)는 화자가 겉으로 드러나 있지 않다.

④ (다)는 늙은 말을 '그'로 의인화하여 주인의 주장에 대한 늙은 말의 반박을 늙은 말의 목소리로 직접 제시하고 있지만, (가)와 (나)에는 의인화된 대상의 목소리가 제시되어 있지 않다.

⑤ (가)는 '~ 것일까', '~ 없을까'와 같은 의문형 문장을 사용하여 삶에 대한 화자의 성찰적 태도를 강조하고 있고, (다)는 '쓰겠느냐', '얻겠느냐', '않았는가' 등과 같은 의문형 문장을 사용하여 전달하고자 하는 내용을 강조하고 있다. 하지만 (나)에는 의문형 문장이 나타나 있지 않다.

2   답 ④   [평가원 기출]

○ 정답 풀이

'내 괴로움에는 이유가 없다.', '단 한 여자를 사랑한 일도 없다.', '시대를 슬퍼한 일도 없다.'와 같이 '없다'를 반복하여 괴로움의 이유에 대해 고민하고 자신의 삶을 돌아보는 화자의 반성적 자세를 드러내고 있다.

✗ 오답 풀이

① '불려 가는'이라는 피동 표현은 화자의 의지대로 살 수 없는 현실을 암시할 뿐, 현실에 순응하려는 태도를 드러낸 것이 아니다.

② '이유가 없을까'라는 물음의 형식은 화자가 괴로움의 원인을 찾기 위해 내면을 탐색하고 있음을 드러내는 것일 뿐 화자의 정신적 고통에 타당한 이유가 없음을 단정하고 있는 것이 아니다.

③ '사랑한 일'과 '슬퍼한 일'은 괴로움의 원인을 찾는 과정에서 떠올린 것일 뿐, 화자의 개인적 불행이 시대에 대한 무관심의 원인임을 암시하고 있는 것이 아니다.

⑤ '흐르는데'와 '섰다'의 대비는 변화를 촉구하는 시대의 흐름과 달리 안주하고 있는 화자 자신의 모습을 드러낸 것일 뿐, 변함없는 자연에서 깨달음을 얻으려는 의지를 드러낸 것이 아니다.

3   답 ④   [평가원 기출]

○ 정답 풀이

새장 문이 열려도 날지 않고 모이를 향해 달려갈 수 있을 때까지 걷는 새의 모습은 일상에 매몰되어 잠재된 힘과 본질을 잃어 가는 모습을 보여 주는 것이지, 본질에 충실하다 보니 오히려 자유를 상실하게 되는 상황을 보여 주는 것이 아니다.

✗ 오답 풀이

① 새는 창살에 '머리를 부딪치고' 나서 '창살 사이의 간격보다 큰, 몸뚱어리'를 인지하고 있는데, 이는 일상에 갇힌 자신을 의식하는 현대인의 모습을 보여 주는 것이다.

② 새장의 창살은 '적당한 간격'이 있어 '하늘과 산이 보이고 울음 실은 공기가 자유로이 드나'들 수 있는데, 이러한 특성은 새장이 안온함

과 억압성이라는 양가성을 지녔음을 보여 주는 것이다.

③ 새는 '부지런히 걸어 다리가 굵어지고' 결국 '닭처럼 날개가 귀찮아질 때까지 걷는'데, 이는 성실한 생활이 역설적으로 잠재력을 잃게 만들었음을 보여 주는 것이다.

⑤ 새는 '날개를 힘껏 떠받쳐 줄 공기'를 활용해 날아오르는 것이 아니라 '부드러운 질감을 음미'하고만 있는데, 이는 자유로운 삶의 가능성을 외면하고 일상에 안주하려는 현대인의 모습을 보여 주는 것이다.

4   답 ⑤

○ 정답 풀이

[A]는 '~한즉 ~없음을 안다.', '~하면 ~할 것이다.'와 같은 가정적 진술을 통해 늙은 말이 쓸모없다는 주장을 뒷받침하고 있지만, [B]는 과거에 있었던 사실들을 들어 자신을 내치는 것이 부당하다는 주장을 뒷받침하고 있을 뿐 가정적 진술을 활용하고 있지는 않다.

✗ 오답 풀이

① [A]는 빨리 달리거나 뛸 수 없는 것, 멀고 험한 길을 갈 수 없고 무거운 짐을 나르지 못하는 것 등 늙은 말의 효용이 없어졌음을 근거로 하여 늙은 말을 내치겠다는 결론을 도출하고 있다.

② [B]는 '쑥으로 사방의 벽을 쳤고 ~ 끼니를 이어갔다.'와 같이 주인의 가난했던 과거 삶의 모습을 구체적으로 제시한 다음, 힘든 처지에 놓인 주인을 돕기 위해 노력했던 자신의 공로를 부각하고 있다.

③ [A]에서 '주인'은 자신의 이득을 고려하여 쓸모가 없는 늙은 말을 내치겠다고 주장하고 있고, [B]에서 '늙은 말'은 자신의 예전 공로를 근거로 들어 주인의 주장에 반박하고 있다.

④ [A]는 '안타깝구나'와 '안타깝다' 등에, [B]는 '슬프구나'에 발화자의 감정이 직접적으로 드러나 있다.

명강 현대시

현대시의 명품 실전서

- 작품 분석 능력을 키워 주는 '핵심 개념&시 감상 매뉴얼' 정리
- 교과서, EBS, 평가원 및 교육청 시험 빈출 주요 82작품 수록
- 다양한 유형의 실전 문제를 통해 최신 출제 경향과 해법 제시

내신과 수능을
한번에 잡자!

꿈틀 국어 교재 목록

고등 국어 기초 실력 완성
고고 시리즈
고등 국어 공부, 내신과 수능 대비에 필요한 모든 내용을 알차게 정리한 교재

기본
문학
독서
문법

일목요연한 필수 작품 정리
모든 것 시리즈
새 문학 교과서와 EBS 교재 수록 작품, 그 밖에 수능에 나올 만한 작품들을 총망라한 교재

현대시의 모든 것 | 고전시가의 모든 것
현대산문의 모든 것 | 고전산문의 모든 것
문법·어휘의 모든 것

수능 학습의 나침반
첫 기본완성 시리즈
수능의 기본 개념과 핵심 유형별 문제를 수록한 수능의 기본서

수능 국어 기본완성
수능 문학 기본완성
수능 비문학 기본완성

밥 먹듯이 매일매일 국어 공부
밥 시리즈
기출 공부를 통해 수능 필살기를 익힐 수 있도록 돕는 친절한 학습 시스템

처음 시작하는 문학 | 처음 시작하는 비문학 독서
문학 | 비문학 독서
언어와 매체 | 화법과 작문
어휘력

문학 영역 갈래별 명품 교재
명강 시리즈
수능에 출제될 만한 주요 작품과 실전 문제가 갈래별로 수록된 문학 영역 심화 학습 교재

현대시
고전시가
현대소설
고전산문

국어 기본 실력 다지기
국어 개념 완성
국어 공부에 꼭 필요한 개념을 예시 작품을 통해 완성할 수 있는 교재

문이과 통합 수능 실전 대비
국어는 꿈틀 시리즈
문이과 통합 수능 경향을 반영하여 수능 실전에 대비할 수 있도록 구성한 교재

문학
비문학 독서
단기 언어와 매체

내신·수능 대비
고등 국어 통합편
고1 국어 교과서 핵심 내용을 한 권으로 총정리하는 교재

문학 비책
필수&빈출 문학 작품 194편을 한 권으로 총정리하는 교재

고전시가 비책
고전시가 최다 작품의 필수 지문을 총정리한 고전시가 프리미엄 교재